민트의 세계

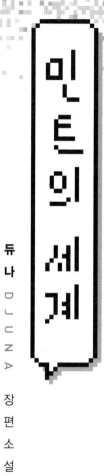

민트의 세계

듀나
DJUNA

장편소설

창비

차 례

"사람요? 아니면 호랑이요?
전 호랑이 편이에요.
언제나 그래요."

윌리엄 드 모건,『그럭저럭 괜찮아』

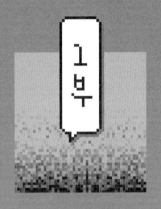

21층 천장에서
발견된 아이

그 여자는 배터리였다.

등장하자마자 주변 모든 사람을 진동하게 하는 존재. 대단치는 않았다. 기껏해야 5급 정도. 주변의 염동력자는 바람개비를 돌리고 정신감응자는 분명히 파악할 수 없는 감정의 웅얼거림을 듣겠지만, 그뿐이다. 시간을 들여 각각의 능력자들과 동기화되면 더 나아지겠지만 고작 그만한 에너지 때문에 LK에 고용된 건 아닐 거다.

이런 수준의 배터리에게는 다른 역할이 있다. 어떤 독심술사도 허락 없이는 배터리의 마음을 읽지 못한다. 간단한 시술을 받으면 스스로 마음을 여는 것조차 불가능해진다. LK 같은 회사는 타 회사나 정부가 고용한 정신감응자가 마음을 읽어 낼 수 없는 사람들이 필요하다. 비밀을 담고 지킬 수 있는 사람. 그 상태로 무덤까지 갈 수 있는 사람.

인간 금고인 셈이다.

"지금 시체를 내리는 중입니다."

그 여자가 말했다.

"아직도 어떻게 된 건지 모르겠어요. 해인 고등학교 교복을 입고 있었다고 하는데, 어제 견학 온 학생 마흔두 명은 모두 돌아갔거든요. 시체가 발견되었다는 연락을 받고 다시 한번 학교에 확인해 보니 다들 무사히 집으로 돌아갔고 오늘 전원 등교했다고 합니다. 회사 보안 카메라에도 그 학생들을 제외한 다른 아이는 잡히지 않았고요. 마흔두 명이 들어왔고 마흔두 명이 나갔지요."

엘리베이터 문이 열렸다. 한상우는 여자의 뒤를 따라 복도로 나왔다. 뒤에서 말없이 폰을 응시하고 있던 최유경도 뒤를 따랐다. 특별히 하는 일 없이 우왕좌왕하며 그들을 기다리는 영등포서 형사들이 여기저기 보였다. 그다지 반가워하는 얼굴은 아니었다.

그들은 문이 열려 있는 2104호실로 들어갔다. 방은 넓었고 과학 수사관들이 가져온 사다리와 도구들을 제외하면 텅비어 있었다. 덕트를 잘라 내기 위해 천장재를 뜯어서, 가로세로 2미터의 네모난 구멍이 나 있었다. 20층과 25층 사이는 리모델링 준비 중이었다. 대단한 비밀은 아니었고 범인도 그 사실을 알고 있던 게 분명하다.

아이의 시체는 방 한가운데 들것 위에 놓여 있었다.

이미 덕트 청소 로봇이 찍은 영상을 보았지만 끔찍한 건 마찬가지였다. 아니, 끔찍함을 넘어 이상했다. 시체는 지금까지 한상우가 보아 왔던 화재 희생자들의 상태와 전혀 달랐다. 머리와 몸통은 완전히 타 버려서 잘려 나간 덕트 바닥에는 말라붙은 검은 재만 남아 있었다. 팔다리는 그나마 아슬아슬하게 형체를 유지하고 있었고 오른손과 운동화를 신은 두 발은 그럭저럭 멀쩡했다. 교복은 거의 불타 버렸지만 가장자리의 형태가 그림자처럼 남아 있었고 손목과 배지는 비교적 멀쩡했다. 시체는 플라스틱처럼 반들반들했다. 상태를 유지한 채 덕트에서 잘라 내기 위해 경찰 로봇이 고정액을 뿌린 것이다.

"자연 발화."

뒤에서 걸걸한 목소리가 들렸다. 박재현이었다. 짜증 나는 놈.

"딱 그거잖아. 어제 「블리크 하우스」에서 그 할망구가 불타는 거 봤어?"

못 봤다. BBC 연속극이 박재현 취향이란 것도 몰랐다. 하지만 무슨 이야기를 하는지는 알고 있었다. 찰스 디킨스를 읽은 적은 없지만 디킨스 애독자의 기억은 갖고 있다. 요새 누가 고전을 직접 읽는가.

"그냥 시체에 알코올을 붓고 불을 지른다고 가능한 게 아니거든."

박재현이 말을 이었다.

"안에서부터 바깥으로 타오른 거야. 이렇게까지 태우려면 특별한 능력과 훈련이 필요하지. 물론 좋은 배터리도. 아직 이건 인력관리국 담당이지, 그렇지 않아?"

"죽은 뒤에 태운 게 맞을까?"

한상우가 말했다.

"그럴걸? 저항한 흔적이 없어. 검시해 보면 더 정확한 결과가 나오겠지만. 오른손이 비교적 멀쩡하니 지문도 나올 거고."

박재현은 양손을 가볍게 들어 항복하는 몸짓을 했다.

"우린 빠지겠어. LK를 휘젓는 일은 너희들이 해. 우리야 고맙지."

어기적거리는 발걸음으로 퇴장하는 옛 동료의 뒷모습을 바라보던 한상우는 파트너에게로 시선을 돌렸다. 최유경은 여기까지 그들을 안내한 차인선 실장과 조용히 이야기를 나누고 있었다.

몇 살일까? 한상우는 갑자기 궁금해졌다. 차인선은 열다섯에서 오십 사이 몇 살이라 해도 통할 법한 외모를 하고 있었다. 동그란 두상, 넓은 미간, 큰 눈 때문에 예쁜 개구리처럼 보이는 얼굴은 주름이나 잡티 하나 없이 깨끗했다. 보통 남자들은 아무리 관리를 받아도 같은 남자 무리 속에서 나이 드는 동안 특유의 야비함이 묻어나기 마련이다. 하지만 차인선 같은 여자들은 그런 게 없었다. 그들은 남자들과 다른 식으로 나이 들어 갔고 치유사가 공들여 다듬은 외모 속에 그 비밀을 숨겼다. 속을 읽을 수 없으니 비밀은 더욱 안전했다.

주머니 속에서 폰이 진동했다. LK 빌딩에서 제공한 보안 정보의 검토가 끝난 것이다. 결과는 차인선이 말한 것처럼 흔적 없이 깔끔했다. 굉장히 유능한 누군가가 데이터를 조작했고 그 실력을 대놓고 과시하고 있었다.

십중팔구 복합능력자의 짓이었다.

2026년 첫 번째 배터리가 전주에 나타나고 전 인류가 배터리에게서 에너지를 얻는 초능력자라는 사실이 밝혀졌을 때 사람들은 자기네들이 미국 코믹스에 나오는 슈퍼히어로처럼 될 거라고 생각했다. 하지만 그렇지 않았다. 능력은

(이제 아무도 '초능력'이라는 말을 쓰지 않았다) 그렇게 단순하게 디자인된 게 아니었다. 염동력이나 정신감응력 같은 한 가지 능력에 쏠려 있는 사람들은 전체의 20퍼센트도 안되었다. 그 외의 사람들은 다양한 스펙트럼에 걸쳐 있었고 대부분은 고만고만했다. 하지만 미묘한 배합에 따라 특별한 복합능력자들이 나타났다. 그들 중에서 극소수는 독심술사들이 사람의 마음속으로 들어가듯 네트 속으로 잠입해 그 일부가 되었다. 기계와 물리적으로 연결되지 않은 사이보그인 셈이었다. 이들은 유형화되어 있지 않기 때문에 공격을 막기 어려웠다.

보고서를 술술 넘기던 한상우는 글 말미에 주요한나의 코멘트와 마주쳤다.

"보안 시스템 공략에 최적화된 복합능력자의 짓이라고 해도 의문이 남음. 외부에서 시스템을 통제할 수 있다고 쳐도 배터리는 어떻게 로비의 보안 요원들을 건드리지 않고 건물 안으로 들어와 21층까지 올라갈 수 있었을까?"

이는 LK의 능력자들을 뒤흔들 만한 환상술사나 정신조작자의 개입을 암시하는 것일까?

바퀴 달린 들것이 도착했다. 형사 두 명이 시체가 눌어붙은 덕트 바닥을 들어 들것 위에 올리고 파란색 플라스틱 커버를 덮었다. 시체가 퇴장하자 복도에서 어슬렁거리던 경찰들 절반이 함께 빠졌다. 박재현은 뒤도 돌아보지 않고 욕인지, 작별 인사인지 알 수 없는 흐리멍덩한 손짓을 하며 그들 뒤를 따랐다.

한상우의 손바닥 위에서 폰이 진동했다. 주요한나가 계속 코멘트를 보내오고 있었다.

"추가: 역시 배터리 문제. 주변 건물의 영향권 안에서 사용 가능한 배터리가 있었다면 그쪽 보안 요원이 확인했을 것이고 LK의 보안 요원들도 감지했을 것. 이들의 기억을 모조리 정신감응자들이 건드릴 수도 있겠지만 그러면 일이 지나치게 커지잖아. 비행술사와 배터리가 한 팀이 되어 날아들어왔을 가능성도 생각해 봤는데 이것도 마찬가지야. 뭐든 불가능한 게 없는 만능 정신감응자 부대를 상상하는 건 의미 없음. 분명 우리가 모르는 더 단순한 방법이 있었겠지."

한상우는 폰을 주머니에 넣고 창밖을 내려다보았다. 여의도공원, 환승센터, 멀리 보이는 국회의사당. 그 사이에 놓인 수많은 CCTV, 경찰 드론, 보안 요원들, 주위 배터리의 에너지를 공짜로 써먹는 어중이떠중이들. 어떻게 하면 저들을 피해 배터리를 여기까지 데려올 수 있었을까. 아니, 처음부터 왜 이런 귀찮은 짓을 한 것일까. 이 사건에는 단순한 게 하나도 없었다. 쓸데없는 트릭으로 그득한 쓸모없는 짓.

그의 고민은 등 뒤에서 들려온 최유경의 낮고 허스키한 목소리에 의해 깨졌다.

"어이, 거기 한상우 씨. 시체 신원이 밝혀졌어."

"벌써? 어떻게?"

최유경은 어깨를 으쓱하더니 자기 폰을 내밀었다.

"미성년자이지만 국가 관리 대상이라 지문과 DNA 정보가 남아 있었어. 90퍼센트 정신감응자였고 LK 특수 학교의 학생이었는데 2047년에 기숙사에서 무단이탈한 뒤로 실종 상태였어. 2033년 10월 25일생이니 어제가 딱 열일곱 살 생일이었네. 이름은 류수현이야."

용산역과 영등포역
사이에서

　소리 없는 전쟁이 막 용산역을 떠나 한강 위를 질주하는 1호선 서동탄행 전철 4번 칸에서 벌어지고 있었다.

　얼핏 보기에 전철 안은 평화로워 보였다. 군데군데 빈자리에 앉은 마흔여덟 명의 승객들은 대부분 따분한 표정이었다. 오직 왼쪽에서 두 번째 좌석 구석에 앉은 깡마른 할머니만이 양쪽 귀를 막고 마음속으로 '랄라랄라, 랄라랄라!'를 외치고 있었다.

　4번 칸의 다른 정신감응자 승객들처럼, 민트도 그 할머니의 스러져 가는 목소리를 외면했다. 어차피 한강을 건너면 아무리 고함을 질러도 들리지 않게 될 것이다.

　이 모든 건 용산역 이반 때문이었다.

　대개의 큰 역처럼 용산역에서도 보안 요원들에게 에너지

를 제공해 주는 배터리 직원을 세 명 고용하고 있었다. 이반은 그중 한 명이었다. 딱 푼돈 주고 고용할 만한 고만고만한 4급이었다. 하지만 어떻게 된 건지 지난 보름 동안 이반이 내뿜는 에너지가 급격히 상승하기 시작했다. 이제 이반은 용산역 역사를 완전히 뒤덮고도 남을 영역에 안정적인 공짜 에너지를 공급하고 있었다. 분명 담당 기관에 연락이 갔을 텐데, 일이 엉켰는지 이반은 여전히 용산역에 있었다. 4, 5급 배터리에 갑갑해하던 사람들이 용산역으로 몰리는 건 당연한 일이었다.

모두가 이반을 반기는 건 아니었다. 용산역을 지나치는 동안 자기 생각이 사방팔방 흩뿌려질까 봐 걱정하며 '랄라랄라'를 외쳐 대는 할머니는 일부에 불과했다. 이반의 에너지가 어떻게 이용될지 누가 알랴. 제대로 훈련도 안 받은 어중이떠중이들이 이런 배터리에 연결되면 무슨 사고가 날지 누가 알랴.

할머니의 목소리가 끊어졌다. 그와 함께 뇌를 간지럽히던 자잘한 소음과 반짝임도 사라졌다. 민트는 물질세계로 돌아왔다.

민트는 맑아진 눈으로 맞은편에 앉아 낡은 종이 책을 읽고 있는 벌컨에게로 시선을 돌렸다. 등이 조금 굽었고 상체

근육이 비정상적으로 발달한 작달막한 남자는 체격에 어울리지 않는 소년 같은 얼굴을 하고 있었다. 얼굴만 보면 딱 열여섯으로 보였고 그건 벌컨의 실제 나이였다. 치유사의 도움을 받아 일부러 부풀린 근육은 흉물스러웠지만 당사자는 만족해했다. 어차피 예뻐 보이려고 한 게 아니다. 그가 사는 험악한 세상에서 그런 예쁨 따위가 무슨 소용이 있겠는가.

열차가 용산역을 통과하는 동안 민트와 벌컨은 상대방의 마음속을 스캔했다. 그러면서 서로에게 마음을 읽히지 않으려고 자기 마음을 뒤틀어 댔으니 이건 일종의 힘겨루기였다. 배터리의 영향권에서 벗어난 지금 그들은 서로를 훔쳐보며 다음 수를 계산하고 있었다.

민트는 선글라스 너머로 벌컨이 읽고 있는 책 제목을 훔쳐보았다. 『İnce Memed』. 터키어 책이었다. 대개의 고급 정신감응자처럼 두 사람은 모두 다언어 구사자였고 그 언어 중 하나는 방어용이었다. 벌컨은 터키어를, 민트는 타갈로그어를 썼다. 다른 독심술사의 공격을 막는 방패로 낯선 언어만큼 좋은 게 없었다.

대방역에 가까워지자, 벌컨은 책을 덮고 재킷 주머니 안에 넣었다. 민트는 두 손을 내려 알루미늄 의자를 잡고 다리에 힘을 주었다. 열차가 섰고 한 무리의 승객들이 내렸다. 민트는 대방역에서 탄 승객들 다섯 명의 얼굴을 훔쳐보았다. 아는 얼굴은 없었고 전부 무해해 보였다.

열차가 다시 출발했다. 민트와 벌컨은 이제 대놓고 서로의 얼굴을 노려보고 있었다. 민트는 벌컨의 표정을 읽으려노력하며 정신을 집중했다. 서서히 열차 뒤쪽이 반짝거리며진동하는 것이 느껴졌다. 대방역에서 열차에 오른 벌컨의배터리가 그들을 향해 달려오고 있었다. 그리고 그는 혼자가 아니었다.

민트는 자리에서 일어났다. 벌컨의 얼굴은 돌처럼 무표정했지만, 배터리가 가까워지면서 민트는 그 표정 아래의 미소를 읽을 수 있었다. 신길역은 이틀 전에 있었던 자폭 테러로 플랫폼이 망가져 서지 않는다. 영등포역에 도착할 때까지 몇 분 동안 민트와 동료들은 벌컨의 배터리와 함께 고립된다. 배터리는 양쪽 무리 모두에게 에너지를 준다. 하지만동기화된 쪽이 그렇지 않은 쪽보다 우위에 있다는 것은 말할 필요도 없다.

적어도 그게 벌컨의 생각이었다.

4번 칸과 5번 칸을 연결하는 문이 열리고 세 남자가 들어왔다. 배터리 하나, 염동력자 둘. 모두 낡은 교복 차림이었고스무 살에서 서너 살 모자랐다. 민트는 염동력자들의 마음을 조종하려 했지만 벌컨이 그 사이에 끼어들었다. 몇 초 동안 욕설과 으르렁거림으로 시끄러웠던 그들의 마음은 순식간에 시꺼메졌다. 상관없었다. 그들이 무슨 생각을 하고 있는지는 표정만 봐도 알 수 있었다.

'이제 어쩔 건데?'

민트가 벌컨에게 생각을 던졌다.

'네가 방채운에게 했던 그대로 해 주지.'

벌컨이 대답했다.

4번 칸의 승객들은 웅성거리기 시작했다. 이제 모두가 4번 칸에 들어온 배터리와 그들 사이에 섞여 있던 불량배들의 존재를 눈치채고 있었다. 민트와 벌컨의 대화는 예민한 정신감응자들에게 들렸을 것이고 그들 중 일부는 그 대화를 주변 다른 승객들에게 중계했을 것이다. 사람들은 물결처럼 3번 칸 쪽으로 빠져나갔다.

배터리가 벌컨 옆에 막 생긴 빈자리에 앉아 킬킬거리는 동안 두 염동력자는 민트 앞에 서서 동시에 양팔을 걷어붙이고 태극권 비슷한 동작을 취했다. 그와 함께 민트는 온몸의 뼈가 뒤틀리는 것 같은 고통을 느꼈다. 도대체 내가 방채운에게 무슨 짓을 저질렀더라? 아니, 방채운이 도대체 누구더라? 아무리 꼼꼼하게 계획을 짜도 예상치 못한 변수가 있기 마련이었고 지금 그것은 이름도 낯선 방채운이었다.

열차는 막 신길역을 통과했다. 영등포역에 도착할 때까지 이 분도 채 남지 않았다. 벌컨과 민트의 계획이 끝나는 지점이었다. 벌컨은 이제 자기 생각을 감출 생각도 하지 않았다. 그는 부러진 갈비뼈에 심장이 뚫리고 폐가 쪼그라든 채 죽은 민트의 모습을 상상하며 웃고 있었다. 영등포역에 가까워질수록 그의 상상에는 끔찍한 디테일이 추가되었다.

갑자기 염동력자들이 비명을 질렀고 벌컨의 즐거운 상상은 중단되었다. 한 명은 균형을 잃고 엉덩방아를 찧었고 다른 한 명은 주먹으로 자기 머리를 때리기 시작했다. 넘어진 염동력자는 벌레처럼 꿈틀거리며 배터리 쪽으로 기어가 두 다리를 잡아 넘어뜨렸고 배터리의 몸에 부딪힌 두 번째 염동력자도 바닥에 쓰러졌다. 그들은 이제 서로의 팔다리에 얽힌 채 더러운 넝마 무더기처럼 쌓여 있었다.

벌컨은 그제야 5번 칸에서 은근슬쩍 들어와 노약자석에 자리를 잡은 징크스를, 그 아이에게 다른 종류의 에너지를 주고 있는, 보이지 않는 배터리의 존재를 눈치챘다. 민트는 벌컨의 혼란스러움을 이해할 수 있었다. 그 배터리는 존재할 수 없었다. 대방역에 도착하기 전에 그와 그의 부하들이 열차 전체를 스캔했고 대방역에서도 배터리는 열차에 오르지 않았다. 민트와 징크스에게 링크된 배터리는 열차 안에서 저절로 생겨난 것이었다.

열차 칸을 막고 있던 문들이 저절로 열렸고 바닥에서 신음하던 벌컨의 부하들이 볼링공처럼 3번 칸을 지나 2번 칸으로 굴러갔다. 징크스는 언제나 상황을 슬랩스틱 코미디처럼 연출하길 좋아했다. 그 코미디의 관객은 한 명뿐이었다. 미처 달아나지 못하고 3번 칸의 문가에 서서 고함을 질러 대고 있는 '랄라랄라' 할머니. 그녀는 끝까지 이 배우들의 얼굴을 기억하지 못할 것이다. 그들의 얼굴은 '얼굴'이라는 글자처럼 개별 특징을 구별하기 어려운 일반화된 이미지로만 기억될 것이다.

얼이 빠진 채 휘청거리며 일어나는 적수를 향해 민트는 의기양양한 미소를 보냈다. 벌컨이 일어서는 순간에 징크스가 염력으로 그의 발을 걸어 넘어뜨렸다. 민트는 현기증으로 신음하는 상대의 몸을 뒤집어 눕히고 상체를 깔고 앉아 주머니에서 유리병을 꺼냈다. 징크스는 양손으로 벌컨의 입을 벌리고 눈을 감았다. 벌컨의 입천장을 뚫고 피에 젖은 하얀 애벌레처럼 생긴 기계가 염력으로 끌려 나왔다. 민트는 허공에 떠 있는 벌레를 잡아 유리병에 넣고 뚜껑을 닫았다. 벌레는 그 안에서 마치 살아 있는 생명체처럼 꿈틀거렸다.

"그 방채운이란 친구가 지금은 많이 나아져 있으면 좋겠네."

얼굴 근육이 경직되어 입도 뻥끗 못 하는 벌컨에게 민트가 조용히 속삭였다.

열차 문이 열렸다. 민트와 징크스는 벌컨 무리와 '랄라랄라' 할머니를 남겨 놓고 영등포역에 내렸다. 벌컨은 간신히 몸을 일으켜 세워 둘을 따라잡으려 했지만 세 발짝도 가기 전에 새로 들어온 승객들의 몸에 밀려 휘청거리다 다시 바닥에 주저앉아 버렸다.

문이 닫혔다. 민트가 병 안의 벌레를 검사하는 동안 징크스는 멀어지는 열차를 향해 환하게 웃으며 손을 흔들었다.

벌 레 의 값

미야기는 두툼한 양손을 치켜들어 허공에 가지런히 놓고 손가락을 놀리기 시작했다. 처음에는 피아노를 치듯 손가락만 까딱거렸지만, 곧 가상의 거대한 뱀을 끌어안고 애무하듯이 팔을 크게 휘저었다.

민트는 미야기를 보고 있지 않았다. 그녀의 시선은 테이블 위에 놓인 수조에 고정되어 있었다. 식염수가 가득 찬 수조 안에는 인간의 상반신 해골처럼 생긴 미니 로봇이 앉아 있었다. 로봇은 가느다란 기계 손으로 민트가 가져온 하얀 벌레의 몸을 조심스럽게 검사했다. 건너편 소파에 앉아 미야기가 보고 만지고 있는 것이었다.

갑자기 로봇이 민트를 올려다보았다. 민트는 미야기를 흘낏 훔쳐보았다. 고글을 쓴 미야기의 얼굴이 어느새 천장을 향해 있었다. 그는 로봇의 눈으로 민트를 보고 있었다. 그의 시야를 꽉 채운 것은 거인의 얼굴이었다.

"용케 살아 있네?"

미야기가 말했다.

"여기 오기 전에 믹서가 손을 좀 봐 줬거든. 네 번째 관절에 박힌 플라스틱 링 보여? 우리가 달았어. 그쪽으로 포도당을 공급했어. 링 설계도는 따로 만든 거니까 전송해 줄게. 떼어 내기도 쉬워."

민트가 대답했다.

"너희가 이걸 오스만 팩한테서 빼앗았다고?"

"응."

"오스만 팩 애들은 이걸 또 어디서 훔쳤는데?"

"한담 로보틱스. 아이디어 자체는 몇 년 동안 인터넷에 돌았어. 텔레파시 능력을 강화해 주는 기계. 시베리아에 있는 무슨 사설 연구소에서 생체 실험을 한 결과라는데, 데이터도 수상하고 배경 이론 따위는 당연히 없고. 그런데 한담의 정신 나간 엔지니어들이 진짜로 그 소문을 바탕으로 사이보그 벌레를 만들어 낸 거야. 그쪽에선 당연히 극비에 부치고 연구원들을 수원 연구소에 가뒀는데, 그 정도로 되겠어? 비밀은 당연히 다른 곳에서 새지. 신라호텔 근처에서 먹잇감

28

을 찾고 있던 오스만 팩 독심술사 아이 하나가 여자 친구랑 같이 나오는 한담 이사 중 한 명의 마음을 읽었고 그날 밤 벌컨이 패거리 다섯을 이끌고 연구소를 습격했지. 그게 보름 전의 일이야."

"정말 효과가 있어?"

"벌컨이 이 주 동안 달고 다녔어. 그동안 오스만 팩은 서울 시내를 돌아다니면서 다섯 팩과 전쟁을 치렀는데 모두 이겼어. 벌컨에게 정말 어떤 능력이 생겨서 그랬는지, 플라세보 효과였는지, 아니면 그냥 운이 좋았는지는 나도 모르겠어. 벌레가 지금까지 데이터를 모두 저장했으니까 그걸 가지고 연구하면 되겠지."

"하지만 너희들에겐 졌잖아."

"우린 특별하니까."

로봇은 줄 끊어진 마리오네트처럼 갑자기 고개를 떨구었다. 축 늘어진 기계 손에서 하얀 벌레가 빠져나왔다. 민트는 뒤를 돌아다보았다. 고글을 벗은 미야기가 미심쩍은 표정으로 민트를 노려보고 있었다. 우리가 믿음이 안 가는 무리이긴 하지. 민트는 부정할 생각이 없었다.

"4만 통가 크라운."

미야기가 말했다.

"인터내셔널 크레디트는 안 돼?"

"통가 크라운이 뭐가 어때서. 안전하잖아. 이제 심마트에서도 받아 주니까 그렇게 불편하지도 않아. 너네 같은 불량 청소년에겐 딱이지."

몇 분의 협상 끝에 둘은 2만 통가 크라운과 1만 5천 LK 크레디트로 합의를 봤다. 계좌 정보를 확인한 민트는 빈 쇼핑백을 접어 재킷 주머니에 넣고 의자에서 일어났다. 미야기는 다시 고글을 쓰고 소파에 몸을 묻었다. 수조 속의 로봇은 다시 정신을 차리고 식염수 속을 헤엄치는 벌레에게 두 팔을 뻗었다.

미야기의 아지트에서 빠져나온 민트는 차이나타운의 골목길을 따라 천천히 내려갔다. 그때까지 근처 공원 벤치에 앉아 농땡이를 치던 징크스가 킥 스쿠터를 타고 천천히 민트 옆을 지나쳐 갔지만 둘은 서로를 모른 척했다.

인천역 앞 건널목에 도착했을 때 징크스의 모습은 더 이상 보이지 않았다. 그 대신 지연과 케페우스가 횡단보도에 서서 신호를 기다리고 있었다. 오늘 전철 소동의 후유증 때문이었는지 케페우스는 많이 아파 보였다. 저 아저씨가 언제까지 버틸 수 있을까. 민트는 궁금했다.

녹색 불이 들어왔고 세 사람은 횡단보도를 건너 월미도

쪽으로 걸어갔다. 월미도 부근은 '폭동'의 상처를 거의 입지 않았고 재개발 이후에 그나마 있던 상흔들마저도 깨끗하게 지워져 버렸지만, 이전의 생기를 찾기는 어려웠다. 카피탄 레오노프 사건 때 죽은 건 송도뿐만이 아니었다. 인천은 어디를 가도 조금씩 죽어 있었다.

스키아파렐리에 도착한 민트는 예약해 놓은 특실로 들어갔다. 그곳은 믹서가 만든 안전지대 중 하나로 80일 동안은 모든 감시 시스템으로부터 안전했다. 안전지대란 결국 증발되기 마련이지만 적어도 지금 이 조용한 무인 이탈리아 식당은 요새처럼 튼튼했다.

다른 멤버들이 속속 도착했다. 케페우스와 지연이 먼저였고 오 분 뒤에 징크스가 킥 스쿠터를 몰고 왔다. 지연이 메뉴창을 열어 주문을 입력했고 잠시 뒤 동글동글한 웨이터 로봇이 음료수와 식전 빵을 갖고 들어왔다.

"도대체 방채운이 누구야?"

로봇이 떠나자 민트가 말했다.

"나도 모르겠어."

지연이 고개를 저었다.

"징크스한테서 이야기를 듣고 검색해 봤는데, 나오는 이름이 없어. 벌컨이 말한 방채운이 저번 추석 때 죽은 태국

대사관 직원은 아닐 거 아냐. 너, 나 몰래 혹시 태국에 다녀 왔어?"

"그럼 걔들이 왜 그 사람 복수를 니에게 한다는 긴데?"

"유령 정보일 거야."

지연은 긴 손가락으로 테이블을 따닥따닥 쳤다.

"충분히 있을 수 있는 일이잖아. 벌컨은 지난 이 주 동안 만나는 팩마다 시비를 걸며 전쟁을 벌이느라 바빴지만 설마 그게 다였을까? 보나 마나 벌레 힘을 믿고 주변 사람들의 마음속 정보를 맘껏 빨아 마시고 다녔을 거야. 그러다 보면 그 뺏어 들인 온갖 정보와 감정이 머릿속에서 멋대로 연결돼. 일단 연결되면 스토리가 만들어지고 그 스토리를 강화하는 편견이 생겨나고. 이런 게 계속되다 보면 머릿속에서 멋대로 태어난 이야기가 진짜 기억이라고 믿게 되는 거야. 벌컨은 리더 정신감응자이니 팩의 다른 멤버들도 자연스럽게 그 기억을 물려받게 되고. 이렇게 끊임없이 서로의 마음을 읽다 보면 결국 존재하지도 않는 방채운의 복수를 다짐하게 되지. 넌 이제 큰일 났다. 어떻게 저것들을 설득할 거야?"

"방채운이 없다는 건 검색만 해도 알 수 있잖아."

"그들의 이야기에서는 검색이 안 되는지도 모르지. 아니면 믹서가 재주를 부려서 인터넷의 정보를 몽땅 삭제했다고 믿거나. 전에 믹서에게 한 번 당했었잖아. 핑계는 많아."

"벌레가 정말 효과가 있었을까?"

폰을 만지작거리고 있던 징크스가 끼어들었다.

"그게 중요해?"

지연이 얼굴을 찌푸렸다.

"정말 효과가 있었을지도 모르지. 누가 알겠어. 하지만 믹서 말이 맞아. 그런 건 아직 머릿속에 넣는 게 아니야. 때가 일러. 지금은 과학의 시대가 아니야. 어느 누구도 우리가 왜 이런 힘을 갖게 되었는지, 배터리들이 어떤 에너지를 뿜고 있는지 모르잖아. 과학자 언어를 쓴다고, 그럴싸한 첨단 기계를 동원한다고 저절로 과학이 되는 게 아니야. 그 벌레는 사기꾼 약장수의 만병통치약과 다를 게 하나도 없었어. 잘 만든 근사한 기계이기는 하지. 하지만 그게 뭐."

웨이터 로봇이 들어왔다. 파스타와 라비올리, 리소토가 분배되었고 로봇은 뒷걸음치며 퇴장했다. 구석에서 쭈그리고 앉아 테이블에 머리를 박고 있던 케페우스가 그제야 고개를 들었다. 그는 자기 몫의 해물 리소토 접시를 끌어와 떨리는 손으로 스푼을 박아 넣고는 쉰 목소리로 민트에게 물었다.

"미야기가 미끼를 문 것 같니?"

민트는 말없이 케페우스의 얼굴을 바라보았다. 면도를 이틀 건너뛴 성긴 수염이 난, 실제 나이보다 열 살은 더 먹어 보이는 얼굴. 죽어 가는 남자의 얼굴. 저 몸 안에서는, 저 머릿속에서는 지금 무슨 일이 벌어지고 있을까.

"미끼? 모르겠어, 아저씨. 하지만 LK는 미야기의 가장 큰 고객인걸. 당연히 거기로 가겠지. 한담에 되팔아 봐야 얼마나 받겠어?"

케페우스는 경직된 미소를 지었다. 자연스럽게 스며 나오는 진짜 미소가 아니라 대화를 위한 언어로서의 미소였다. 그 미소는 오히려 방의 분위기를 냉각시켰다. 대화는 끊겼고 그들은 말없이 각자의 음식에 집중했다.

류 수 현 이 라 는   아 이

조일용은 피곤해 보였다. 십오 년의 결혼 생활을 끝내는 건 누구에게도 힘든 일이다. 그 책임이 전적으로 자기에게 있다면 더욱 그렇다. 그는 두 달 동안 살이 17킬로그램이나 쪘고 지금은 치유사의 도움을 받아 대사 조절을 통해 다시 살을 빼고 있었다. 하지만 그의 책상 위는 여전히 과자 부스러기와 뜯어진 포장지로 어지러웠다.

최유경은 조일용이 남은 커피를 들이켜고 흐트러진 정신을 모을 때까지 참을성 있게 기다렸다. 그가 양 주먹을 불끈 쥐고 신호를 하자 그녀는 언제나처럼 덤덤한 목소리로 이야기를 시작했다.

"아직 사인은 밝혀지지 않았습니다. 남아 있는 부분만으로는 확인이 어렵다고 해요. 하지만 오른손만으로 사망 시각은 얼추 밝혀졌습니다. 10월 24일 자정 전후일 거라고 하더군요. 해인 고등학교 학생들과 함께 들어간 건 아니었어요. 이건 전부터 알고 있었던 사실이긴 합니다만."

아이가 살아서 들어갔느냐, 아니면 죽은 뒤에 시체로 실려 왔느냐 역시 확실하게 밝혀지지 않았는데, 주변 조건을 고려해 보면 후자 쪽일 가능성이 조금 더 높다고 합니다. 어느 쪽이건 회사 보안 컴퓨터에는 그 과정이 남아 있지 않아요. 데이터엔 어떤 조작의 흔적도 보이지 않습니다만 우리가 알고 있는 사실과 맞아떨어지지 않으니 조작된 게 분명한 상황인 거죠. 실제로 컴퓨터는 새벽 3시에 덕트 청소 로봇이 시체를 발견할 때까지 덕트 안에서 화재가 발생했다는 사실을 전혀 눈치채지 못했어요.

여기서 중요한 건 시체가 어떻게 덕트에 있느냐가 아니라 어떻게 불을 질렀느냐입니다. 시체에서는 어떤 종류의 연소 촉진제도 검출되지 않았습니다. 검출되었다고 해도 속임수였겠죠. 오직 발화능력자만이 이런 일을 저지를 수 있습니다. 몸 안의 화학 물질을 통해 세포 단위에서 발열을 시킨 거죠. 그러면 당연히 화재가 발생한 26일 새벽 1시 전후에 발화능력자와 배터리 모두 덕트 주변에 있어야 합니다.

이게 어떻게 가능한지 시뮬레이션을 돌려 봤습니다. 몇

가지 답이 나왔습니다만, 제가 보기에는 다 설득력이 없습니다. 예를 들어서 발화능력자의 능력이 정말로 뛰어나서 회사 보안팀을 건드리지 않고 아주 약한 배터리의 힘만으로도 그런 일을 저지를 수 있었다고 볼 수 있습니다. 배터리가 보안팀이 있는 로비를 통과하지 않고 다른 경로로 들어왔다고 볼 수도 있습니다. 비행능력자가 날아서 운반해 떨어뜨렸다거나요.

하지만 다들 말로만 그럴듯할 뿐입니다. 그런 능력의 발화능력자는 존재하지 않는다고 보는 게 맞고 배터리가 다른 경로로 들어왔다고 해도 그 흔적을 완전히 감추려면 여의도 전체와 경찰의 보안 컴퓨터들을 모두 손봐야 합니다. LK 빌딩 하나를 조작하는 것과는 차원이 다른 일이죠. 우리가 아직 모르는 단순 명쾌한 방법이 있었을 겁니다."

"도대체 왜 그런 짓을 저질렀을까?"

"어쩌다 벌어진 사고는 당연히 아닐 거고. 십중팔구 어떤 메시지가 아닐까요. LK 내부의 일과 연관되어 있을 겁니다. 그곳 상황이 많이 안 좋잖아요. 죽은 나인규 회장에게 다 뒤집어씌우고 싶은 모양입니다만, 그게 쉽겠습니까? 이 사건을 핑계로 계속 파다 보면 뭔가 더 나올지도 모르죠."

"그런 메시지를 보내려고 여자아이를 불 질러?"

"시체입니다. 둘은 다르지요, 대장."

최유경의 목소리에는 가벼운 짜증이 섞여 있었다. 삶과 죽음에 대한 그녀의 태도는 늘 현실적이었다. 시체는 물건에 불과하다. 죽은 사람은 이제 존재하지 않으며 인간이 어쩔 수 없는 과거에 속해 있다. 연민과 동정은 지금 살아 있는 사람에게로 제한되어야 한다. 논리적이었지만 지난 칠 개월 동안 최유경과 일해 온 대부분의 사람들은 그녀의 그런 사고방식이 오싹하다고 생각했다. 한상우는 문화 차이 때문이라고 파트너를 변호했지만, 과연 보츠와나에서 어린 시절을 보냈다는 것이 이에 대한 핑계가 될까. 보츠와나 사람들이 우리랑 그렇게 다를까.

한상우의 변호보다 더 인기 있는 가설은 최유경이 2026년 배터리 시대 이후에 생긴 능력으로 뇌가 변형된 신종 인류라는 것이었다. 징그러운 요즘 젊은것들. 세상이 어떻게 되려고. 하지만 한상우는 최유경의 태도가 그렇게 나쁘기만 한 것인지 알 수 없었다. 어떤 사건에 살아 있는 사람이 관여되었을 경우, 최유경은 그 누구보다도 열성적이었고 타협을 몰랐다. 일이 엉뚱한 방향으로 꼬여 대참사로 이어질 수 있었던 베서니 클럽 사건이 사망자 한 명만 내고 무사히 종결될 수 있었던 이유도 최유경의 집요함 덕분이었으므로 선배들은 대놓고 뭐라고 시비 걸지 못했다.

조일용은 몸을 앞으로 내밀고 책상 화면에 뜬 사진들을 내려다보았다. 불타 버린 시체를 찍은 입체 사진, 지문 확대 사진, 그리고 죽은 여자아이가 학교에서 마지막으로 찍은 180도 증명사진. 날짜는 2047년 4월 1일(월)이라고 기록되어 있었다. 그는 검지로 증명사진을 좌우로 움직여 보았다.

"그 사진은 아무 쓸모가 없습니다."

최유경이 말했다.

"아이는 그해, 5월 24일에 학교에서 달아났고 그 뒤로 삼 년이 넘는 세월이 흘렀으니까요. 치유사가 외모를 완벽하게 뜯어고치기 충분한 시간입니다. 얼굴과 머리가 다 타 버려서 죽기 전에 어떤 얼굴인지 알아내는 건 불가능합니다."

"그렇다면 지문도 바꿀 수 있지 않았을까?"

"네, 쉽죠. 하지만 안 바꿨더군요. 상관없다고 생각한 모양이죠. 어차피 DNA 자료도 남아 있었으니 지문과 상관없이 신원을 확인할 수 있으니까요."

최유경은 손가락을 놀려 화면을 바꾸었다. 사진들이 사라지고 LK 특수 학교의 문서들이 나타났다.

"아이 이름은 류수현입니다. 2033년 10월 25일생. 어머니는 류현리, 아버지는 정욱입니다. 부모는 결혼하지 않았습니다. 류현리는 1급 정신감응자였고 당시에는 국가안전관리국의 연구 대상이었는데, 능력의 부작용으로 뇌종양을 앓았고 2041년에 사망했습니다. 아버지 정욱은 딸을 LK 특수학교에 넘겼고 그 자신은 이 개월 뒤에 투신자살했습니다. 적어도 그렇게 여겨집니다. 시체는 발견되지 않았지만, 폰과 함께 유서가 남아 있었습니다.

아이는 엄마를 닮아 1급 정신감응자였습니다. 독심술, 환상술, 정신통제 모두에 90점 이상을 받았습니다. 당연히 LK가 탐내는 인재였고 군에서도 노렸습니다. 하지만 아이는 학교에 제대로 적응하지 못했습니다.

보통 정신감응자 기숙 학교에 다니는 아이들은 셋 중 하나를 택하기 마련입니다. 자연스럽게 무리의 리듬을 타거나, 투명 인간처럼 자신을 감추거나, 리듬을 주도하거나. 대부분 저절로 형성된 리듬을 타는 편입니다. 류수현은 리듬을 주도하려는 쪽이었습니다. 리더 기질이 있어서가 아니라 그게 다른 사람들의 리듬으로부터 자신을 지킬 수 있는 유일한 길이라고 믿었기 때문이죠. 이건 본인이 직접 한 말입니다. 여기 학교에서 공개한 인터뷰가 있습니다.

당연히 결과는 좋지 않았습니다. 아이들과 충돌이 잦았고 자신도 힘들어했죠. 무엇보다 LK가 지정해 준 미래에 대해

심한 거부감을 느꼈던 모양입니다.

2047년, 류수현은 학교의 배터리 남학생 한 명을 유혹해서 같이 학교에서 탈출합니다. 그 학생의 이름은 박진하였고 류수현보다 두 살 위였습니다. 보육원 출신이었고 학교에 들어오기 전에는 가벼운 지적 장애가 있었는데 정신감응 교육을 받으면서 개선되었다고 합니다. 그 교육 과정에 류수현도 참여했는데, 박진하는 그때 류수현에게 집착하게 되었다고 합니다.

둘은 인천에 갔습니다. 폭동 직전이었지요. 탈출한 특수학교 출신 학생들이 몸을 숨기기에 가장 좋은 곳이었습니다. 둘은 폭동에 개입했던 것 같고 이 두 명으로 추정되는 사람에 대한 진술과 사진 몇 장을 얼마 전에 우리 컴퓨터가 찾아냈습니다.

박진하는 경찰 진압 중 사망합니다. 가스 알레르기에 의한 질식사였습니다. 시체는 일 년 뒤에야 공사장에서 발견되었는데, 박진하의 닉 '박하'는 그 이후에도 살아 있었습니다. 류수현은 이 닉을 새 팩을 결성하는 데에 이용한 것으로 보입니다.

48년 초, 류수현은 자신만의 팩을 구성했습니다. 팩 이름은 '민트 갱'이었습니다. 류수현 역시 그 이후 민트라는 새

닉에 안주한 것 같습니다. 다른 청소년 팩과 충돌한 기록이 경찰청 자료에 남아 있습니다. 민트 갱의 다른 구성원에 대한 정보는 거의 없는데, 믹서라는 닉을 쓰는 복합능력자와 김지연이라는 정신감응자가 있었던 것 같습니다. 그리고 좀 흥미로운 이야기를 들었는데……."

최유경은 이야기를 중간에 멈추고 통통한 얼굴에 어색한 미소를 띄웠다.

"……민트 갱은 다른 팩과 전쟁을 할 때 배터리를 좀 독특한 방식으로 활용했다고 하더군요."

민트를 통해 본
LK 특수 학교 제4분교의
간략한 역사

 최유경의 이야기를 있는 그대로 받아들이지 말았으면 좋
겠다. 문장 자체만 따진다면 틀린 말은 없다. 하지만 한 사람
의 인생을 그렇게 쉽게 요약할 수 있을까. 삶은 목적도 의미
도 없다. 이를 요약하는 사람들은 거기서 가져온 재료들을
편집하면서 억지로 자기만의 이야기와 의미를 만들어 낸다.
 민트가 LK 특수 학교 제4분교에서 보낸 몇 년만 해도 최
유경이 요약한 것처럼 단순하지 않았다. 도입부가 주인공을
괴롭히려고 작정한 연속극 같긴 하다. 어린 시절 병으로 엄
마를 잃었는데, 장례식 다음 날 생전 처음 보는 남자가 아빠
라고 얼굴을 들이밀더니 강원도 산골의 버려진 호텔 건물
앞에 데려다 놓고 달아나 버린다. 나중에 다시 연락하려고
했더니 전화는 엉뚱하게 오키나와 경찰이 받고 네 아빠는

전날 밤 폰과 유서를 해변에 남겨 두고 물속으로 걸어 들어 갔다고 알려 온다.

하지만 그 뒤는 그럭저럭 괜찮았다. 일단 그 버려진 호텔 건물은 추레해 보이긴 해도 대기업이 돈을 펑펑 쏟아 운영 하는 비싼 학교였다. 고립된 장소였지만 시설과 인력은 훌 륭했다. 아이들은 모두 넉넉한 크기의 독방을 제공받았고 식사와 의료 시설도 1급이었다. 그리고 이 모든 서비스는 무 료였다.

다른 학생과의 관계도 처음엔 그 정도면 좋은 편이었다. 학교 배터리들과 동기화되고 정신감응력이 향상되면서 민 트의 머릿속으로 학교에 적응한 다른 정신감응자 아이들의 낙천주의와 자신감이 쏠려 들어왔다. 새로 생긴 능력과 지 식은 공짜 선물이었다.

문제는 민트가 아니라 학교 자체였다.

새로 발견된 배터리의 에너지를 통해 깨어난 능력을 최대 한 끌어올릴 수 있도록 영재들을 모아 어린 시절부터 교육 한다는 계획은 온당해 보인다. 2026년 이후 거의 모든 사람 이 했던 생각이다. 수많은 기업과 단체에서 비슷한 시도를 했다. 그리고 한국에서 가장 먼저 문을 연 것은 LK였다.

LK가 택한 방법은 선별, 고립, 압축이었다. 정신감응력이 가장 뛰어난 아이들을 선별해 배터리들과 함께 학교에 고립시킨다. 그 환경 속에서 아이들은 서로의 능력에 영향을 받아 발전하고, 수업이 아닌 기억 흡수의 과정을 통해 지식을 쌓는다. 학교가 양성한 인재는 자신의 능력과 지식을 다음 학생들에게 물려주고 시행착오를 거치면서 점점 불필요한 가지들을 잘라 낸다.

수많은 사람들이 LK 특수 학교를 공격했다. 가장 많이 받은 비판은 이 과정이 교육이 아니라 인재 제조에 불과하다는 것이었다. 아이들은 비판적 사고의 훈련 없이 LK가 일방적으로 쏟아붓는 친기업적 메시지와 지식에 감염될 것이다. 이런 과정에서 성장한 학생들이 단일한 가치관 아래 경쟁하면서 다른 사람들을 밀어내고 리더의 지위에 오른다면 우리 사회는 어떻게 될 것인가.

진지한 문제의식이었지만 그만큼이나 순진무구한 생각이었다. LK의 이사들이 처음에 어떤 생각으로 이 특수 학교들을 만들었건, 학교와 학생들은 전혀 다른 길을 걸었다.

우선 단일한 지식과 가치관을 주입하는 것 자체가 불가능했다. 지식이란 다른 지식을 흡수하는 통로이다. 지식의 양이 늘어날수록 통로의 수도 기하급수적으로 늘어난다. 아이들은 학교에서 다언어 구사자로 키워졌기 때문에 다양한 통로를 통해 스스로 쌓을 수 있는 지식이 압도적으로 많았다. LK 실험 고등학교라는 이름으로 첫 학교가 개교한 2030년대만 해도 학생들의 능력이 교사들에 비해 월등히 뛰어났기 때문에 이들의 지식 습득 과정을 교사들이 통제하기란 지극히 어려운 일이었다. 교사들 자신도 그게 말도 안 되는 일이라는 것을 알고 있었다. 교사들의 목표는 학생들을 이끄는 것이 아니라 함께 새로운 교육법을 찾아내고 그와 더불어 자기 계발을 하는 것이었다.

이 과정에서 학교는 초창기 비판자들이 우려했던 것과는 전혀 다른 문제들을 만들어 냈다. 정작 학교가 만들어 낸 문젯거리는 대량 생산되는 체제 순응적인 LK 로봇들이 아니라 거의 만화책 속 악당처럼 사고하고 행동하는 몇몇 과대망상증 환자들의 출현이었다. 그보다 더 많은 학생이 정신병을 앓거나 뇌 손상을 입었는데, 순도 높은 정신감응자들과 배터리만 모여 있는 고립된 곳은 거의 폭탄이나 다름없어서 조금만 환경이 불안정해도 아이들의 뇌에 치명적일 수 있기 때문이었다. 배터리와 함께 있을 때 그들은 마치 순수한 산소와 같아서 인위적인 조작 없이 안정적인 정신 상태를 유지하기가 극히 어려웠다.

학교는 수많은 과학자와 기업가와 정치가들을 배출했지

만 사람들의 시선을 끈 건 정작 사고뭉치들이었다. 그들 중 몇 명이 자생적 테러 조직의 수장이 된 뒤로는 더욱 그랬다. 아이들을 최고의 지식인 겸 정신감응자로 교육하려던 지도층 가족들도 슬슬 학교를 기피하기 시작했다.

하지만 LK는 학교 프로젝트를 포기하지 않았다. 일단 자기 뒤를 이어 나갈 후배를 만들려는 학교 졸업생들이 LK의 요직을 차지하고 있었다. 이들 중 상당수는 비슷한 수준의 능력을 지닌 동료들과 연합해 방해가 되는 회사 사람들의 정신을 교란해 밀어내고 그 빈자리를 차지했다.

LK 실험 고등학교는 문을 닫았지만, 학교들은 계속 세워졌다. 민트가 제4분교에 입학했을 때만 해도 남한에는 일곱 개의 특수 학교가 있었다. 교육 방식과 조건은 이전과 크게 다르지 않았다. 달라진 건 학생들이었다. 아이들은 아주 어렸을 때부터 교육을 받았고 대부분 가난한 집안이거나 보육원 출신이었다. 사고로 죽거나 정신 병원에 들어간다고 해도 누구 하나 신경 쓰지 않을 아이들. 교육 환경은 개선되었고 과정은 더 효율적이 되었지만, 위험성은 남았다. 학교 프로젝트를 운영하는 선배들은 큰 걱정을 하지 않았다. 그들이 신경 쓰는 건 무사히 학교에서 살아남은 생존자들뿐이었다.

제4분교의 사고는 필연이었다.

앞 장에서 여러분이 읽은 최유경의 보고에도 그 사고의 진실이 일부 숨어 있다. 예를 들어 이것은 무슨 뜻인가.

"류수현은 리듬을 주도하려는 쪽이었습니다. 리더 기질이 있어서가 아니라 그게 다른 사람들의 리듬으로부터 자신을 지킬 수 있는 유일한 길이라고 믿었기 때문이죠."

대충 읽으면 민트가 평범하고 진부한 학교 문화로부터 자신의 개성을 지키려고 한 반항아쯤 되는 것 같다. 하지만 앞에서 말했듯 LK 특수 학교는 결코 평범할 수도, 진부할 수도 없는 곳이었다. 학교가 없어진 2053년까지 LK 특수 학교들은 늘 첨단을 달리고 있었다. 그 첨단의 방향이 어디를 향하고 있느냐는 학교마다 달랐지만.

제4분교에서 그 첨단은 오컬트를 향하고 있었다. 오해가 있을까 봐 하는 말인데, 제4분교를 운영하는 사람 중 그 누구도 죽은 뒤에도 살아남는 불멸의 자아 따위는 믿지 않았다. 세상이 아무리 수상해졌대도 믿지 말아야 할 일들이 있다. 다른 사람의 마음을 읽고 하늘을 날고 손짓으로 자동차를 집어 던지는 건 어처구니없긴 해도 가능한 일이다. 하지만 그렇다고 해서 죽은 사람과 소통하고, 전생의 기억을 되살리고, 물리적 우주 너머에 존재하는 '천국'이나 '지옥'을 방문하는 것까지 가능하다는 건 아니다. 이는 학교의 교사들과 학생 모두 알고 있던 사실이었다.

그럼에도 불구하고 유령들은 존재했다. 제4분교에 상주하는 유령의 이름은 서이나라고 했다. 2034년생으로, 민트보다 육 개월 어렸다. 이나는 2046년 4월 1일 자기 방에서 시체로 발견되었다. 사인은 밝혀지지 않았다. 학교 의사의 말에 따르면 존재하지 않는 총알이 뇌를 관통한 것 같다고 했다. 전에도 종종 있어 왔던 사고사이거나 자살이었다. 살인일 가능성은 극히 낮았다. LK 특수 학교는 그런 비밀을 감출 수 있는 곳이 아니었다. 자살이었대도 그건 극도로 충동적인 선택의 결과였을 것이다.

언제나처럼 회사가 사건을 처리했고 그 아이는 화장되었다. 보통 때 같았다면 다른 학생들은 짧은 애도의 기간을 거치고 그 부재에 적응했을 것이다. 특수 학교에서는 쉬운 일이었다. 학교의 모두가 서로의 기억을 어느 정도 공유하고 있었기 때문에 죽은 사람은 사후에도 사람들의 기억 속에 희박하게나마 살아 있는 셈이었다.

하지만 이나는 다른 아이들과 전혀 달랐다.

그 아이는 미친 듯이 사랑스러웠다.

여기서 '사랑스럽다'는 LK 특수 학교의 은어이다. 바깥 세계에서 '사랑스럽다'는 표현은 성적 매력이나 유아적 귀여움, 기타 안전한 호감을 유발하는 특성을 지닌 사람들에게 주로 사용된다. 하지만 학교의 정신감응자들에게 '사랑스럽다'는 개별 정신의 특별한 상태를 의미했다. 주변의 다른 정신으로 쉽게 발산되지 않으면서 자극을 받을 때 독특한 탄성을 유지하는 정신 상태. 이나는 바로 그런 아이였다. 아이는 그 존재만으로도 주변 학생들에게 독특한 쾌락을 유발했다. 아이는 '사랑을 받았고' 바로 그런 이유로 다른 아이들로부터 고립되었다. 이나는 우리의 일부가 아닌 남일 때에 가장 매력적인 존재였다.

서이나가 죽은 뒤 그 유령이 학교에 남아 있을 수 있었던 것도 그 때문이었다. 아이들은 이나가 남긴 진공을 채우기 위해 기억 속에 남아 있는 쾌락을 재현했고 이런 노력들이 중첩되자 아이들의 정신으로 구성된 허구의 공간 속에 유령이 태어났다. 아이들은 이나가 죽기 전에 빨아들인 기억을 그 유령 속에 불어넣었고 유령은 점점 더 그럴싸해졌다.

처음에 이나의 유령은 시간이 남아도는 학생들의 심심풀이 유희에 불과했다. 하지만 유령이 점차 스스로 정체성이 있는 것처럼 행동하기 시작할 무렵에는 자랑스러운 학교 프로젝트가 되었다. 학교의 거의 모든 사람이 이나의 유령을 유지하고 발전시키는 데에 집착했다.

이러다가 자칫하면 대형 사고가 터질 수 있다는 걸 아무도 몰랐을까? 당연히 알고 있었다. 하지만 2047년 당시 제4분교의 사람들은 모두 자포자기가 가져온 흥분 상태에 빠져 있었다. 어차피 불안한 세상이었다. 안정된 미래는 허망한 기대였다. 배터리의 힘이 점점 강해지는 지금의 상태가 지속된다면 인류는 멸망하거나 전혀 다른 존재로 진화할 것이다. 이런 세계를 살면서 하찮은 생존 본능 따위 때문에 발견과 창조의 성취감을 포기하란 말인가?

이 열광 속에서 민트가 그럭저럭 멀쩡한 정신을 유지할 수 있었던 것은 민트와 이나가 여러 면에서 비슷한 아이였기 때문이다. 민트는 이나만큼 '사랑스러운' 존재는 아니었지만, 어느 정도 정신적으로 고립되어 있었다. 민트는 이나를 친구로 여기고 '우리'로 받아들인 거의 유일한 아이였다. 민트에게 이나의 유령은 이나가 아니었다. 학교의 다른 사람들과는 달리 민트는 유령에게서 불완전한 복사물이 발산하는 오싹한 징그러움을 느꼈다. 민트는 이 존재를 유지하는 작업에 어떤 매력도 느끼지 못했다.

민트는 저항했다. 그나마 이성이 남아 있는 사람들을 규합했고 LK에 이 사실을 알리려 했다. 이게 최유경이 말한

'리듬을 주도하려는 시도' 중 하나였다. 하지만 LK에 보낸 SOS는 중간에서 차단당했고 잠시나마 민트의 편에 섰던 사람들은 모두 가짜 이나의 마법에 휩쓸려 갔다. 이제 유령은 이나보다 더 큰 존재였고 학교의 거의 모든 사람의 정신을 지배하고 있었다. 민트는 학교의 거의 모든 사람에게서 가짜 이나의 얼굴을 보았다. 가짜 이나들은 여전히 민트를 자신의 친구로 여겼기 때문에 사정은 더 나빠졌다.

민트가 떠올릴 수 있는 해결책은 단 하나, 이들로부터 배터리를 떼어 내는 것이었다. 하지만 민트가 그 아이디어를 떠올린 순간 가짜 이나들이 생각을 읽어 버렸다. 배터리 학생들은 모두 차고에 감금되었고 한 명씩 세뇌 작업이 시작되었다.

학교 보일러실에 감금되었던 민트는 아슬아슬하게 탈출에 성공할 수 있었다. 보일러실 구석에 창문의 방범창을 잘라 낼 수 있는 절단기가 버려져 있었고 며칠 전에 이나 중 한 명이 된 학교 관리인은 그 사실을 까맣게 잊고 있었다. 창문을 통해 기어 나온 민트는 세뇌되기 위해 끌려 나오는 마지막 배터리였던 박진하를 구출했다. 이전 같았으면 불가능한 일이었다. 제4분교의 학생들은 모두 다양한 능력의 1급 능력자로 네 명 정도면 각자의 특기를 조합해 민트를 제압할 수 있었다. 하지만 지금 그들은 모두 이나였고 이나가 지녔을 법한 능력만을 갖고 있으며 심지어 그 능력도 어느 정도 허상이었다.

민트가 박진하를 '유혹'했다는 말이 얼마나 사실인지는 모르겠다. 하지만 상당히 공을 들인 설득의 과정이 필요했던 건 사실이다. 다른 배터리들과 마찬가지로 진하 역시 이나의 유령을 보지 못했지만 분위기에 쉽게 휩쓸리는 성격이라 학교에서 벌어지는 일에 대단한 의심을 품지는 않았다. 진하가 민트 쪽으로 넘어온 것도 민트의 설득력보다는 전부터 품고 있던 민트에 대한 호감 때문이었을 가능성이 크다.

민트와 진하가 인천으로 탈출했을 무렵, LK에서도 사태의 심각성을 눈치채고 해결에 들어갔다. 2047년 말, 제4분교는 문을 닫았고 학생들은 흩어졌다. 기록에 따르면 학생과 교사의 반 이상이 해외로 떠났고 그 뒤로 편리하게 연락이 끊겼다. 나머지 반 역시 서류상에서 교묘하게 처리되었다. 최유경이 제출한 서류에는 멀쩡한 학교와 그 학교에 적응하지 못한 불량 학생 류수현에 대한 기록만 남아 있었다.

물론 이것은 민트의 눈으로 읽고 민트의 입을 통해 정리된 민트의 이야기이다. 목적도 의미도 없는 삶에서 요약되고 왜곡되며 억지로 모양을 갖추게 된 또 다른 이야기. 누군가는 이 이야기를 최유경의 이야기보다 더 믿어야 할 이유가 하나도 없다고 생각할지 모르겠다.

하지만 이 두 이야기 사이엔 작은 차이가 있다.

최유경은 자신의 보고가 얼마나 조작된 것인지 알고 있었다.

너무나도 사랑스러운 것

　민트가 이나의 유령과 재회한 건 1호선 열차 안에서 오스만 팩과 전쟁을 벌인 날로부터 꼭 한 달 전이었다.

　9월 첫 번째 화요일 저녁이었다. 민트는 홍대 앞 영화관에서 같은 해 8월에 죽은 알레한드로 카냐다스의 옛날 영화를 보고 있었다. 여섯 살 아나 쿠에르보가 고문, 살해당한 공산주의자의 유령과 함께 마드리드 길거리를 떠도는 이야기였다. 바로 전 시간대에는 스물아홉 살의 아나 쿠에르보가 만년필 살인마에게 쫓기는 영화를 보았는데 유령과 살인마는 모두 같은 배우였다.

　관객들은 많지 않았다. 민트를 포함해 여섯 명. 모두 여자였다. 아까는 더 적었다. 다들 후텁지근한 늦여름 공기를 뚫고 외출해 땀내 나는 낯선 사람들과 밀폐된 공간에 갇히는 대신 현명하게 스트리밍을 선택한 것이겠지. 아니면 이제 아무도 알레한드로 카냐다스라는 남자가 한때 존재했었다는 걸 기억하지 못하거나.

카메라를 정면으로 응시하는 아나 쿠에르보의 클로즈업으로 영화가 끝나자 민트는 옆 좌석에 걸쳐 놓았던 무민 에코백을 챙겨 들고 자리에서 일어났다. 계단을 통해 밖으로 걸어 올라온 민트는 홍대입구역을 향해 터덜터덜 걸어갔다.

겉으로 보기에 역으로 이어지는 길은 지저분하고 우울했다. 구질구질한 늙은 남자들이 군데군데 자리 잡고 앉아 자기네들 빼면 아무도 기억하지 못하는 옛날 노래들을 음정 박자 무시해 가며 고래고래 불러 대고 있었고, 대구 참사의 생존자들이 구석에서 텐트를 치고 앉아 성금을 모으고 있었다. 인천 폭동 이후 다시 세를 모은 대한민족당 운동원들이 조폭처럼 검은 양복을 맞추어 입고 태극기를 휘두르며 행진한 게 몇 분 전이어서 아직 길에는 버려진 유인물들이 날아다녔다.

하지만 거리에는 맨눈으로는 잘 보이지 않는 다른 세계가 존재했다. 홍대입구 일대는 핫 스폿이었다. 저녁이 되면 수많은 배터리가 이 주변으로 몰려들었다. 대부분 고만고만한 4, 5급이었다. 그들은 수백 명의 동료가 함께 만들어 낸 에너지장 속에서 능력이 향상되길 기대하며 카페와 술집에 죽치고 앉아 있었다. 거리는 그들이 발산하는 공짜 에너지로 반짝반짝 빛났다.

민트에게 그 길은 빛의 강이었다. 평범한 정신감응자들이 감지하지 못하는 수많은 정보가 온갖 감각으로 들어왔다. 그녀는 오케스트라의 지휘자처럼 그 감각들을 즉흥적으로 선별해 자신만의 합창곡을 만들었다. 오로지 자신만이 들을 수 있고 단 한 번의 연주 끝에 곧 망각 속으로 사라져 버릴 그런 노래였다.

그 합창 속에 이나의 목소리가 섞여 있다는 사실을 알아차린 건 전날 경찰이 철거한 평화의 탑 자리를 지나칠 무렵이었다.

민트는 그 자리에서 멈추어 섰다. 무인 편의점과 대마초 판매점 사이의 벽에 붙어 서서 눈을 감았다. 홍대입구 주변을 걷는 사람들이 보내오는 정보들이 머릿속에 모여 삼차원의 공간 정보를 만들었다.

이나의 유령은 민트로부터 50미터 앞에서 느릿느릿 걷고 있었다.

모습은 구별되지 않았다. 중첩된 영상 정보들은 모네의 풍경화처럼 흐릿했다. 여자인 것 같았지만 그 역시 분명치 않았다. 제4분교의 학생 중 35퍼센트가 남자였지만 민트는 그 아이들이 이나의 유령에 감염되었을 때 어떻게 보였는지 기억했다.

중요한 건 외모가 아니었다. 정신이 발산하는 특별한 느낌이었다. 발산되지 않고, 명쾌하고, 탄력 있고, 다채롭게 빛나고, 드뷔시 피아노곡처럼 찰랑거리고, 너무나도 사랑스러운.

하지만 저것이 이나의 유령이 맞는가? 저런 특성을 지닌 사람이 제4분교 바깥에 더 있을 수도 있지 않은가? 민트는 그럴 리가 없다고 생각했다. 이나는 특별한 존재, 고도로 정련된 정신감응자 무리 속에서 상호 작용을 통해 만들어진 아이였다. 이나가 가진 '사랑스러움'은 자연스러운 개성의 일부였지만, 제4분교 밖에서였다면 그 개성은 전혀 다른 모습으로 발현되었을 것이다. 다른 분교에서 같은 수준의 '사랑스러운' 정신이 만들어졌다고 해도 그 질감은 전혀 달랐을 것이다.

이나였다. 아니, 이나의 유령이었다. 이나는 오직 하나뿐이었고 그 이나는 죽었으니까.

학교에서 탈출한 뒤로 민트는 이나의 유령들에게 무슨 일이 일어났는지 알아내려 시도했다. 하지만 믹서의 노력에도 불구하고 얻을 수 있는 정보는 거의 없었다. 귀신 들린 학생 중 상당수는 그 이후에 죽은 게 분명하다. 하지만 살아남은 아이들은?

민트는 온갖 상상을 다 해 보았다. 하지만 그 상상 중 어느 것도 홍대입구 거리를 한가하게 걷고 있는 이나의 유령으로 연결되지 않았다.

민트는 유령이 남긴 찰랑거리는 흔적을 따라 걷기 시작했다. 그러면서 최대한 감정을 억누르고 주변 사람이 뿜어내는 상념들을 뒤집어쓰면서 자신을 숨기려고 노력했다. 다른 정신감응자들의 눈에 보이지 않는 투명 인간 되기. 지연이 가르쳐 준 트릭이었다. 민트가 아는 사람 중 지연만큼 이걸 잘하는 사람은 없었지만 민트의 실력도 나쁘지는 않았다.

유령의 마음을 읽으려는 시도는 쉽지 않았다. 유령의 생각에는 입구가 될 수 있는 추상적인 개념들이 보이지 않았다. 정신의 표면을 흐르는 건 온갖 곳에서 받아들인 시청각 정보뿐이었다.

유령은 홍대입구역이 있는 큰길로 빠져나왔다. 민트와 유령 사이의 거리는 이제 10미터 정도밖에 되지 않았다. 실루엣이 분명히 구별되지는 않았다. 사람들 사이로 언뜻언뜻 뒷모습이 보였다. 길게 늘어진 헐렁한 회색 여름옷은 여자 것일 수도, 남자 것일 수도 있었다.

길이 갑자기 복잡해졌다. 환호성이 들리고 플래시 불빛이 반짝였다. 순식간에 군중이 뿜어내는 정보들이 민트의 머릿속으로 쏟아져 들어왔다. 나이지리아에서 온 영화 촬영팀과 구경꾼들이었다. 은빛 드레스를 입은 그레이스 아두바가 다섯 대의 촬영 드론에 둘러싸인 채 막 그린리프 호텔의 로비에서 걸어 나오고 있었다.

민트의 정신이 놀리우드 스타가 발산하는 광휘에 잠시 흐트러진 동안 유령은 다시 시야에서 사라져 버렸다. 민트가 군중 속에서 간신히 벗어났을 때 유령은 더 이상 보이지 않았다. 그 대신 유령이 남긴 반짝이는 흔적이 차도에 길게 늘어져 있었다. 민트는 선글라스를 쓰고 그 흔적의 끝을 확대했다. 블루 레몬사의 무인 택시였다.

택시가 동교동 삼거리에서 우회전해 사라지자, 민트는 확대한 이미지 속 택시 번호판을 따서 간단한 메시지와 함께 믹서에게 보낸 다음 그레이스 아두바를 칭송하는 군중 속으로 들어갔다.

일 분 뒤에 믹서에게서 메시지가 도착했다. 블루 레몬 1741 차량 내부의 CCTV가 찍은 승객 사진이었다. 여자였다. 20대 초중반으로 보였고 민트가 모르는 얼굴이었다. 아

무 의미 없는 정보였다. 제4분교를 같이 다닌 학생들이 지금
의 민트를 본다면 알아볼 수 있을까?

이십 분 뒤 유령은 효창공원 앞에서 내렸다. 경찰 보안망
에 접속한 믹서는 CCTV들의 눈을 빌려 유령의 뒤를 쫓았
다. 유령은 공원 근처 편의점에서 음료수와 과자를 산 뒤 그
옆의 아파트로 들어갔다. 믹서는 주소를 확인하고 이를 통
해 신원을 추적했다. 잠시 뒤 답변이 도착했다.

'마리코 앤 매크레이. 아일랜드인. 23세. LK 고등과학 연
구소 연구원이야. 일 년 전에 한국에 왔어. 보나 마나 조작된
신원이겠지만 지금은 더 이상 깊이 들어가지 못하겠어. 어
린 시절 디지털 흔적까지 아주 그럴싸해. 너무 그럴싸해서
오히려 더 가짜 같은 수준이야.'

"오늘 저 사람이 무슨 일을 했는지 역추적할 수 있을까?"

민트가 물었다.

이 분 뒤에 믹서는 경로가 그려진 지도를 보내왔다. 아파
트, LK 여의도 본사, 퇴근 후 합정역 앞 아이리시 펍, 그리고
다시 아파트. 지루하기 짝이 없는 회사원의 삶.

이나의 유령은 어쩌다가 이 쳇바퀴 속에 갇혀 버린 것일까?

민 트 갱 이 왔 다 !

"우리는 민트 갱이 만들어지기 전부터 민트를 주목하고 있었습니다."

차예리가 말했다.

"정확히 말하자면 우리가 주목한 건 민트의 남자 친구였던 박하였습니다. 인천 폭동 때 당신네 인력관리국에선 당시 사건에 가담했던 3급 이상의 배터리들을 모두 추적하려 했죠. 그중에서 가장 눈에 띄었던 사람이 그 박하라는 남자애였습니다. 2급, 심지어 1급일 수도 있는 배터리였고 LK의 이상한 비밀 학교에서 훈련받았다고요. 학교에서 같이 탈출한 여자 친구에게 끌려다닌다는 이야기를 들었는데, 그때까지만 해도 그 여자애에겐 관심이 없었습니다. 가장 위험한건 언제나 배터리입니다. 배터리가 없으면 아무리 뛰어난 능력자도 그냥 보통 사람에 불과하니까요. 반대로 배터리만 주변에 있으면 온갖 어중이떠중이도 위험인물이 될 수 있죠. 그 사실을 입증한 게 인천 폭동이 아니었던가요?

폭동이 끝나도 박하를 찾을 수 없자, 인력관리국에서는 그때서야 박하의 여자 친구에게로 관심을 돌렸습니다. 그 여자애가 박하를 어딘가에 숨겨 놓고 아이들을 모아 팩을 결성할 것이라고 생각했지요. 그렇다면 팩을 만들려는 야심가 중에서 그 여자아이를 찾는 게 순서입니다. 그 여자아이와 아이들이 움직이길 기다리면 자연스럽게 박하를 찾을 수 있겠지요. 여기서부터는 우리의 전문 영역이고 당연히 인력관리국의 모든 정보는 우리에게 넘어왔습니다.

팩은 대부분 배터리를 중심으로 눈꽃처럼 피어납니다. 배터리가 가장 먼저이고 다음이 정신감응자죠. 배터리가 4, 5급이라면 그 뒤 순서가 그리 중요하지 않지만 3급 이상이라면 사정이 다릅니다. 사고를 치려는 현장에 데려올 수 없다면 배터리는 무용지물이 되고 그 과정에서 경찰이나 인력관리국에 발각된다면 이 역시 무용지물이 됩니다. 당연히 일시적으로나마 움직임을 은폐하는 담당자, 그러니까 마법사가 필요한데, 이건 고도로 숙련된 정신통제력을 갖춘 정신감응자만이 할 수 있지요.

아시겠지만 이런 마법사들은 극히 드뭅니다. 인력관리국의 통제에서 벗어난 3급 이상의 배터리 자체가 많지 않으니까요. 3급 이상의 배터리에 기반을 둔 팩이 있다고 해도 오래가지 못하죠. 결국 들통나기 마련이니까요."

"하지만 아무도 박하가 인천에서 죽었을 거라고 생각하지 못했었나요? 그게 가장 그럴싸한 가설이었을 텐데요."

한상우가 물었다.

"그럴 가능성도 있었지요. 하지만 박하의 닉이 활동하기 시작했어요. 언어 구사 수준을 보면 박하 자신은 아닌 것 같았지만 그 닉의 주인이 거의 1급에 가까운 2급 배터리를 미끼로 팩을 만들려고 하고 있었으니, 저희는 당연히 닉을 여자 친구가 사용하고 있고 박하 역시 살아 있다고 봤지요. 이모든 게 롤플레잉 게임일 가능성도 없지 않았지만 우린 그래도 이쪽을 믿어 보기로 했습니다.

그리고 크리스마스 무렵에 엄청난 뉴스가 들어왔어요. 김지연이 박하와 접촉을 시도하고 있었던 겁니다.

김지연은 이 세계의 록 스타였습니다. 44년부터 47년까지 3등급 배터리 기반의 팩 두 개를 성공적으로 운영한 마법사중 마법사였죠. 이런 팩들이 일 년 이상 지속될 수 있었던건 거의 기적에 가까웠어요. 심지어 두 번째 팩 때는 배터리가 중반에 2등급을 넘겼는데도 사 개월 이상 버티면서 팩 구성원들을 위한 완벽한 퇴로를 확보했지요. 배터리들이야 어차피 인력관리국 차지가 되었습니다만, 그거야 다들 처음부터 각오했던 것이고요.

이런 친구가 박하와 팩을 만들려 한다? 당연히 우린 흥분했습니다. 이들이 어떻게 팩을 운영해서 어떤 짓을 저지를지 궁금했어요. 알아요, 그걸 막는 게 우리 일이죠. 하지만 녀석들이 일을 저지르기 전에 우리가 할 수 있는 일은 거의 없었습니다. 기왕 일어날 거라면 무언가 환상적이고 재미있는 일이길 바랐어요. 그건 당신의 동료들도 마찬가지였을 겁니다. 이들이 배터리 힘으로 깽판 치는 동안 사람들이 입을 수도 있는 피해에 대해서는 우리도, 그쪽도 신경 쓰지 않았어요.

47년 말, 박하의 닉이 갑자기 온라인 활동을 중단했습니다. 우린 이게 박하의 팩이 완성되었다는 뜻으로 읽었습니다. 나머지 멤버에 대한 정보는 없었습니다. 김지연이 두 번째 팩이 무너지기 직전에 잠시 함께 일했던 염동력자를 데려왔다는 소문이 돌았는데, 이 소문이 확실한지도 모르겠고 맞다고 해도 정보가 없는 건 마찬가지였습니다. 나이도 모르고, 어떻게 생겼는지도 모르고, 여자인지, 남자인지는 더

더욱 알 수 없었지요. 두 번째 팩의 배터리에게 물었지만, 그 친구도 기억나는 게 전혀 없다더군요. 그쪽에선 덩치라고 불렸던 모양인네, 외모랑 전혀 상관없는 별명인 것만큼은 분명했고요.

기대와는 달리 새 팩은 조용했습니다. 박하의 닉이 죽었고 민트라는 닉이 그 뒤를 대신했으며 이들이 민트 갱이란 이름으로 불린다는 건 확인되었는데 정작 활동이 잡히지 않았어요. 이건 무슨 뜻일까. 팩만 만들어 놓고 놀고 있다는 뜻일 수도 있지만, 너무나도 효율적으로 팩을 꾸리고 있어서 전혀 감지되지 않은 것일 수도 있지요.

그러다가 4월에 SBI 사건이 터졌습니다. 네, 바로 그 사건요. 환경 단체 테러리스트들이 부천의 SBI 연구소에 들어가 시설을 박살 내고 연구원들을 감금했던. SBI에서는 부인했지만, 소문에 따르면 그날 밤 연구소에서 박쥐 날개 달린 동물들 수십 마리가 무리를 지어 서쪽으로 날아가는 걸 본 사람들이 있었고, 그걸 찍은 사진도 조작 가능성이 40퍼센트밖에 되지 않는다지요. 여기까지는 뉴스에 보도된 부분입니다. 하지만 인력관리국에서 보도를 막은 정황이 있었죠. 23층 연구실 벽에 보라색 페인트로 '민트 갱이 왔다!'라고 쓰여 있었던 겁니다.

우리 관점에서 보면 이 사건은 그냥 걸작이었습니다. 기껏해야 대여섯 명 정도의 어린애들이 회사 하나를 통째로 정복한 것입니다. 박하가 아무리 좋은 배터리였다고 해도 여전히 대단했어요. 일단 SBI는 생명 공학 전문 회사였기 때문에 연구를 위한 2급 이상의 복합능력자를 열네 명이나 갖추고 있었고 이들을 지원하기 위한 배터리 수도 만만치 않았던 것입니다. 무슨 연구를 하고 있었는지는 모릅니다만, 엄청나게 중대한 것이라 보안도 엄격했어요. 그런데도 이런 일이 실제로 일어나 버렸습니다.

우린 이게 어떻게 가능했는지 연구했지만 쉽지 않았습니다. 일단 필요한 정보를 회사가 주지 않았으니까요. 보안팀의 활동에 초점을 맞추고 수사했지만 역시 구멍이 너무 많았어요. 주변 사람들이 봤다던 박쥐 날개 달린 동물들 생각이 자꾸 나더군요. 상부에서는 믿지 않았지만, 그 동물들이 경찰 감시망에 잡히지 않은 건 특별한 은폐 능력을 갖춘 무리였기 때문일 수도 있지 않나요? 그렇다면 연구소 내부에 다른 누군가가 있었을 수도 있지 않습니까? 우리 독심술사를 동원해서라도 더 알아보고 싶었지만, SBI의 변호사들이 막았습니다.

SBI 사건 이후 민트 갱의 활동은 조금씩 표면으로 떠올랐습니다. 자기네들을 반기업 테러리스트로 정체화한 모양이었고 여기저기에서 유사한 사건들이 터졌죠. 무엇보다 수사를 가장 적극적으로 막은 건 피해자들이었습니다. 우리가 알기로 3분의 2 정도는 신고도 안 했습니다.

그래도 아주 허탕을 친 건 아니었습니다. 일단 새 멤버의 윤곽이 서서히 떠올랐습니다. 믹서라는 닉으로 알려진 강력한 복합능력자였지요. 더듬더듬 모은 정보를 바탕으로 우리는 믹서의 능력을 측정해 보았는데, 아무리 낮게 잡아도 여러분이 탐낼 만한 인재임이 분명했습니다. 이런 능력자가 지금까지 어디에 숨어 있었던 걸까요? 일이 굉장히 재미있게 돌아가고 있었습니다."

"그리고 5월에 박진하의 시체가 발견되었군요."

"네, 그랬죠. 짜 맞춰 놓은 퍼즐이 완전히 엉망이 된 것입니다. 우린 지금까지 박하를 중심에 놓고 가설을 세웠는데, 박하는 단 한 번도 민트 갱의 일원인 적이 없었죠. 그렇다면 그렇게 빨리 박하의 자리를 채운 다른 배터리는 누구인가? 우린 여기에 대한 답을 끝까지 얻을 수 없었습니다. 인천에서 만났을 것 같긴 한데…….

생각해 보니 좀 한심하군요. 민트 갱 중 우리가 본명을 알고 있는 건 단 한 명, 민트뿐입니다. 외모 정보는 전혀 없고요. 믹서, 덩치, 배터리는 여자인지 남자인지도 모르죠. 누가 아니요. 김지연도 사실은 남자일지. 우리가 갖고 있는 건 그 일당들이 2048년 4월부터 저지른 테러 행위의 기록뿐입니다. 민트 소식을 들었을 때 가장 먼저 떠오른 생각이 뭔지 아나요? '나쁜 년, 얼굴은 보여 주고 죽지.'"

차예리는 힘없이 의자에 몸을 묻고 오른손으로 이마의 땀을 닦았다. 사 개월 전에 벌어진 사당동 자폭 테러 사건 때 날아간 손을 대체한 그녀의 반투명한 새 손은 아직 복원이 끝나지 않아 가늘고 힘이 없었다. 한상우는 유일한 능력이 스스로를 폭발시키는 것이던 자폭능력자들의 죽음에 대해, 통제 불가능한 불량 청소년들을 따라다니느라 십일 년의 세월과 팔 하나를 날린 경찰의 삶에 대해, 이 모든 번잡스러운 일들의 원인인 배터리들의 번성에 대해 잠시 생각했다.

"여기까지가 우리의 한계였던 것 같습니다."

움칫거리며 퇴장 인사를 준비하고 있는 한상우에게 차예리가 말했다.

"잘해 봐요. 그쪽은 더 운이 있을지 모르죠. 하지만 이게 다 무슨 소용일까요. 이 속도가 계속된다면 지구는 몇십 년 안에 배터리 에너지로 포화될 거고 민트의 배터리 따위는 아무 의미 없는 존재가 되겠죠. 그때쯤이면 민트 갱의 활약

도 어설펐던 옛날의 귀여운 추억으로 남을 거고. 케냐 인력
우주선 소식 들으셨나요? 깡통에 든 사람 셋이 인력으로 달
궤도까지 날아가는 시대가 왔어요. 십 년 뒤면 세상이 어떻
게 변할지 누가 알겠어요?"

배 터 리 의 존 재

　박하를 땅에 묻은 건 케페우스였다. 아직도 그는 갑갑한 헐떡거림과 함께 고통스럽게 죽어 간 아이의 통통 부은 검푸른 얼굴을, 친구의 스러져 가는 에너지를 느끼며 질러 대던 민트의 비명을 기억했다. 에너지는 박하가 의학적으로 사망한 뒤 삼십 분이 지나서까지도 희미하게 남아 있었다. 군대와 LK의 과학자들은 이 시간 차의 원인을 밝히려고 종종 멀쩡한 동물들을 학살했다.

　무기력 가스 알레르기에 교살당하는 동안 박하의 몇 안 되는 장점 하나가 날아가 버렸다. 바로 몇 분 전까지만 해도 눈치 없는 햇살처럼 웃어 대던 깡마른 남자아이의 말간 아름다움은 흔적도 없이 사라져 버렸다.

　아이에게 다른 장점이 있었던가? 기억나지 않았다. 인천 사람들에게 박하는 예쁘장하게 만들어진 쓸 만한 기계에 불과했다. 그들이 박하의 어리석음, 변덕, 충동적인 폭력성을 견딘 것도 인격체로서는 아무 상관없는 그의 기능 때문이었다.

배터리로 자신을 정체화하는 건 무의미한 일이다. 배터리로 존재하는 것은 염동력자나 정신감응자로 존재하는 것과 전혀 다르다. 다른 능력자들은 주어진 힘을 바탕으로 자기만의 기술을 발전시킨다. 그 힘은 그들의 일부이다. 하지만 배터리는 노력이나 능력과는 아무 상관이 없었다. 힘은 그냥 스스로 존재했고 배터리는 그 힘이 멋대로 기생하는 집에 불과했다.

케페우스는 어린 시절 학교에서 느꼈던 모멸감과 열등감을 떠올렸다. 그 잘난 집 아이들이 그의 능력을 멋대로 써가면서 사람들의 기억을 빨아들이고 마음을 조종하는 엘리트로 자라나는 것을 지켜봐야만 했던 어린 시절. 그들이 그의 마음속에 흘려 넣어 주는 지식 속에는 천진난만한 선심이 묻어 있었다. 공공연한 경멸보다 그게 더 불쾌했다. 단 한 번만이라도, 단 한 번만이라도 그들의 콧대를 꺾어 줄 수 있다면!

케페우스는 박하를 좋아하고 싶었다. 그를 이해해 주고

사랑해 주고 싶었다. 하지만 배터리들은 쉽게 뭉칠 수 있는 부류가 아니었다. 박하는 죽을 때까지 마음을 닫았고 어느 누구에게도 자기 속을 보여 주지 않았다. 학교에서 그의 정신을 만져 본 적 있는 민트도 박하의 속마음에 대해서는 아는 게 별로 없었다. 애당초부터 숨길 만한 무언가가 없을 수도 있겠지. 그가 그 몇 개월 동안 보아 온 모습이 박하의 전부였는지도 모른다.

어쨌거나 다 지난 일이었다. 봉기는 끝났다. 누군가는 혁명이라고 불렀지만 21세기에 혁명이라니 그게 말이 되는 소리인가? 그는 그들이 무슨 희망을 품고 거기서 사 년을 버텼는지 아직도 이해하지 못했다. 그들의 마음을 직접 읽은 민트조차 이해하지 못하는 건 마찬가지였다. 그건 사람들 수만 명의 다양한 희망과 망상이 얽혀 허공 위에 만들어 낸, 정교하지만 허망한 공중누각이었다.

진압이 시작되자 그는 달아났다. 최대한 몸을 낮추고 사람들 속으로 숨어들었다. 일단 인천에서 벗어났고 곧 이 나라를 뜰 생각이었다. 지난 이 년 동안 계획은 충분히 세워 놓았다. 조용한 나라로 갈 거야. 사람들이 늘 화가 나 있지 않고 여름이 미친 것처럼 덥지도 않은 곳으로.

길을 막아선 건 민트였다.

부천시청역에서 탄 7호선 지하철 안에서 그는 그 귀찮은 아이의 존재를 눈치챘다. 눈치 못 챌 수가 없었다. 몇 개월 동안 가장 강력히게 링크되어 에너지를 퍼먹었던 아이였다.

'저리 가.'

마침내 그는 살짝 마음을 열고 속으로 말했다.

'왜?'

아이가 대답했다.

'봉기는 끝났어. 너랑 난 이제 아무 상관이 없어. 다른 배터리를 찾아. 아저씨는 갈 거야.'

'왜?'

'그럼 너 같은 애들과 팩이라도 만들란 말이냐?'

'왜, 안 돼?'

열차가 섰다. 고속터미널역이었다. 그는 그 역에서 갈아타려고 나가는 사람들과 함께 문밖으로 나왔다. 달아나려 했지만, 몸집에 비해 큰, 거미처럼 길고 마른 민트의 손이 손목을 잡았다.

민트를 끌고 그는 역에서 빠져나왔다. 목적지 없이 무작정 걷다가 사람이 줄어들자 고개를 돌렸다. 그제야 그는 민트를 볼 수 있었다. 인천을 떠난 뒤 처음 보는 모습이었다. 꼼꼼하게 지웠지만 여기저기 흙탕물과 피의 흔적이 남아 있고 소매가 찢어진 인화여중 교복, 길게 난 상처 위에 투명한 반창고가 붙어 있는 이마, 그리고 정신감응자 티를 내는 유령처럼 퀭한 눈. 아이는 떨고 있었다.

"도대체 나에게 네가 왜 필요한데?"

그가 말했다.

"내가 아저씨를 보호해 줄 수 있으니까."

민트가 대답했다.

"내 마법사가 되시겠다? 첫째, 마법사가 뭔지는 알아? 둘째, 내가 왜 그런 게 필요해?"

"그럼 아저씨 혼자서 앞으로 어떻게 살 건데? 평생 쭈그러져 살다가 죽을 거야?"

"뭐가 어때서? 지금은 그게 내 유일한 꿈과 희망이다. 평생 자기 에너지를 남에게 약탈당하며 사는 기분이 어떤지 알아?"

"알아."

말문이 막혔다. 남의 마음을 읽는 부류들 앞에서는 뻔한 수사적 질문은 의미를 잃고 증발해 버린다.

케페우스는 보폭을 넓혀 달아나려고 했지만 민트가 두 팔을 벌리고 가로막았다.

"아저씨가 LK와 군대에서 겪은 일을 생각해 봐! 조지타운과 연길에서 겪은 일을 생각해! 아저씨의 '친구들'이 겪은 일을 생각해! 아무것도 안 하고 살면서 이 모든 걸 잊어버릴 거야? 죽을 때까지?"

"미쳤구나. 인천에서 그 미치광이들과 며칠 있었다고 벌써 물든 거냐? 아니면 민지희의 그 한심한 헛소리에 넘어간 거야? 네가 지금 무슨 소리를 한 건지 알고나 있어? 너랑 나랑 둘이 뭘 할 수 있는데?"

"사람들을 더 모을 거야."

"그래, 너에게 넘어갈 만큼 머리 나쁜 애들을 세 명 정도 더 모았다고 치자. 내가 갑자기 노망이 나서 너에게 말려들었다고 치자. 뭐가 달라지는데? 수억 번 양보해서 네가 백만 대군을 모아서 LK를 정복하고 정부를 뒤집었다고 치자. 그게 무슨 소용이지? 이삼십 년만 지나면 우리가 무얼 했대도 아무 의미가 없어질 거야. 세상은 배터리와 정신감응자로 가득 찰 거고 너와 나의 구분 따위는 사라지겠지. 결국, 멀건 곤죽 같은 하나의 정신만이 남아 자기를 신이라 착각하겠지. 인류는 미래가 없어. 있지도 않은 미래 때문에 내 은퇴 생활을 포기하란 말이냐?"

"인류가 없어져도 신은 남잖아."

민트가 말했다.

케페우스는 혀를 찼다.

"그건 신이 아니야. 자기를 신이라고 생각하는 외로운 짐 승이지. 몇십 억의 멍청이들이 하나로 뭉쳐진다고 신 같은 게 나올 거라고 생각하니?

넌 아직 어린아이야. 네가 머릿속에 담고 있는 건 모두 남 의 생각이야. 네가 8개 국어를 하고 수만 권의 책을 머릿속 에 담고 있다고 해서 네가 대단하게 똑똑하다고 생각하지 마. 네가 사람들의 마음을 읽고 생각을 주무를 수 있다고 해 서 너에게 그 사람들의 삶을 조작할 수 있는 권리가 주어진 건 아니야. 넌 아무것도 아니야, 류수현. 너에게 넘어가지 마. 심지어 민지희도 경고했어. 네가 존경하는 민 교수님 말 이야. 우리가 인천에서 개고생하는 동안 캐나다로 달아나 편하게 훈장질이나 하던 그 사람도!"

"그렇다고 이렇게 살다가 죽을 거야? 딱 한 번 빛날 수 있 는 시대를 살면서 그 기회를 날릴 거냐고!"

"네가 빛나는 게 나랑 무슨 상관이야?"

케페우스는 다시 몸을 돌려 달아나려 했다. 하지만 마음속 의 낯선 무언가가 갑자기 발목을 잡았다. 그는 그때서야 그 가 이 고집쟁이 여자애를 설득하느라 자기도 모르게 마음을 살짝 열었고 민트가 그 안으로 몰래 비집고 들어왔다는 사실을 알아차렸다. 그는 허겁지겁 마음의 문을 닫았지만 민트가 그 안에 넣은 욕망의 씨앗은 이미 부풀어 올라 있었다.

주변이 서서히 밝아지고 시끄러워졌다. 경적 소리가 들리고 차들이 급정거했다. 비둘기와 참새들이 날아올랐고 갑자기 생겨난 힘에 흥분한 수많은 사람들이 날뛰기 시작했다. 자신의 의지와 상관없이 주변 수천 명이 정신감응으로 연결되었고 그 네트워크에서 일시적으로 나타났다가 사라져 가는 가짜 의식들이 하늘 위에 사람들의 환상을 투영했다.

소동은 이 분쯤 계속되다가 케페우스가 정신을 가다듬은 순간 순식간에 꺼져 버렸다. 주변은 조용해졌고 다시 움직이기 시작한 자동차들의 모터 소리 때문에 조금 더 시끄러워졌다. 흥분했던 사람들이 잠시 주춤하다가 곧 일상으로 돌아갔다. 케페우스는 몸을 돌려 다시 민트와 마주했다.

"정말 상관없어, 아저씨?"

민트는 어설픈 메피스토펠레스 같은 미소를 지으며 작은 목소리로 말했다.

"좋잖아!"

이 또한 지나가리라

민트는 마약중독자처럼 보이지 않으려고 최선을 다했지만, 케페우스는 속지 않았다. 그런 건 표정을 억누르고 환상술로 감정을 위장한다고 속일 수 있는 게 아니었다. 그가 민트의 유혹에 넘어갔다고 해서 잠시 눈이 멀었던 것도 아니었다.

1급 정신감응자는 대부분 자기 힘의 잠재적인 중독자였다. LK 특수 학교처럼 정신감응자들만 모아 놓은 환경 속에서 살아온 아이들은 더 그랬다. 학교에서 그들은 자신의 힘과 힘에 대한 갈망을 통제하는 방법을 배운다. 언제라도 폭발할 수 있는 환경 속에서 자기 통제력은 생존을 위해 꼭 필요하다.

학생들이 바깥 세계로 나가면서 문제가 발생한다. 이제

학교에서처럼 양질의 에너지를 꾸준히 공급받을 수 없다. 다양한 능력의 사람들과 공존하는 바깥 세계에서는 학교에서 그랬던 것처럼 엄격한 자기 통제가 필요 없다. 바뀐 환경에 적응하려면 다른 식의 통제법이 필요하고 학교에서도 그에 맞추어 졸업생을 훈련한다. 그럼에도 불구하고 균형을 잃고 고꾸라지는 졸업생들은 늘 있기 마련이다.

민트는 훈련을 받지 않았다. 그 훈련이 무엇인지 알았고 그에 대한 기억도 있었지만 직접 훈련을 받은 것과 같을 수는 없었다. 박하의 손을 잡아끌고 이나의 유령이 점령한 학교에서 빠져나왔을 때, 그녀는 새로운 환경과 자신의 힘에 대해 완전히 무방비 상태였다.

처음에 느낀 것은 해방감이었다. 민트는 이제 정신감응 네트워크에 얽혀 뇌가 망가질 염려 없이 마음대로 자신의 능력을 쓸 수 있었다. 허약하기 짝이 없는 바깥 사람들은 너무나도 손쉽게 손아귀 안에 들어왔다. 박하는 그런 민트에게 충분한 에너지를 제공해 주었다. 문제는 언제라도 인력관리국 일당에게 박하를 빼앗길 수 있다는 점이었다. 둘은 인천으로 달아났다. 다른 선택의 여지가 없었다.

분명한 목표도, 기대도, 리더도 없던 인천 봉기가 어떻게 사 년 동안 지속될 수 있었는가. 아무도 여기에 대한 정확한 답을 내지 못했다. 간단히 요약할 수 있는 정답 따위는 존재하지 않는다는 게 그나마 정답에 가까울 것이다. 인천 봉기는 안정적인 에너지를 공급받는 정신감응 네트워크가 충분히 커졌을 때 어떤 일이 일어날 수 있는지 보여 주는 수많은 특이 사례 중 하나였다. 지구에서는 오로지 21세기 중엽의 그 짧은 기간 동안 잠시 반짝이다 꺼져 버린 그런 일들.

민트는 인천의 혼란을 즐겼다. 그곳에서 벌어지는 일이 봉기인지, 혁명인지, 폭동인지 신경 쓰지도 않았다. 그 몇 개월 동안 중요했던 건 오로지 자신의 가능성을 끝까지 확장하는 것이었다. 정부군과 LK 용병들이 들이닥쳐 봉기가 갑작스럽게 끝났을 무렵에도 민트의 탐구는 계속 상승세였다.

인천이 무너지고 박하가 죽었을 때 민트는 패닉에 빠졌다. 그때까지 그녀는 인천 봉기 이후의 미래에 대해 거의 완벽한 계획을 세워 놓고 있었다. 그런데 생전 들어 본 적도 없는 가스 알레르기가 그 미래를 날려 버린 것이다.

박하에 대한 민트의 감정, 민트에 대한 박하의 감정. 이들은 쉽게 정의될 수 있는 것이 아니었다. 어느 정도 성적인 끌림 비슷한 것이 존재하긴 했지만 그건 비유적인 의미로나 그랬다. 많은 정신감응자들이 자신이 동기화된 배터리와 밀접한 정서적 유대감을 느낀다. 어떤 사람들은 그것을 사랑이라고 여긴다. 민트는 그렇게 생각하지 않았다. 배터리 기능을 제외하면 박하는 많이 불쾌한 아이였다. 하지만 그럼에도 불구하고 둘 사이엔 끌림과 에너지의 흐름에서 발생하는 감각적 쾌락이, 서로를 채워 주는 정서적 만족이 존재했다. 박하가 죽으면서 민트는 격렬한 상실감과 무력감을 동시에 느꼈다.

슬퍼할 시간이 없었다. 누군가가 그 자리를 채워야 했다. 민트는 케페우스를 골랐다. 어떻게 보면 케페우스는 박하보다 민트의 계획에 더 잘 들어맞았다. 완벽한 팩에 어울리는 괴물 배터리. 그리고 그에겐 박하에게 없는 스토리가 있었다. 케페우스는 민트의 팩에게 에너지와 함께 목표도 제공해 주었다. 그의 의사는 그렇게까지 중요하지 않았다. 중요한 것은 민트가 케페우스의 에너지를 빌려 자신의 능력을 쓸 수 있다는 것이었다.

지연이 약속 장소인 폴바셋 영등포 타임스퀘어점에 들어왔을 때, 민트는 상실감에서 거의 회복한 상태였다. 케페우스와는 안정적으로 동기화되어 있었고 새로운 목표와 계획이 있었다.

차게 식은 카모마일 티가 담긴 잔을 앞에 두고 지연은 민트를 관찰했다. 턱이 뾰족한 역삼각형 얼굴, 몸에 비해 좀 커

보이는 뼈가 앙상한 손, 열병에라도 걸린 것처럼 들떠 있는 커다란 갈색 눈. 이 외모의 특징은 곧 사라질 예정이었다. 믹서가 들어오면서 민트의 외모는 물처럼 흐르며 끊임없이 변화했고 그건 케페우스와 지연 역시 예외가 아니었다.

지연은 이렇게까지 빨리 새 팩에 들어갈 생각이 없었다. 두 차례의 팩 운영은 피곤하기 짝이 없는 일이었고 이미 그를 통해 상당한 양의 재산을 축적해 놓고 있었다. 하지만 저번 전쟁 때 적이 된 오스만 팩이 그녀와 징크스를 노리고 있었고 인력관리국에서도 그녀에게 관심을 보이고 있었다. 그들로부터 숨으려면 역설적으로 링크할 새 배터리가 필요했다. 상식적으로 따진다면 지연에게 가장 잘 맞는 건 안정적인 4급으로 구성된 배터리 집단이었지만 그녀는 호기심과 도전 정신에 넘어가 버렸다.

가게에서 나온 그들은 길을 걸으면서 정신감응은 티끌만큼도 섞여 있지 않은 언어로만 이루어진 대화를 나누었다. 민트는 케페우스에 대해, 박하에 대해, LK 특수 학교를 점령한 유령에 대해, 인천 봉기에 대해 이야기했다. 지연은 살해당한 아버지에 대해, 두 차례의 팩 운영에 대해, 징크스에 대해 이야기했다. 드문드문 배터리의 에너지장에 들어갈 때도 서로의 마음을 읽지 않았다.

케페우스에 대해 알게 되자 지연은 불안해졌다. 민트가 말한 대로라면 이 팩에서 그녀는 이전만큼 쓸모가 없었다. 민드가 자신을 버리고 징크스만 데려간다고 우길까 봐 걱정됐다. 그녀는 자신의 은폐 능력이 얼마나 쓸모 있는지, 이 4인조 팩에서 자신이 얼마나 훌륭하게 제2바이올린 파트를 연주할 수 있는지 어필했다. 다행히도 민트는 지연의 경력을 높이 평가했다. 아무리 LK 특수 학교에서 1급 능력자들로 자라났다고 해도 아무런 경험 없이 팩을 이끄는 건 위험한 일이었다. 민트는 그녀를 제1바이올린 주자로 임명했다.

날이 어두워졌다. 두 사람은 양평동 어딘가를 방황하고 있었다. 버려진 상가 건물과 허물어진 교회 사이에 터진 상수도가 만든 개울이 흐르고 있었다. 정신이 멀쩡하게 박힌 여자아이들이라면 이 시간에 결코 갈 리가 없는 곳이었다.

지연의 손끝이 가볍게 떨렸다. 배터리의 기운이 느껴졌다. 두 명이었다. 모두 발산하는 에너지 강도가 불안하기 짝이 없었다. 이런 배터리들은 직장이나 군대에서 잘 받아 주지 않기 때문에 대부분 거리로 밀려 나온다. 지연은 그 배터리들에게 링크된 다른 존재들도 느낄 수 있었다. 남자 일곱명. 염동력자와 배터리만으로 구성된 머슬 팩이었다.

지연이 그들의 마음을 하나씩 읽는 동안 남자들이 사방에서 걸어 나왔다. 그들의 비웃음과 욕망, 정신의 더러움이 느껴졌다. 그들의 의도가 무엇인지는 굳이 읽을 필요가 없었다. 그들은 짐승처럼 으르렁거리고 있었다.

차갑고 날카로운 메시지가 지연의 정신을 뚫고 지나갔다. 그것은 아무런 추가 정보도 묻어 있지 않은 텍스트의 형태를 취하고 있었다.

'놀아 볼래?'

지연이 대답하기도 전에 민트는 거의 무용처럼 우아한 동작으로 팔을 들어 가장 키가 큰 남자를 가리켰다. 그 순간 껑다리가 몸이 둘로 접히더니 스프링처럼 튕겨 올라 문이 뜯겨 나간 교회 지하실로 나가떨어졌다. 염동력자의 실력 과시처럼 보였지만 아니었다. 껑다리를 날린 건 나머지 네 사람의 염력이었다. 민트의 조종이 너무나도 은밀했기 때문에 그들은 두목을 교회에 처박은 것이 자기네들이라는 사실조차 눈치채지 못했다.

잠시 움찔했던 염동력자 네 명은 둘씩 편을 갈라 지연과 민트에게 달려들었다. 모래 먼지가 일고 벽돌 조각들이 떠올랐다. 지연은 자신에게 달려드는 두 명의 마음속으로 들어가 그들의 시각을 빼앗고 옆으로 물러났다. 그들은 꼴사납게 개울에 얼굴을 박고 비명을 질렀다. 대단한 기술은 아

니었지만 이런 데에 쓸데없이 시간과 힘을 낭비하고 싶지
않았다.

　그녀는 민트의 환상술에 말려들어 배터리들을 두들겨 패
는 염동력자들을 잠시 바라보다 말했다.

　"이런 일에 너무 재미 붙이지 않는 게 좋아. 우리가 언제
까지 저들 위에 있을 수 있을까?"

　민트가 가볍게 고개를 끄덕였다.

　"맞아, 이것 또한 지나가겠지."

밀실 문제의 해답

"'불가능한 일을 제외한 뒤 남은 것은 아무리 있음 직하지 않아도 반드시 진실이다.'"

"셜록 홈스? 잠깐, 말하지 마.「녹주석 보관」. 하지만 그건 현실 세계에선 별 의미가 없는 소리야. 우리가 불가능한 일들을 모두 제외했는지 어떻게 알아."

"맞아. 그리고 셜록 홈스 시대엔 그나마 인간의 한계가 어디까지인지 알았어. 하지만 우린 모르잖아."

"예를 들면 보안팀에게 감지되지 않을 정도로 약한 배터리의 힘만 갖고 시체를 불태우는 게 가능하다는 뜻이야?"

"조금 더 나가야지."

한상우는 머핀 부스러기와 커피 얼룩으로 지저분한 테이블 위에 시뮬레이션 데이터를 띄우고 맞은편에 앉은 최유경이 볼 수 있도록 뒤집었다.

"시뮬레이션 결과가 왜 이렇게 심심했을까? '있음 직하지 않은' 상황을 대부분 제거했기 때문이야. '보안팀에게 걸리지 않는 약한 배터리' 정도가 그나마 시뮬레이션이 허용한 '있음 직하지 않은' 일이지. 하지만 우리가 사는 세상이 말이 되는 곳인가? 반세기 전 사람들에게 지금 우리가 어떻게 살아가고 있는지 보여 준다고 생각해 봐. 아무도 안 믿을걸.

게다가 세상은 계속 변하고 있잖아. 몇 년 전까지만 해도 모든 능력을 5등급으로 구분하는 게 의미 있다고 생각했지만, 요샌 잘 모르겠어. 전체적으로 사람들의 능력이 꾸준히 상승하고 있으니까. 새로 생긴 몇몇 1등급들은 어이가 없을 정도로 강력해서 몇 등급 위로 분류해야 할 거 같고. 케냐 우주선을 쏘아 올린 배터리를 생각해 봐. 그게 그냥 1등급이겠어? 이전에는 상상도 못 한 복합능력자들도 생겨났지. 강한 배터리에 접할 기회가 늘면서 발견되는 능력들도 많아지니까. 오 년 전까지만 해도 발화 능력은 상상도 못 했잖아."

"그래서 '있음 직하지 않은 상황'의 범위를 넓혀 보기로 했다?"

"그렇지. 그럼 자동적으로 민트 갱의 배터리 활용법도 들어오지. 민트 갱을 담당한 저번 팀 사람들은 김지연의 은폐 능력으로 모든 걸 설명했어. 아주 뛰어난 마법사가 부린, 자기네들로서는 방법도 알 수 없는 재주라는 거지. 하지만 정말 그럴까? 그냥 민트 갱의 배터리에 조금 특이한 능력이 있는 게 아닐까?"

"뛰어난 은폐 마법이라면 설명이 안 되는 건 아니야."

"하지만 내 답이 더 단순하고 예뻐. 자신이 발산하는 에너지를 스스로 통제할 수 있는 배터리를 상상해 봐. LK 빌딩의 밀실 문제는 아주 간단하게 풀려. 배터리는 자기 능력을 끄고 발화능력자와 함께 들어갔다가 21층에서 발화능력자가 불을 댕길 수 있을 만큼 에너지를 켠 거야. 발화 작업이 끝난 뒤엔 에너지를 끄고 다시 퇴장했고. 그럼 이제 김지연의 은폐 마법으로 같은 사건을 설명해 봐."

"문제는 지난 몇십 년 동안 그런 능력자가 발견된 적이 단한 번도 없었다는 거겠지."

"없지는 않지. 지금도 에너지가 불안정하게 흔들리는 배터리들은 많잖아. 어떤 배터리는 그 흔들림을 자기 의지로 통제할 수 있는 거지. 그리고 그런 능력자일수록 정부나 회사의 특별 대우를 받아 발견 직후 극비 관리되었을 가능성이 커. 생각해 봐. 단순히 능력 활용의 문제가 아니야. 배터리를 통제하는 방법을 알아내면 배터리 에너지에 대해 더 많은 것을 알아내게 돼. 마법이 과학이 된다고."

최유경의 눈이 가늘어졌다.

"그래 봤자 아직 음모론이잖아."

"입증될 필요가 있는 가설이지. 조지타운 인질극 사건 기억 나?"

"스위트채리티 호 사건? 팔 년 전 일이잖아."

"대재앙이었지. 하지만 사람들이 잊고 있는 것이 있어. 사방에서 엉뚱한 사람들이 죽어 나가긴 했지만 인질들만은 두명 빼고 다 구출했다는 거지. 어떻게 가능했을까? 어떻게 거기에 있는 정신감응자 부대에 에너지를 공급할 수 있었을까? 그 많은 사람을 뚫고 스위트채리티 호로 배터리를 데려갈 수 있는 방법이 없었는데? 군 보고서에서는 얼렁뚱땅 넘어갔지만……."

"팔 년 전 그 배터리가 민트 갱으로 갔고 지금 LK 빌딩 사건에도 연결되어 있다?"

"이런 능력자가 극히 드물다는 가설에 따르면 동일 인물일 가능성이 높지. 그리고 조지타운 때 활약했다면 다른 곳에서도 일했을 가능성이 크고. 조지타운 때는 말레이시아 정부와 트러블이 있었을 때라 은폐가 조금 힘들었겠지. 하지만 단서가 되는 패턴은 찾아낼 수 있어. 인력관리국에서는 접근할 수 있는 정보가 조금 더 많고. 그래서 스파이더를 돌려 보기로 했어. 그러니까 스위트채리티 때와 비슷한 패턴들이 걸리더라고. 그것들을 잡아내니 스토리가 읽히고."

한상우는 테이블 위의 이미지를 지우고 일어났다. 최유경은 말없이 그의 뒤를 따라 지금까지 그들이 시간을 죽이고 있던 24시간 델리에서 나왔다. 자정을 넘긴 테헤란로는 한적했지만 아직 빌딩 여기저기에 있는 배터리들의 에너지로 군데군데 희미하게 떨리고 있었다. 그 희미한 영향권으로 들어설 때마다 그는 부작용으로 가벼운 멀미 증상과 함께 파트너의 존재감을 느꼈다. 무슨 생각을 하고 있는지 읽을 수 있는 정도는 아니었다. 읽었다고 해도 진짜 생각이란 법은 없었다. 훈련받은 정신감응자들 대부분이 그렇듯, 그들은 수십 가지의 독심술 방어법에 능숙했다.

한동안 말없이 걷던 한상우는 코엑스 부근에 도착하자 느릿느릿 다시 이야기를 시작했다.

"군에서는 그 배터리를 2036년부터 2046년까지 십 년 동안 활용해 왔어. 여기엔 과학부와 LK도 밀접하게 연결되어 있었던 것 같아. 패턴의 흐름은 2046년에 갑작스럽게 끊어졌는데, 이건 계획에서 벗어난 무슨 사고가 일어났다는 걸 의미하지. 내 생각엔 그 배터리가 탈출해 인천으로 갔던 것 같아. 거기서 민트를 만났다고 하면 말이 되지. 인천 관련 자료는 엉망이지만 그래도 뒤져 보니 몇몇 용의자들이 걸렸어. 일단 이 사람들을 리스트에 올려놓고 2036년으로 돌아 갔지. 2036년이나 그 이전에 정부가 아주 특별한 종류의 배터리를 발견했다고 치자. 그럼 그곳은 어디였을까? 쉽게 정보가 누출되지 않는 폐쇄적인 곳, 이상 현상이 발생하는 즉시 정부에 보고되는 곳을 상상할 수 있겠지.

2035년부터 자료를 뒤지다 보니 내가 찾는 배터리로 추정되는 사람이 하나 걸렸어. 이름은 이민중, 2035년까지 LK 실험 학교 배터리 학생이었어. 박진하와 같은 부류였던 거지. 그런데 갑자기 알 수 없는 이유로 학교를 떠나 안양에 있는 직업 학교로 전학 갔어. 이상하지. 당시엔 배터리가 그렇게 많지도 않았는데, 특별한 문제도 없는 배터리 학생을 LK가 그냥 바깥으로 내보낸다?

이민중은 졸업하자마자 군에 들어갔어. 배터리 부사관으로 근무하며 여기저기 옮겨 다니다가 2046년에 사망했는데, 투신자살이었다고 해. 하필이면 장소는 인천이고. 고아원 출신에 독신이고 가족이나 친척도 없어. 서류상 기록은 평범한 편이지. 하지만 날짜와 패턴이 그럴싸하게 맞아떨어져. 무엇보다 스위트채리티 호 사건 때 조지타운에 있었다고. 4박 5일 휴가받아 친구들이랑 놀러 갔다는 게 공식 핑계이긴 한데."

"그 이민중이라는 사람이 민트 갱의 배터리다? 어린애들과 팩을 하기엔 나이가 좀 많지 않아?"

"요새 어린애들이란 게 무슨 의미가 있어? 나이가 의미 있으려면 나이와 경험이 정비례해야지. 하지만 우리만 해도 안 그렇잖아. 민트 갱과 은근히 정신 연령이 맞았을지도 모르지. 무엇보다 이민중이 자살한 이후에도 인천에서 드론에 사진들이 찍혔어. 군에서 필사적으로 지웠지만 다 없앨 수는 없지. 지우면 지운 대로 티가 나고.

재미있는 게 하나 더 있어. 군에서 추진한 프로젝트에 대한 일차 정보는 캐내지 못했어. 내가 할 수 있는 것은 패턴을 읽는 것뿐이니까. 이민중이 여기저기 돌아다니면서 뭔가 수상쩍은 일을 하면 군과 과학부와 LK가 지원하기 위해 움직이는 그림의 반복 말이야.

하지만 그러는 동안 주요한나가 한수인이라는 과학자의 녹취 파일을 찾아냈지. 한수인은 KSB라는 약칭으로 불리는 연구 그룹에 속한 사람인데, 둘 다 그 파일에서만 딱 한 번 언급되었어. 삭제 과정에서 그 부분만 어쩌다가 살아남았던 거지. 그런데 그 파일에서는 이민중임이 분명한 프로젝트

대상을 케페우스라고 부르고 있었어. 정식 암호명이나 닉은 아니었던 거 같아. 그냥 아는 사람만 아는 별명이었던 거지. 그러니까 더 궁금해지잖아. 케페우스 하면 뭐가 떠올라?"

"그리스 신화에 나오는 안드로메다의 아버지."

"누구냐고 묻는 게 아니야. 뭐가 떠오르냐고."

"메두사 머리를 보고 돌이 되었던가? 아니, 그때 눈을 감았다가 살았나?"

"그리고?"

"별자리가 됐어."

"그 별자리엔 뭐가 있지?"

최유경은 그 자리에서 우뚝 멈추어 섰다.

"케페우스자리 델타?"

한상우가 말했다.

"맞아. 변광성이야."

2부

넌 네 힘을 자랑스러워해야 해

"넌 네 힘을 자랑스러워해야 해."

율라가 말했다.

2034년 4월 어느 날이었다. 날짜는 정확하게 기억나지 않지만 토요일이었다. 케페우스와 율라는 배터리 기숙사 건물 옥상에 쌓인 매트리스 위에 누워 구름 뒤에서 보름달처럼 흐릿하게 빛나는 해를 바라보고 있었다.

모르는 사람이 봤다면 두 아이가 다른 학생이나 선생들 눈을 피해 데이트를 즐기고 있다고 생각했을지도 모른다. 둘이 섹스를 했거나 대마초를 나누어 피웠다고 착각했을지도 모르겠다.

비슷하지만, 아니었다. 둘은 사귀는 사이가 아니었고 성관계는 더더욱 없었다. 하지만 그들이 그 직전에 한 일은 충분히 음란하다고 할 수 있었다. 율라는 케페우스의 머릿속에 몽마를 넣어 주었다.

몽마는 율라 채의 발명품이었나. 뒤늦게 몽마가 학교에서 유행하고 있다는 사실을 알게 된 LK 실험 고등학교 선생들은 그것을 '기억의 형태를 취한 마약'이라고 불렀다. 하지만 몽마는 그것보다 훨씬 복잡한 장난감이었다. 그것은 뇌 속에 기생하는 유령에 더 가까웠고 의식과 의지 비슷한 것도 지니고 있었다.

율라가 몽마를 불어넣어 주면 아이들은 그것을 기억의 안전지대에 가두어 두었다가 꺼내 교류하며 성적 쾌락과 비슷한 것을 얻을 수 있었다. 율라의 홍보에 따르면 그것은 섹스 비슷하지만 섹스를 넘어선 어떤 것이었고, 버전 업 되면서 점점 섹스에서 멀어져 갔다. 학교의 모든 정신감응자 학생들이 몽마를 하나씩 갖고 있었다. 케페우스는 몽마를 받은 첫 번째 배터리였다.

율라는 학교의 괴물이었다. 100퍼센트 정신감응자. 순수하기가 증류수 같았다. 먼지 하나 들어 올릴 만한 염력도 없이 모든 능력이 정신감응에 집중되어 있었다. 배터리만 제대로 받쳐 준다면 그 능력은 어마어마했다. 선생들은 '초능력'이라는 철 지난 표현을 썼고 아이를 두려워했다.

그런 아이가 지금 마치 단짝 친구라도 되는 양 그의 옆에 누워 그의 정신을 들여다보며 친한 척을 하고 있었다.

"이게 내 힘이긴 해? 내가 어쩔 수 있는 것도 아니잖아."

짜증 난 케페우스가 말했다. '배터리는 학교의 기반' 운운하는 소리는 학교에서 매일같이 듣고 있었다. 괴상한 음란물을 머릿속에 넣어 주었다고 그런 마음에도 없는 말을 교실 밖에서까지 들어야 할 이유는 없었다.

율라는 매트리스에서 내려왔다. 옷에 묻은 먼지를 건성으로 털고는 핑크색 얼굴을 삐딱하게 기울인 채 갈색 컬러 렌즈를 낀 눈으로 케페우스를 바라보았다.

"네 힘이야. 너도 알게 될 거야."

그때는 영문을 몰라 어리둥절했었다. 하지만 케페우스가 자신의 통제 능력을 깨달은 뒤로 율라의 그 뻔한 말은 전혀 다르게 들렸다. 율라는 그때부터 케페우스에게 에너지를 조종할 수 있는 능력이 있다는 걸 알고 있었던 걸까? 알았다면 왜 그에게 가르쳐 주지 않았던 걸까?

생각해 보면 그건 엄청난 힘이었다. 거의 우라늄의 방사능을 멋대로 조절하는 수준이었다. 케페우스의 능력은 배터리의 에너지에 대한 어떤 이론과도 안 맞았다. 과학자들은 그전에도 아무것도 몰랐지만 케페우스의 등장 이후 자신의 무지가 더 크다는 것을 인정할 수밖에 없었다.

케페우스에 대해 아는 사람들은 많지 않았다. 과학부, LK, 군의 연구원들을 다 합쳐도 100명이 못 되었다. 과학자들은 다른 나라에 대해 절대적인 우위에 설 때까지 그를 연구할 계획이었고 군은 그러는 동안 그의 능력을 최대한 이용해 먹을 생각이었다. 두 입장은 종종 충돌했지만, 케페우스를 꽁꽁 숨겨 놓아야 한다는 데에는 양쪽 모두 동의했다.

그나마 케페우스에게서 본전을 뽑은 건 군이었다. 그를 이용하는 것이 이해하는 것보다 쉬웠다. 과학자들은 십 년이 넘는 기간 동안 그를 대상으로 온갖 실험을 했지만, 아무 성과도 거두지 못했다. 그들 중 몇 명은 그의 두개골을 열고 뇌를 꺼내고 싶어 미칠 지경이었다. 하지만 이미 수많은 배터리들의 뇌를 해부했는데도 여전히 어떤 뇌가 배터리가 되는지 알 수 없었다. 케페우스의 뇌를 썰고 쪼갠다고 해도 마찬가지일 게 뻔했다.

케페우스는 공부를 시작했다. 한수인이 이끄는 KSB팀의 도움을 받아 자신과 관련된 모든 이론을 배웠고 완벽하게 이해해 나갔다. 그 이론들을 증명하기 위해 어떤 끔찍한 실험을 하고 있는지도 배웠다. 그 많은 지식이 자신을 이해하는 데에 얼마나 쓸모없는지도 배웠다.

그러면서 그는 조금씩 죽어 갔다. 에너지를 통제할수록 그의 뇌와 몸은 조금씩 오작동을 일으켰고 후유증은 누적되었다. 여전히 그는 쓸모 있는 배터리였다. 단지 늘 발산하는 에너지를 잠시 끌 수 있는 배터리가 아니라 꺼져 있는 에너지를 잠시 켤 수 있는 배터리였다. 주변 과학자들에게는 그것 역시 단서였다. 그 단서가 어디로 연결되는지 아무도 모른다는 것이 문제일 뿐이었다. 그를 연구하기 위해 새로운 실험이 시작되었다. 그렇지 않아도 조금씩 시들어 가는 그의 영혼에 또 다른 죄책감을 얹을 그런 실험들.

내가 왜 그 짐을 짊어져야 하는가.

그는 종종 율라를 생각했다. 그녀를 생각하면서 머릿속 몽마를 굴렸다. 여전히 그의 몽마는 율라가 만들어 준 그대로였다. 그는 LK 실험 학교와 특수 학교에서 만들어진 정신 감응 네트워크 안에서 몽마가 미친 것처럼 번식하면서 사방팔방으로 진화하고 있다는 사실을 몰랐다. 몽마를 만드는 테크닉이 나중에 LK 특수 학교 제4분교에서 일어난 재앙과 어떻게 연결되었는지도 그때는 몰랐다.

그는 종종 그녀의 이름을 검색했지만 잡히는 게 없었다. 당연히 LK에 들어가 엘리트 코스를 밟을 것이라 생각했는데, 회사 직원 리스트엔 흔적도 없었다. LK가 지원하는 다른 루트에도 그녀의 이름은 보이지 않았다. 학교를 떠난 뒤로 그녀는 거의 완벽하게 증발해 버렸다. 이 나라를 떴다는 게 그나마 가능성 있는 답이었다. 허긴 율리가 LK의 정치에 말려들어 아옹다옹하는 모습은 상상도 할 수 없었다.

"넌 네 힘을 자랑스러워해야 해."

"네 힘이야. 너도 알게 될 거야."

율라의 말들은 유령처럼 계속 그의 뒤를 따라다녔다. 세월이 흐르면서 그 말들은 점점 책망처럼 변해 갔다. 네 힘이야. 네 힘이야. 네 힘이야. 너와 친구들을 난도질하는 저 고문 기술자들 것이 아니야.

한수인의 도움으로 투신자살로 위장해 인천을 거쳐 러시아로 달아난 뒤에도 그 목소리는 끊임없이 그를 괴롭혔다. 그는 인천으로 돌아왔다. 그곳 사람들이 무엇을 하는지도 모르면서 배터리의 힘이 필요한 곳들로 달려갔다. 인천이 함락된 뒤에는 다시 어딘가 추운 나라로 가서 죽을 때까지 버틸 생각이었지만 이번에도 그는 실패했다. 반은 민트의 협박과 시위 때문이었지만 나머지 반은 역시 그 목소리 때문이었다. 넌 네 힘을 자랑스러워해야 해.

민트를 믿을 수 있을까? 그 아이는 완벽한 기계처럼 생각하고 행동했던 율라와는 전혀 달랐다. 충동적이고 난폭하고 자신과 배터리의 힘에 도취되어 있었다. 아이에게 가장 중요한 건 자신이 능력을 쓴다는 것 자체였다. 그건 케페우스가 얼마든지 아이가 결성할 팩의 목표를 설정할 수 있다는 뜻이었다.

민트는 여전히 그를 노려보고 있었다. 억지 미소가 얇은 가면처럼 덮여 있는 작고 긴장된 얼굴. 아까의 잔재주로 그를 손아귀에 쥐었다고 70퍼센트 정도 확신한 얼굴.

그는 대뜸 물었다.

"박쥐를 좋아하니?"

미소가 사라지고 어리둥절한 표정이 떠올랐다. 케페우스는 속으로 웃었다. 그는 정신감응자가 당황하는 모습이 언제나 재미있었다.

"생각을 안 해 봤어. 왜? 내가 좋아해야 해?"

"꼭 그럴 필요야 있나. 그래도 약속은 해 줘. 네가 진짜로 팩을 만든다면 박쥐들을 먼저 구해 주겠다고."

굿모닝, 스타샤인

"아무것도 생각하지 마."

민트가 징크스에게 말했다.

"왜?"

"생각하면 오히려 복잡해져."

"하지만 지금까지 난……."

"알아, 네가 지금까지 지연이와 어떻게 일했는지. 하지만 이건 네가 해 왔던 일과 전혀 달라. 다른 팩들과 패싸움을 벌이는 것 따위와 차원이 다르다고. 상대는 SBI야. 뒤에는 군과 LK의 용병들이 버티고 있어."

"어떻게 다른데? 넌 그 정도 패싸움도 안 해 봤잖아! 인천에서 몇 달 있었던 게 전부 아냐?"

"도와줄 친구들이 있어."

"그 친구들이 누군지 내가 왜 몰라야 하는데?"

"네가 알면 SBI 경호팀의 독심술사들이 네 마음을 읽고 역으로 이용할 테니까. 우리가 어떻게든 방어막을 세울 수는 있겠지만 그럼 에너지가 분산돼. 넌 사실 나나 케페우스의 얼굴도 알아선 안 돼. 잠깐 동안 얼굴 정보의 기억을 막는 건 지연이가 해 줄 거야. 그건 너도 익숙하지? 그냥 머릿속 명령을 따르는 손발이 되면 돼. 필요한 정보는 필요할 때마다 알게 될 거야."

이해가 되었지만, 여전히 불만이었다. 지금까지 징크스가 지연을 따라다닌 건 그녀가 징크스를 "멍청한 머슬" 또는 "멍청한 머슴"(하하) 취급을 하지 않아서였다. 팩에서 염동력자들은 꼭 필요한 존재였지만 늘 정신감응자들의 하인 취급을 당하기 마련이었다. 지연은 다들 당연시하는 이 계급 관계를 깨트리고 평등성을 도입했다. 단지 자신만은 예외였다. 그 '평등성'은 팩의 구성원들을 격리시키고 오로지 자신만이 팩의 키를 쥐는 독재를 통해서만 가능했다. 불평이 생길 만도 했지만, 지연이 거둔 엄청난 성과 때문에 멤버들은 별말이 없었다.

이 격리에는 또 다른 의미가 있었다. 그들은 징크스가 지연의 편애를 받고 있다는 사실을 몰랐다. 둘이 어떤 관계인지도 몰랐고 지연이 어떻게 다른 팩 멤버들로부터 그 아이를 보호하고 있는지도 몰랐다.

새 팩에 들어오면서 징크스는 자신의 위치가 걱정되기 시작했다. 팩의 유일한 염동력자였으니 중간중간에 조커 노릇을 하던 이전보다 역할과 책임이 커졌다. 하지만 더 이상 지연을 독점할 수 없다는 사실은 쉽게 받아들일 수 없었다. 지연이 아닌 다른 팩 멤버들과도 교류해야 한다는 것도 적응하기 힘들었다. 케페우스와 민트 모두 의뭉스럽기 짝이 없는 사람들이라 얼굴을 마주칠 때마다 늘 긴장이 됐다. 다행히도 그들은 쓸데없는 질문 따위는 하지 않았다.

징크스는 건물 중앙의 나선 계단을 오르기 시작했다. SBI 건물 침입은 아무런 문제 없이 끝났다. 너무 쉬워서 이상할 지경이었다. 아무리 민트의 환상술이 뛰어나다고 해도 말이 되나? 잔뜩 겁주며 경고했던 LK의 용병들은 어디로 간 거지? 그보다 더 놀라운 건 자신이 별다른 링크 시도 없이, 연구소 배터리들이 내는 에너지에 자연스럽게 적응하고 있었다는 것이었다. 민트가 징크스의 몸에 배터리들에 대한 기억을 넣어 주고 있었다.

계단을 오르면서 조금씩 해야 할 일과 SBI 건물에 대한 정보가 들어왔다. 민트가 보낸 정보는 정교하게 가공된 기억의 형태로 잠입했다. 새 정보인데도, 너무 교묘해서 마치 처음부터 알고 있던 것 같다는 착각이 들 정도였다. 오싹했다. 이 기억이 내 것이 아니라면, 나를 지금 움직이게 하는 의지는 내 것인가? 이런 의문은 내 것인가? 정신조작이 난무하는 팩 전쟁 속에서 몇 년을 버텨 왔지만, 징크스가 이렇게 진지하게 고민한 건 이번이 처음이었다. 민트가 보여 준 재주는 상상을 초월하는 것이었다. 그 특수 학교인가 뭔가에서는 도대체 아이들에게 무얼 가르쳤던 거지? 이 학교를 졸업한 아이들은 지금 어디에서 뭘 하고 있을까?

노랫소리가 희미하게 들렸다. 밋밋한 어린아이 목소리 아래에 밋밋한 기타 반주 비슷한 게 깔려 있었다. 진짜로 들리는 소리가 아니었다. 누군가가 정신감응력으로 건물 전체에 자기가 머릿속으로 부르는 노래를 방송하고 있었다. 정신을 집중하니 가사도 들렸다.

Good morning starshine
The earth says hello
You twinkle above us
We twinkle below…….

노래에는 귀기 같은 것이 스며 있었다. 살아 있는 인간의 생각 같지 않은 이질적인 느낌, 그리고 그 느낌 속에 녹아 있는 완선히 설명되지 않는 독특한 갈망.

그 노래를 누가 부르는지 알 필요는 없었다. 그 존재는 징크스의 도움을 필요로 했다.

머릿속에 비상벨이 울렸다. 건물을 잠시 마비시켰던 민트의 장막이 벗겨져 나간 것이다. 머릿속에 건물 구조가 떠올랐고 삼차원으로 그려진 건물 지도에 빨간 불꽃들이 반짝였다. 보안팀의 용병들이 징크스를 향해 몰려오고 있었다. 신기하게도 그들은 같이 들어왔다가 흩어진 민트와 지연, 케페우스의 존재는 전혀 눈치채지 못한 것 같았다.

저들은 징크스를 미끼로 던진 것이다.

화가 나기 이전에, 목표가 떠올랐다. 그리고 지금까지 단 한 번도 자신이 할 수 있다고 생각한 적 없었던 재주도.

징크스는 공중으로 떠올랐다.

보안팀이 몰려왔다. 모두 염동력자들이었다. 그들 모두는 마취 침이 든 염동력 총으로 무장하고 있었고 건물 어딘가에 있는 정신감응자의 지도 아래 정신이 하나로 연결되어 있었다. 나선 계단 안의 빈 공간에 숨은 징크스가 발각되기까지는 이십 초가 소요되었다. 염동력 총의 총구 여섯 개가 징크스를 향했고 주변의 조명이 켜졌다. 아이는 보안팀원들 사이에 퍼지는 희미한 머뭇거림을 읽었다. 마취 침을 쏴서 6층 밑으로 떨어뜨리기엔 너무 작고 어려 보인다고? 저런. 어쩌나, 아저씨들?

징크스는 회전했다. 그와 동시에 양손의 손아귀 속에서 맹렬하게 돌고 있던 수리검 두 개를 던졌다. 세 개의 날카로운 날개를 단 니켈 조각들은 마치 의식이 있는 존재처럼 날아다니며 염동력 총을 든 손목들을 하나씩 찢어 놓았다. 마지막 하나 남은 총은 보안 요원이 방심한 틈을 타서 징크스가 염동력으로 잽싸게 낚아챘다. 요원의 얼굴에 어처구니없다는 표정이 떠오르기도 전에 아이는 그의 목에 마취 침을 쏘았다. 그의 몸이 계단으로 굴러 넘어지는 소리를 뒤로하고 아이는 날아올랐다.

발밑이 뜨거웠다. 보안팀 중 두 명이 아이의 뒤를 따라 날아오고 있었다. 그들은 원래부터 비행능력자였던 것 같았지만 징크스처럼 능숙하지는 않았다. 징크스가 받은 기억은 그들이 갖고 있는 것과 다른 것이었다. 고도로 정련되어 있었고 여지껏 건물 안에서 무한 반복되고 있는 노랫소리처럼 이질적인 무언가였다. 그리고 징크스의 정신 속으로 그 이질적인 존재들에 대한 기억이 흐릿한 유리 너머의 그림자처럼 희미하게 떠오르기 시작했다.

몸이 무거워졌다. 건물 배터리의 힘이 14층부터 약해지기 시작했다. 그 이후부터는 배터리 프리 존이었다. 에너지를 받아서는 안 되는 무언가가 있는 곳.

징크스는 15층 계단으로 날아들었다. 착지가 별로 좋지는 않았지만 넘어지기 전에 염력으로 균형을 잡았다. 뒤에서 쿵쾅거리는 소리가 들렸다. 날아서 따라온 두 명과 아래층에서 계단으로 따라온 세 명의 발소리였다. 아이는 위로 달리기 시작했다.

"얘야, 제발 거기 서!"

23층 비상구 앞에 도착했을 때 누군가 러시아 억양이 섞인 굵직한 목소리로 외쳤다. 징크스는 뒤를 돌아보았다. 배터리 에너지의 도움을 받지 못해 휘청거리는 다리로 다섯 남자들이 가쁜 숨을 내쉬며 따라오고 있었다. 목소리를 낸 것은 리더인 듯한 덩치 큰 금발이었다.

"뭘 할 생각인지 모르지만, 그냥 하지 마. 아저씨들이 나쁜 짓 하게 만들지 말라고."

아이는 피투성이 손목을 쥐고 신음하는 남자들의 얼굴을 말없이 응시했다. 에너지가 없는 이 높이에서 이들의 머리는 모두 공평하게 정신감응자의 조종에서 해방되어 있었다.

아이는 손에 쥐고 있던 총을 들었다. 에너지장 밖에서는 아무짝에도 쓸모없는 장난감에 불과했다. 하지만 남자들이 갖고 있는 무기는 그것뿐만이 아니었다. 그들을 막고 있는 건 곧 울음이라도 터트릴 것 같은 징크스의 예쁘장한 얼굴이었다. 바로 몇 분 전에 같은 아이가 악마처럼 웃으며 그들의 손목을 찢어 놨는데도 그들은 이 뻔한 이미지에 속아 넘어갔다.

그 순간 주변이 밝아졌다. 불이 들어온 것이 아니라 갑자기 에너지가 징크스의 뇌에 링크되어 흘러들어 온 것이다. 남자들이 새로 들어온 낯선 에너지를 감지한 순간, 징크스는 왼손을 휘둘러 비상구의 자물쇠를 뜯어내고 오른손을 흔들어 그들을 집어 던졌다. 계단을 구르는 남자들이 내는 비명과 쿵쾅거리는 소리를 뒤로하고 아이는 연구실로 뛰어들었다.

안은 난장판이었다. 어마어마한 염력의 소용돌이가 휘몰아치고 있었다. 하얀 실험복을 입은 직원들이 고골의 마녀처럼 폭풍을 타고 날아다녔고 그 아래에는 보이지 않는 거미줄에 갇힌 것처럼 사람들이 바닥에 붙어 발버둥 치며 신음하고 있었다. 종이 뭉치와 작은 기계들이 살아 있는 벌레처럼 그 주변을 굴러다녔다. 그리고 한가운데에는 케페우스가, 동네 삼겹살 맛집 광고지가 더덕더덕 붙은 원통 모양의 금속 기계를 끌어안고 주저앉아 있었다.

"거기 그러고 서 있지 말고 우리 좀 도와줘."

지연의 목소리가 들렸다. 그녀는 민트와 함께 거대한 옷장처럼 생긴 금속 상자를 창문 쪽으로 끌어오고 있었다. 징크스는 손가락을 튕겼고 금속 상자는 창문 가까이 붙어 섰다. 민트는 손가락으로 벽에 붙어 있는 다른 네 개의 상자를 가리켰다. 아이는 다시 손가락을 튕겼고 네 개의 상자는 무선 조종을 받은 것처럼 차례대로 창문 쪽을 향해 섰다.

23층의 유리창이 모조리 깨지고, 상자의 문이 열렸다. 그리고 그 안에 갇혀 있던 동물들이 와르르 소리를 내며 창밖으로 날아가기 시작했다. 박쥐들이었다. 날개 길이가 1미터가 넘는 거대한 검은 박쥐들. 징크스는 서쪽 하늘을 향해 날아가는 짐승들을 자세히 보기 위해 창문 쪽으로 달려갔다.

징크스는 창가에 선 채 공포와 놀라움과 기쁨이 거칠게 섞인 비명을 질렀다.

하늘은 별로 가득 차 있었다.

평생 수도권 주변을 벗어나 본 적이 없는 징크스에게 별은 가끔 맑은 밤하늘 여기저기에서 반짝이는 외로운 광점에 불과했다. 하지만 지금 아이의 눈앞에 수천, 수만, 수억의 별들이 하늘을 빽빽하게 채우고 있었다. 새벽하늘의 어스름과 회색 구름 따위는 그 별빛을 막지 못했다.

다른 감각으로 하늘을 보고 그 하늘 너머 무언가를 갈망하는 존재들의 정신이 징크스와 연결되어 있었다. 아까부터 들리던 노래는 이제 합창이 되어 있었다. 인간이 아닌 무언가의 실타래처럼 얽힌 정신들이 별을 향해 부르는 노래. Good morning starshine, You lead us along, My love and me as we sing, Our early morning singing song⋯⋯.

징크스는 작고 가는 손을 흔들며 외쳤다.

"안녕, 별들아!"

그 누가
프놈펜의 약속을
기억할까?

"LK는 재벌 회사가 아닙니다."

차인선 실장이 말했다.

"이제 이 나라에 재벌은 없어요. LK에 흔적이 남아 있었다고 해도 나인규 회장님이 세상을 뜨면서 모든 게 끝났지요. LK 위원회가 다 지워 버렸습니다. 그리고 회장님의 죽음에 대한 이상한 유언비어가 도는데, 다 거짓말입니다. 뇌종양이 맞았어요. 종양 덕분에 정신감응력이 강해진다고 믿으셨다가 치료 시기를 놓치셨지요. 병원 기록까지 공개했는데왜들 안 믿는지 모르겠습니다."

"인도네시아에서 이상한 치료를 받았다가 부작용으로 죽었다는 소문도 있지요."

"사실이 아니지만, 사실이라고 해서 지금 회사와 상관이 있는 건 아니지 않나요?"

한상우는 고개를 저었다.

"맞아요. 상관없습니다. 중요한 건 SBI가 LK로부터 독립한 뒤에도 LK, 군, 과학부에서 합작한 비밀 실험에 이용되었다는 것이죠. 물론 우린 나 회장이 위원회에 모든 권력을 넘긴 뒤에도 SBI에 영향력을 행사했다는 증언을 확보했습니다만 그렇다고 이야기가 달라지는 건 아닙니다.

중요한 건 LK의 관리하에 SBI가 한 실험의 내용입니다. 민트 갱의 테러 이후 SBI에서는 당시의 연구 자료들을 폐기했습니다만 지금 세상에 완전히 흔적을 없애는 게 가능하겠습니까?"

"그만큼이나 가짜 흔적을 조작하는 것도 쉬워졌지요."

"LK에서 프놈펜 협약을 위반하는 실험을 했다는 사실을 부인하시는 겁니까?"

차인선의 커다란 눈이 아주 살짝 가늘어졌다.

"그게 그렇게 대단한 일인가요? 과학에 대해선 아무것도 모르는 늙은이들이 호텔에 모여 서류 몇 장에 자기 이름을 써 갈겼다고 해서 과학자들이 신경이나 쓸 거라고 생각하셨나요?"

"비인간 지적 존재의 권리를 인정하는 것이 중요하지 않단 말입니까?"

"아뇨, 그건 자기보다 똑똑한 존재들이 나타나는 걸 막겠다는 소리였습니다. 배터리 시대 이후 실험실에서 정신감응력을 이용해 지적 존재들을 만들어 낼 수 있다는 가능성이 떠오르자 노인네들이 지레 겁을 먹은 거죠. 겉으로는 동물권을 내세웠지만, 실은 지능을 독점하겠다는 뜻이었습니다. 지금 같은 시대에 허망하기 짝이 없는 소리죠.

프놈펜 협약이 아무리 연구와 실험을 금지해도 이미 자연 상태에서 지능이 향상된 존재들이 나타나고 있습니다. 서울 하수도에 사는 쥐 떼조차 이전보다 몇 배로 똑똑해졌어요. 정신감응으로 연결되어 죽은 쥐들의 경험을 물려받고 심지어 인간들의 기억까지 훔치고 있으니까요. 중국에서 갑자기 공장식 축산을 금지한 것이 배양육 회사의 압력 때문이었을까요? 설마요. 그곳에선 이미 세 차례 이상 지능이 향상된 돼지들이 반란을 일으켰어요. 언론 통제를 했는데 어떻게 아냐고요? 당사자들로부터 직접 들었거든요."

"SBI에서 지능이 향상된 중국 돼지를 밀수입해서 실험을 했다는 뜻입니까?"

"거짓말을 해서 뭐 하겠어요. 다 알고 오신 것 같은데."

차인선의 자세가 살짝 흐트러졌다. 몇 초 전보다 살짝 더 인간적으로 보였고 그만큼 못생겨졌다. 그렇다고 해서 그녀가 최근 한상우가 만난 사람 중에서 가장 인공적으로 아름다운 존재라는 사실까지 바뀐 건 아니었다.

"누군가 해야 할 일이고, 또 모두가 하고 있는 일입니다. 배터리들은 점점 늘어나고 있고 강해지고 있어요. 이런 현상이 계속된다면 아무리 늦어도 1세기 안에 지구 전체는 배터리들의 영향권 안에 들어올 겁니다. 그 전에 어떻게든 배터리와 그 능력이 어떻게 존재하는지, 이들을 어떻게 통제할 수 있는지 알아내야 해요. 설령 무슨 희생이 따르더라도요."

"SBI에서 동물들의 두뇌를 이용해서 인간보다 영리한 존재를 만들었다는 말로 이해해도 되겠습니까?"

"그런 실험에 인간 두뇌를 이용할 수는 없잖아요. 그리고 영리하다는 게 무슨 뜻인가요? 다들 각자의 방식으로 영리한 것을, 인간의 잣대로 평가하고 있을 뿐 아닌가요?"

"하지만 SBI에서는 인간의 기준으로 측정했을 때에도 인간보다 영리한 존재를 만들었지요."

"아뇨, 각자의 방식으로 쓸모 있는 존재들을 만들었을 뿐입니다. 인간과 비슷한 존재를 만드는 건 의미 없는 일이죠. 민트 갱의 테러 행위로 연구 속도가 꺾이긴 했지만 그렇게 멈출 수 있는 변화도 아니에요. 곧 이 실험 결과물이 연구가 정체된 인공 지능을 대체할 날이 올 거예요. 무엇보다 중요한 건 이 연구를 통해 앞으로 일어날 변화의 키를 잡을 수 있다는 것이죠. 프놈펜 협약이 뭐라건."

"좋아요. 그럼 다음으로 넘어가죠. 이민중에 대한 것입니다. LK에서는 이번 사건에 이민중이 관여했을 수도 있다는 사실을 알고 있었나요?"

"관계된 사람들은 당연히 알고 있었겠죠. 단지 이 정보가 회사 꼭대기까지 올라가고 다시 저에게까지 내려오는 데 시간이 좀 걸렸습니다. 왜 여러분에게 알리지 않았냐고 묻지 마세요. 회사가 국제 협약을 위반한 사실을 자발적으로 밝힐 수는 없지 않나요? 군대로 넘어가면 거기서부터는 국가 기밀이고요."

"이민중은 SBI에서 역할이 뭐였습니까?"

"스스로의 에너지를 통제할 수 있는 배터리를 꼭 필요로 하는 정교한 실험에 참여했지요."

"그 자신도 실험 대상이었고요?"

"그렇죠. 아주 희귀한 존재였으니까요."

"실험팀의 일원인 동시에 실험체였군요. 그 와중에 이민중이 SBI의 다른 연구 대상과 동료 의식을 느꼈을 수도 있다는 사실을 아무도 몰랐습니까?"

"그건 연구소 사람들에게 직접 물어보셔야죠. 제가 말씀
드릴 수 있는 건 이민중이 실종된 뒤부터 민트 갱이 SBI 건
물을 습격할 때까지 회사 차원에서 어떤 대비책도 없었다는
것입니다. 그 이후에 대해서는…… 저도 모르겠군요."

"SBI에서 탈주한 실험체에 대한 수색 작업은 있었겠지
요?"

"네, 허사였죠. 앞서 말씀하신 박쥐들은 중국으로 날아간
게 분명한 것 같습니다. 중국을 거쳐 말레이시아로 갔을 가
능성이 큰데, 어느 쪽이건 이미 회사의 손을 떠났어요. 민트
갱이 SBI와 다른 회사에서 빼돌린 실험체들을 찾아내려는
시도는 모두 실패로 돌아갔습니다. SBI 습격을 위해 굉장히
공들여 준비한 것 같아요. 이미 해외로 빼돌렸다고 생각하
는 사람들도 있다더군요.

회사에서도 입장이 엇갈리는 편입니다. 신경 쓸 필요 없
다고 생각하는 사람들도 있고 이들의 최종 목표가 인류를
상대로 전쟁을 일으키는 것이라고 생각하는 사람들도 있습
니다. 물론 후자는 극소수입니다. 세상이 그렇게 옛날 슈퍼
히어로 만화책 같지는 않지요. 그래도 군에서는 자못 심각
하게 논의하고 있다고 들었습니다. 아마 민트 갱이 사고를

치기 전부터 대비하고 있었겠지요."

한상우는 책상 위에 놓인 주요한나의 분석 보고서와 차인선의 냉담한 얼굴을 번갈아 응시했다. 지금까지 그녀의 답변은 완벽하게 말이 됐다. 그는 그게 불만이었지만 뭐라고 할 말이 떠오르지 않았다.

차인선의 차분한 목소리가 다소 갑갑하게 이어지던 침묵을 깨트렸다.

"LK의 입장은 '아무것도 모른다.'입니다. 같이 일해 본 사람들에 따르면 이민중은 자기 동료를 그런 식으로 죽일 사람이 아니라고 하더군요. 그렇게 매정한 사람이라면 처음부터 그런 소동을 일으키지도 않았겠지요. 민트가 다른 상황에서 죽었고, 회사가 그 죽음에 책임이 있다고 판단한 이민중이 일종의 시위를 했다고 생각하는 사람들도 있는 것 같습니다. 회사가 정말 그 아이의 죽음에 책임이 있느냐고요? 저희로서는 아니라고 대답할 수밖에요."

"그 말을 믿으십니까?"

"안 믿어야 할 이유가 있나요? 회사 내 어느 세력이 그 정도까지 민트 갱을 몰아붙였다면 우리도 알았을 겁니다. 하지만 우린 그 정도까지 성공적인 적이 없었지요. 군이나 과학부에서는 어땠을지 모릅니다만. 남은 질문이 없다면 전

이만 가 보겠습니다."

차인선은 정확한 동작으로 자리에서 일어났다. 몇 초 동안 얼굴에 살짝 드러났던 인간적인 불완전함은 오래전에 사라지고 없었다. 몸을 돌려 문을 열고 밖으로 나가는 일상적인 동작을 무용수처럼 우아하게 수행하는 그녀의 뒷모습을 멍하니 따라가던 한상우의 눈이 거의 자동적으로 지금까지 그녀의 몸이 가리고 있던 전신 거울에 멎었다. 촌스러운 기성품 양복 차림의 우락부락하고 덩치 큰 남자가 진흙으로 대충 빚어 만든 것 같은 축 처진 얼굴로 그를 바라보고 있었다.

나이 들어 지금까지 거의 해 본 적 없는 생각이 떠올랐다.

'넌 정말 못생겼구나. 저 얼굴을 어쩌자고 지금까지 참고 있었지?'

믹서의 눈으로

비인간 지적 존재에 대한 차인선의 지식은 정확했지만 피상적이었다. SBI에서는 그녀에게 충분한 정보를 주지 않았고, 그들도 도시 이곳저곳에 숨어 있는 이들의 활동에 대해 자세히는 알지 못했다. 물론 SBI에서 달아난 실험체들이 그 뒤에 어떻게 되었는지 아는 사람은 극소수였다.

앞 장에서 차인선이 가볍게 언급한 '몇 배로 똑똑해진 쥐 떼' 이야기를 해 볼까? 물론 스스로 똑똑해진 쥐 떼들은 어디든지 있었다. 하지만 당시 상황은 차인선이 이야기한 것보다 훨씬 엄청났다.

이들의 이야기는 2048년 4월, SBI의 실험실을 탈출한 한 무리의 실험체들로부터 시작된다. 민트 갱이 우리째로 끌고 나와 SBI 건물 뒤뜰에 풀어 준 실험체는 231마리의 정신감

웅 생쥐와 32마리의 배터리 햄스터였다. 생쥐들은 각각 독립적인 개체였지만 정신감응으로 연결되어 만들어진 네트워크 속을 흐르는 세 마리의 유령을 공유했다.

생쥐들은 햄스터들을 소 떼처럼 몰면서 부천시의 하수도로 숨어들었다. 세 유령은 수명이 몇 개월 남지 않은 숙주 무리를 대체할 새 정신감응자와 배터리들을 모집했다. 처음에는 이들 대부분이 쥐였지만 시간이 흐르면서 고양이, 참새, 두더지, 뱀, 도마뱀, 박쥐, 심지어 엄청난 수의 바퀴벌레, 개미, 곱등이, 쥐며느리까지 가세했다. 일 년 뒤, 실험실에서 탈출한 실험체들이 모두 죽었을 무렵, 이들은 서울과 서남부 위성도시 네 개를 지배하는 64만 마리의 작은 동물들로 구성된 제국을 이루고 있었다. 이 64만은 이들이 일회용 회로처럼 이용하다 버린 수많은 벌레는 제외한, 오로지 척추동물만을 포함한 숫자이다.

인간들은 한동안 그 제국을 눈치채지 못했다. 제국이 성장하면서 신민들은 오히려 투명해졌다. 제국은 이들을 보호하고 은폐했다. 실제로 알 수 없는 이유로 수도권 길고양이들과 쥐들의 수가 급감했다는 보고서가 2049년에 있었다. 당시 사람들이 원인이라고 생각했던 건 배터리 부작용으로 인한 집단 뇌종양과 불임이었다.

제국은 2054년에 인간들에게 발견되고, 그 이후부터 한반도가 멸망할 때까지 '작은 친구들의 나라'라는 무해한 별명으로 불리며 인간 역사의 일부가 된다. 하지만 그건 이 책이 다루는 이야기가 끝난 지 몇 년 뒤의 일이고, 믹서와 지연이 산책하는 척하면서 마리코 앤 매크레이를 미행하던 어느 토요일 오후 이대 앞 거리에서 인간의 도시 위에 겹쳐진 얇은 제국의 존재를 인지할 수 있었던 건 그 둘뿐이었다.

믹서는 발바닥 밑에서 가볍게 떨리는 에너지의 진동을 느끼며 걷고 있었다. 제국의 배터리들이 내는 에너지는 인간 배터리에 비해 아주 가벼웠고 인간과 제대로 링크되기 힘든 종류였기 때문에 당시 이 에너지를 감지할 수 있는 이들은 극소수였다. 믹서는 예외 중 예외였다. 그녀는 에너지를 감지했을 뿐만 아니라 그 희미한 힘을 이용해 희박한 안개처럼 거리에 퍼져 있는 제국의 유령들을 보고 들을 수 있었다.

그들과 대화하기는 쉽지 않았다. 쥐의 유령들은 대화에 관심이 없었다. 정확히 말하면 스토리텔링과 의사소통 자체에 무관심했다. 그들에겐 오로지 현재의 자신만이 중요했고 과거나 주변 존재는 현재의 자신에게 묻은 지워지지 않는 얼룩에 불과했다. 필요한 정보를 주변 지적 존재들에게서 얻거나 반대로 자신이 갖고 있는 정보를 나누어 주는 건 충분히 있을 수 있는 일이었다. 하지만 그 경우에도 정신감응의 직접 통로를 선호했다. 그것도 내킬 때에만.

믹서는 이들이 SBI 실험실의 통제된 환경에서 벗어난 뒤로 조금은 융통성이 생길지도 모른다고 기대했다. 하지만 이들은 더욱 이해하기 어려운 존재로 변해 갔다. 새로 끼어든 낯선 두뇌들을 통제하면서 유령들이 자체적으로 완결된 존재로 남기 위해 노력하는 동안 이해할 수 없는 생각과 논리들이 조금씩 생겨났다. 제국의 존재가 발견된 뒤로 수많은 과학자가 이 이질성에 매료되었지만, 이들에겐 연구를 위한 충분한 시간이 부족했다. 앞에서도 말했지만, 한반도가 멸망해 버렸으니 말이다.

SBI의 모든 실험체가 쥐의 유령들 같지는 않았다. 훨씬 인간에 가까운 정신, 외형은 닮지 않았지만 대화가 수월한 존재들은 얼마든지 있었다. 그들 중 일부는 SBI 탈출 이후 민트 갱의 존재 이유였다.

매크레이가 갑자기 걸음을 멈추었다. 횡단보도 맞은편의 누군가를 보고 손을 흔들었다. 믹서는 목걸이에 달린 카메라로 상대의 얼굴을 찍어 확대했다. LK 사원 리스트를 돌렸다. 라드히카 사프라. 매크레이와 마찬가지로 고등과학 연구소 소속이었다.

녹색 불이 켜졌고 사프라가 매크레이 쪽으로 건너왔다. 그때서야 믹서는 매크레이가 아는 척을 한 사람이 한 명이 아니라는 사실을 알아차렸다. 사프라 옆에 눈에 띄지 않는 몸집 작은 여자 한 명이 더 있었다. 카메라로 찍고 리스트를 돌렸다. 기타가와 유미. 역시 LK 연구소 직원이었다. 같은 직장에서 일하는 세 외국인 여자들이 주말에 함께 놀려고 신촌에 나온 것이다.

믹서는 지연을 끌고 걸음 속도를 높였다. 튀어나온 보도 블록에 발이 걸려 지연이 휘청거렸지만 무시했다. 목걸이의 지향성 마이크를 켜고 무선으로 방향을 조종한 뒤 볼륨을 높였다. 그들은 모두 정신감응으로 익힌 유창한 한국어로 이야기하고 있었다. 직장 상사 이야기, 연구소에 새로 들여온 설비 이야기, 이번에 나온 베트남 드라마 이야기, 남자 이야기. 듣다 보면 좀 괴상했다. 그들은 목소리가 조금씩 달랐을 뿐 억양과 리듬이 일치했다. 같은 사람에게서 언어를 받았을 때 종종 일어나는 일이지만 이들의 경우 그 유사성이 유달리 심했다. 모어의 영향이나 개인적인 어휘 차이도 없이 그냥 똑같았다. 복화술사가 1인 3역을 하고 그들은 입만 뻐끔거리고 있는 것 같았다.

'모두 같은 유령의 지배를 받고 있는 거야.'

믹서가 말했다. 정확히 말하면 믹서의 두개골 바깥에 얇게 깔린 컴퓨터가 지연의 양쪽 귀에 이식된 쌀알만 한 이어폰에 음성 신호를 보낸 것이다.

"아이슬링 수도 저들 중 하나일까?"

지연이 혼잣말하듯 말했다. 아이슬링 수는 싱가포르 출신의 엔지니어로, 역시 LK 연구소 직원이었다. 바로 어제인 금요일, 민트는 뒷모습과 그 '사랑스러움' 때문에 그녀를 매크레이로 착각하고 200미터 정도 미행했었다.

'모르지. 일단 현대백화점까지만 따라가 보자. 거기 핫 스폿이 있어. 거기서 뭔가 느껴지면 네가 알려 줘.'

둘은 대화를 끊고 세 외국인의 뒤를 따라 천천히 걸었다. 맞은편에서 걸어오는 여자아이 둘이 믹서를 보자 이상한 표정을 지으며 혀 짧은 소리를 냈다. 믹서는 그들을 외면하고 지나쳤다. 탈출한 지 꽤 오랜 시간이 흘렀지만, 그녀는 아직 바깥 세계 사람들의 저런 반응에 익숙지 않았다. 실험실은 끔찍한 곳이었지만 적어도 그녀는 그곳에서 전문가로서, 희귀한 실험체로서 존중받았다.

믹서는 밖에 나가는 걸 좋아하지 않았다. 사람들의 반응도 싫었고 무엇보다 갑갑했다. 바깥에서는 늘 어깨 줄에 묶인 채, 주인 흉내를 내는 동료를 끌고 다녀야 했다. 무선 조종되는 로봇 의수도 가져올 수 없어서 팔이 잘려 나간 기분이었다. 동료들은 언제나 자기를 노예처럼 쓰라고 말했지만, 그녀가 필요한 건 직접 놀릴 수 있는 기계 팔이었지, 노예가 아니었다.

믹서는 단 한 번도 정체성 혼란을 겪은 적이 없었다. 그런 걸 겪으려면 먼저 자신이 무언가여야 한다는 믿음이 있어야 한다. 그녀에겐 그렇게 사치 부릴 여유가 없었다. 수백, 수천의 유령이 정신감응 네트워크에서 뒹굴고 섞이다가 고정되어 만들어진 그녀의 정신은 민트 갱의 다른 동료들과 달리 시작 같은 것도 없었다. 그녀는 자신의 정신 상태를 담담히 인정했다. 하지만 그들은 왜 나를 하필이면 보더 콜리+비글 잡종견의 몸에 넣었던 걸까?

처음부터 답을 알고 있는 질문이었다. 이런 실험에 인간을 이용할 수는 없었겠지. 멀쩡한 사람의 뇌에서 정체성을 몰아내고 그 안에 유령을 심는 것은 SBI의 성긴 윤리 기준에서 보더라도 '살인'이었을 테니까.

믹서의 뇌가 울렸다. 현대백화점 핫 스폿이었다. 여자들은 웃으면서 백화점 앞에 설치된 거대한 빨간 잠수경의 거울을 보며 손을 흔들었다. 믹서의 뒤를 따라오면서 지연은 그들이 발산하는 정신의 모양을 분석하고 있었다. 핫 스폿에서 벗어나기 직전에 지연은 걸음을 멈추었고 여자들은 신촌 로터리 쪽으로 사라져 버렸다.

"민트네 학교에서 왜 그런 표현을 썼는지 알겠어."

지연이 속삭였다.

"저 사람들은 '사랑스러워.'"

도대체 방채운이 누구지?

스키아파렐리에서 민트 갱의 나머지 네 명이 로봇 제조된
이탈리아 음식들을 먹으며 수다를 떠는 동안, 믹서는 부평
역 근처 상가 건물 5층 전체를 차지한 아지트 안에서 네 사
람의 이야기에 조용히 귀를 기울이고 있었다.

'귀를 기울인다'라는 표현은 그렇게까지 정확하다고 할
수 없다. 스키아파렐리에서 온 음성 신호는 두개골의 컴퓨
터를 통해 곧장 뇌로 들어왔다. 믹서가 보고 듣는 정보의 3분
의 2 이상은 자신의 감각 기관을 거치지 않았다.

믹서에게 물리적 세계는 그렇게 크게 의미 있지 않았다.
그녀의 유령은 어쩔 수 없이 여덟 살배기 보더 비글의 뇌 속
에 갇혀 있을 수밖에 없었다. 하지만 그렇다고 그녀의 감각
이나 사고 기능까지 그래야 한다는 법은 없었다.

SBI 실험실에 갇혀 있던 삼 년 반 동안 믹서가 이룬 업적은 놀라운 것이었다. 그녀는 말 그대로 자신의 뇌를 개량했다. 시냅스를 재배열했고 이를 뇌에 이식한 컴퓨터와 분자 수준의 정확도로 결합했다. 엄청나게 복잡하고 지적인 작업이었지만 그만큼이나 본능적인 행동이기도 했다. 자신에게 주어진 제한된 환경을 개선하려는 유령의 욕구와 비정상적으로 발달한 복합능력을 지닌 개의 두뇌가 실험실의 도움 속에서 자연스럽게 협력하다가 지금의 믹서를 만들어 낸 것이다.

믹서는 민트 갱의 멤버 중 가장 안정된 능력의 소유자였다. 케페우스는 고장 난 배터리였고 나머지들은 케페우스가 없으면 할 수 있는 게 별로 없었다. 하지만 믹서는 배터리 없이도 여전히 자신의 세계를 장악할 수 있었다. 배터리가 있으면 분명 능력이 두 배에서 세 배로 치솟았지만 없다고 해도 불편하지는 않았다. 배터리의 도움을 받아 뇌와 주변 장치를 개량하면서 그녀는 자신의 능력을 영구적으로 고정한 것이다.

세월이 흐르면서 믹서는 자신이 점점 기계화되고 있다고 느꼈다. 개의 욕망, 인간의 욕망, 그 사이에 끼어 있을지도 모르는 다른 자잘한 생물학적 욕망은 죽어 가고 있었다. 그녀의 정신은 인터넷을 통해 퍼져 나가고 있었다. 만약 이 개가 죽는다면 그녀의 유령도 함께 죽을까? 아니면 인터넷에 흩어진 다른 정신 기능 속에서 계속 살아남을까? 모를 일이었다.

배가 고파진 믹서는 밥그릇을 향해 걸어갔다. 그릇은 비어 있었다. 그녀는 스틱맨이라고 부르는 검은 아바타 로봇을 놀려 빈 그릇을 개수대에 넣고 새 그릇에 사료를 부었다. 사료를 건성으로 씹는 동안 스틱맨은 옆에 놓인 전자 피아노 앞에 앉아 쿠프랭의「틱 톡 쇽」을 연주했다. 로봇의 양손이 분주하게 오가는 동안 피아노에서 하프시코드의 찰랑거리는 소리가 났다. 쿠프랭의 음악은 언제든지 머릿속으로 연주할 수 있었지만, 믹서는 스틱맨의 손가락이 건반에 닿아 소리를 내는 물리적 과정을 좋아했다. 스틱맨은 믹서가 갇혀 있는 개의 몸보다 오히려 더 진짜 몸 같았다.

개의 입에 사료를 쑤셔 넣고 로봇 손으로 바로크 음악을 연주하면서 그녀는 방채운에 대해 생각했다. 가짜 기억의 생성에 대한 지연의 이론은 그럴싸했다. 어느 정도 크기의 정신감응 네트워크에서는 흔히 일어나는 일이며 한담에서 만든 그 벌레가 어떤 역할을 했을 수도 있었다. 하지만 그게 유일한 가능성일까? 그녀는 방채운이라는 이름이 자꾸 신경 쓰였다. 사람들이 공유하는 가짜 기억은 그렇게 짧은 기간 동안 구체화되지는 않는다. 옛날 기억 상실증처럼 요새 드라마에 자주 나오는 설정이지만 그거야 드라마니까 그렇고.

민트가 아지트에 도착했을 때, 믹서는 스파이더를 뿌려 인터넷에서 얻은 정보와 한담 텔레파시 벌레의 데이터를 정신없이 검토하고 있었다. 하지만 그녀의 눈에 보이는 건 우스꽝스러운 자세로 누워 멍한 눈으로 천장을 보고 있는 잡종 개의 모습뿐이었다.

'유령 기억 때문만이 아니야.'

믹서가 말했다.

"뭐가?"

민트는 믹서가 무슨 말을 하는지 알면서도 되물었다. 그녀는 언제나 대화의 정확한 형식을 맞추어 주는 걸 좋아했다.

'방채운 말이야. 정신감응 네트워크에서 유령 기억이 만들어지는 건 흔한 일이야. 하지만 그게 구체적인 이름과 결합하려면 방채운이라는 실제 사람에 대한 진짜 기억이 있어야 해. 하지만 오스만 팩 주변엔 방채운이라는 사람이 없어. 오스만 팩과 맞붙었던 다른 팩에도 없고.'

"이름이 비슷한 다른 사람은?"

'걔들이 그렇게 멍청할 거라고 생각해? 민지희 교수의 말을 빌리자면 가짜 기억은 "신화화"의 과정을 거쳐야 하지. 하지만 오스만 팩에게 그런 시간이 있었을까?'

전자 피아노 앞에 마네킹처럼 앉아 있던 스틱맨이 일어났다. 로봇은 휘청거리면서 걸어오더니 원통형의 검은 얼굴에 박힌 두 개의 점처럼 생긴 카메라 눈으로 민트의 얼굴을 노려보았다.

'생각해 봐.'

이제 믹서는 민트의 이어폰을 통하지 않고 스틱맨 얼굴에 달린 스피커를 통해 이야기하고 있었다. 여자인지, 남자인지 구분하기 어려운 차갑고 정확한 기계음이었다.

'우린 지금까지 한담 벌레를 우리 쪽의 트로이의 목마라고 생각했어. 하지만 우리가 빼앗아 오기 전부터 트로이의 목마였다면? 과연 한담에서 그 벌레를 빼앗긴 것일까?

생각해 봐. 한담에서 일부러 오스만 팩과 같은 무리에게 벌레에 대한 정보를 노출시켰다면? 그게 오히려 더 그럴싸하지 않아? 아무리 오스만 팩이 대단해도 기껏해야 동네 깡패들이야. 자기네들이 엄청 잘난 줄 아는 어린애들이라고. 한담에서 과연 그런 애들에 대한 대비를 하지 않았을까? 지나치게 쉽게 벌레를 내어 준 것 같지 않아?

생각해 봐. 만약에 한담에서 일부러 오스만 팩에게 그 벌레를 준 거라면? 오스만 팩이 다른 팩과 전쟁을 벌이고 동네에서 난리를 친 게 모두 한담 벌레의 조종에 의한 것이었다면?'

"도대체 한담에서 왜 그런 짓을 하는데?"

민트가 물었다.

'실험이지, 친구.'

스틱맨은 왼쪽 검지를 들어 얄밉게 까딱거렸다.

'한담 벌레가 무엇이건 실험 대상이 될 인간을 필요로 해. 인간의 두뇌가 필요하다고. 실험이 끝나기 전에는 완성된 게 아니지. 하지만 어떻게 인간 실험 대상을 구할까? 정신감응 강화 기능이 있다는 소문을 퍼트려 불량 청소년들이 훔쳐가도록 하는 것처럼 쉬운 일이 있을까?

지난 몇 주 동안 벌컨은 한담의 실험 쥐였던 거야. 그렇게 생각해야 이치가 맞아. 우린 언제나 벌컨을 깔보았지. 하지만 오스만 팩은 지난 몇 년 동안 수도권에서 가장 성공적인 팩 중 하나였어. 벌컨 역시 만만치 않은 리더였고. 그런 애가 지난 며칠 동안 저지른 일을 생각해 보라고. 벌레를 삼키고 나서 주변 모두에게 시비를 걸고 다녔어. 주어진 힘을 연구할 생각도 하지 않았고 팩을 위해 어떻게 쓸지도 생각하지 않았어. 생각 없이 아무나 패고 다닌 거야. 패고 다닌 애들 중엔 일 년 넘게 연맹을 맺어 온 팩도 두 개나 됐지. 무엇보다 지금 너를 왜 건드려? 시연이와 벌컨 사이에 안 좋은 과거가 있긴 하지만 너는 얼굴도 잘 모르잖아. 하지만 벌컨은 너를 만나자마자 죽이려고 했어. 아무리 생각해도 팩의 논리와 맞지 않아.'

"그래서?"

'모든 게 방채운의 짓이야. 방채운은 처음부터 벌레 속에 들어가 있었고 벌컨을 대문 삼아 세상에 나온 거지. 그리고 계속 복사되면서 오스만 팩이 맞붙은 애들 사이로 퍼졌어. "방채운의 원수를 죽여라!"'

"그 원수가 왜 난데?"

'꼭 너일 필요는 없어. 그냥 아무나여도 돼. 정신감응자 숙주를 이용해 집단을 통제하는 방법을 연구하는 게 목표였을 테니까. 벌컨은 너를 알고 있으니까 빈 괄호 안에 너를 넣었겠지. 지연이일 수도 있었지만 너였어. 그리고 오늘, 방채운의 원수를 갚으려고 한 건 벌컨뿐만이 아니었어.'

스틱맨이 손짓을 했고 비어 있던 한쪽 벽이 밝아졌다. 피투성이가 된 채 더러운 골목 바닥에 쓰러져 있는 남자의 사진이 떴다.

'카비르 카딤. 45세. 오류동에 있는 계란 공장 직원이야. 오늘 저녁 7시 30분에 저 상태로 발견되었어. 일곱 명의 남자애들이 다짜고짜 CCTV가 없는 곳으로 끌고 가 두들겨 팼대. 지나가던 수녀들이 발견하지 않았다면 죽었을지도 몰라. 경찰에서는 증오 범죄라고 생각하고 있어. 하지만 여기를 볼래?'

스틱맨은 사진을 잡아당겨 프레임 저편에 있던 나머지 그림을 끌어왔다. 남자의 피를 묻혀 콘크리트 벽 위에 손가락으로 쓴 희미한 글자들이 보였다. 민트는 콘트라스트를 조절해 글자들을 배경에서 분리해 냈다. "방채운을 기억하라."

'이래도 계획을 진행해야 할까?'

스틱맨의 목소리로 믹서가 말했다.

중간 점검

요새 아이들은 무섭다.

세상에 이처럼 뻔한 말이 있을까. 역사가 시작된 뒤로 노인네들은 자기네들 예상과는 전혀 다른 방향으로 자라서 통제가 불가능한 아이들을 지켜보며 경멸과 짜증이 섞인 불평을 했다. 요새 아이들은 무서워.

하지만 배터리 시대에 이 말은 엄살이 아니었다.

조일용은 어제부터 읽고 있던 보고서에서 눈을 떼고 사무실 구석 의자에 나란히 앉아 있는 부하들을 슬쩍 훔쳐보았다. 최유경은 태블릿으로 무언가를 읽으며 메모를 하고 있었고 한상우는 넋이라도 나간 것처럼 멍한 표정으로 맞은편 벽에 걸린 독수리 그림을 응시하고 있었다. 낡은 점퍼 사이로 둥근 똥배가 나와 있었고 굵은 다리는 볼썽사납게 벌려져 있었다. 짜증이 났다. 그는 못생김이 남자들이 지켜 낸 마지막 권리라고 생각하는 부류가 싫었다. 요샌 살 빼거나 성형하는 게 그렇게 어렵지도 않잖아. 왜 같이 일하는 사람 생각은 안 하는 거지?

저 둘은 모두 그의 밑에서 일한 지 몇 개월밖에 되지 않았다. 아직도 저들에 대해 잘 안다고 할 수 없었다. 최유경은 과학부와 외무부를 거치며 해외에서 뭔가 수상쩍은 업무를 맡아 하다가 외무부 장관 추천으로 왔다. 외무부와 법무부 사이를 오가는 이중 스파이라는 소문이 잠시 돌았지만 다들 곧 관심을 잃었다. 한상우는 정식으로 훈련받은 최초의 정신감응 수사관 중 한 명이었는데 배터리 부작용을 일으켜 영등포서 정신감응팀에서 물러났다가 여기로 왔다. 그곳을 떠난 이유에 관한 미심쩍은 소문이 돌았지만 조일용이 직접 나선 독심 테스트의 결과는 깨끗했다. 배터리 부작용 때문에 결과 조작의 가능성도 없었다. 당시는 인력 교환이 잦았던 때였다. 모두 자기 일에 대한 자신감을 잃어 가고 있었고 다른 물은 어떤가 궁금해했다. 불안한 정치적 분위기도 한몫했다.

인력관리국이 세워졌을 때만 해도 상황은 단순했다. 누군가가 능력을 이용해 사건을 저지르면 모두 그들 몫이 되었다. 축적된 데이터와 경험은 온전히 새 사법 시스템을 구축하고 새로 발견된 힘을 과학적으로 분석하고 이용하는 데 쓰였다. 동전 한 개나 간신히 들어 올릴 정도로 허약한 힘을 가진 초보 능력자들이 법망을 피하겠답시고 저지른 당시의 범죄 리스트를 보면 지금도 기가 막혔다. 조일용은 그때 인류에 대한 모든 기대를 접었다.

지금은 모든 게 복잡해졌다. 능력을 이용한 범죄는 일상이 됐다. 이미 군과 과학부가 인력관리국에 맞먹는 독자적인 조직을 운영하고 있었다. 인력관리국은 오래전 특별함을 잃었다. 새로 생겨나는 능력을 이용한 소위 '첨단 범죄'는 공식적으로 여전히 그들 몫이었고, 수사권을 독점하고 있었지만 언제까지 갈 지 알 수 없었다.

'첨단 범죄.' 정상적인 세상이라면 아직 학교에 다니고 있어야 할 아이들이 탈영병 배터리와 함께 작당해서 LK 본사에 잠입해 동료의 시체에 불을 지르고 내뺐다. 아직 학교에 다니고 있어야 할 아이들이 SBI 연구소를 쑥대밭으로 만들고 정체불명의 괴물들을 날려 보냈다. 아직 학교에 다니고 있어야 할 아이들이 대기업과 군대와 세상에 맞서 전쟁을 벌이고 있었다.

자기네들이 그럴 수 있다는 이유 하나만으로.

그는 그 아이들이 무섭지 않았다.

그는 민트 갱이 두렵지 않았다. 그들은 목표가 분명했고 논리적이었다. 동료의 시체를 불태운 건 이해하기 어려웠지만, 지금까지 행보를 보면 그 뒤에 이성적인 동기가 깔려 있는 게 분명했다. 그는 그들을 잡아 이 사무실로 끌고 오면 다소 열불이 터지더라도 이치에 맞는 대화가 가능할 것이라고 믿었다.

그가 진심으로 두려워하는 건 다른 아이들이었다. 어리석고 단순하고 억울하고 생각 없고 자기가 무얼 하는지도 모르는 난폭한 짐승 무리. 머슬 팩들, 정신강간범들, 자폭범들, 그 밖에 이름 붙이기도 귀찮은 오합지졸들.

그는 어제 새로 이사 온 아파트에서 텅 빈 벽을 꽉 채운 화면으로 「웨스트사이드 스토리」를 보았다. 고풍스러운 할리우드 영어를 쓰는 아이들이 춤추고 노래하다가 주먹질을 하고 칼질을 하고 총질을 했다. 그게 당시 사람들이 생각하는 불량 청소년이었다. 천진난만하고 귀엽고 대체로 무해한.

인간은 너무 빨리 능력이라는 선물을 받았다. 아이들에게는 더더욱 빨랐다. 선택받은 소수만이 그 능력을 효율적으로 관리하고 통제하며 자신을 계발할 수 있었다. 대부분은 힘의 구정물 속에 가라앉았다. 배터리가 늘어나고 힘이 강해질수록 구정물은 더러워지고, 깊어졌다. 어른들은 아이들을 통제할 수 없었다. 아이들 자신도 통제할 수 없었다. 아이들에겐 최악의 시대였다. 아니다, 앞으로 더 심해질 것이다.

마야 생각이 났다. 그는 하품하는 척하면서 나오는 눈물을 감추었다.

그는 보고서에 집중했다. 그동안 인력관리국은 민트 갱이 에너지를 스스로 통제할 수 있는 배터리를 앞세워 LK 건물로 들어갔다는 사실도 밝혀냈고, SBI가 LK의 영향력 아래에서 프놈펜 협약을 위반한 실험을 했다는 것도 알아냈다. 하지만 인간 사냥꾼들을 총동원해도 민트 갱은 흔적조차 찾을 수 없었다. 군에서도 쫓고 있었는데 그쪽도 허탕인 게 분명했다. 민트 갱의 완벽한 은폐 능력은 이번에도 뚫리지 않았다. 그러면 그럴수록 그들은 더 가치 있는 존재가 되었다.

민트 갱을 잡고 왜 그런 짓을 했는지 물어보면 일은 끝난다. 더 복잡하게 생각할 필요도 없다. 하지만 정말 끝일까? 과연 이 일을 저지른 게 민트 갱이 맞긴 한가? 이것이 오히려 살인의 폭로이며, 진짜 살인범은 LK에 있다면? 갱과 아이는 처음부터 끝까지 연막이고 모든 게 LK 내부의 일이라면? 높은 양반들은 과연 우리가 LK를 파길 바랄까? 어떻게 죽었는지도 알 수 없는 아이의 시체 때문에 간신히 봉합한 소동을 다시 터트릴 필요가 있을까?

그는 한상우의 보고서에 실린 명단을 읽어 보았다. 최다영, 한준희, 오미라, 신지경…… 모두 LK 위원회 소속이었다. 쿠데타를 통해 마지막 재벌 나인규를 몰아내고 어쩌면 죽이기까지 했을지도 모르는 사람들이었다. 그는 이들을 한 번 이상 만난 적 있었다. 오미라는 일산에서 그 끔찍한 일이 있었을 때 만났다. 정글의 야수 같았던 나인규와는 달리 모두 평범한 회사원처럼 무개성적인 사람들이었다. 일 때문에 만나는 게 아니라면 얼굴과 이름도 연결 짓기 어려운 그런 사람들.

명단 끄트머리에서 그는 예상치 못한 이름과 마주쳤다. 이지욱? 이 친구는 삼 년 전에 열두 살 남자애의 뇌를 주물럭거리다 들통난 인간 아닌가. 회사에서는 어마어마한 돈을 들여 소문을 막았고 그를 보르네오로 내쫓았다. 언제 이 인간이 회사로 돌아왔지? 하지만 잠시 불붙은 호기심은 곧 무기력하게 꺼져 버렸다. 내가 그 사정을 군이 알아야 할 필요가 있을까?

"정신감응 심문은 곤란해."

조일용은 책상 위에 지저분하게 뜬 작은 창들을 하나씩 지우면서 말했다.

"하지만 대장……."

한상우가 엉거주춤 일어나 항의하려 했지만, 조일용은 손짓으로 그의 말을 막았다.

"근거가 부족해. LK에서 이 사건에 개입했다는 증거도 없고 거짓말을 한다는 증거도 없어. 이런 상황에서 위원회 사람들을 정신감응 심문해 봤자 어떤 의미가 있을까? 만약 LK가 진짜 무슨 일을 저질렀다면 벌써 회사의 세뇌 전문가들이 관련된 사람들의 기억을 바꾸거나 지워 버렸을 거야. 문제가 해결되기는커녕 더 복잡해져.

어떻게 보면 우린 이미 우리 일을 한 거야. 우리가 지금까지 모르고 있던 능력이 범죄에 이용되었다는 사실을 밝혀냈으니까. 윗대가리들은 이것으로 충분히 만족해하겠지."

"그것뿐만이 아니에요, 대장. 다른 뭔가가 있습니다. 깜빡거리는 배터리가 사건의 전부일 리가 없지 않습니까. LK에서 뭔가 이상한 일이 일어나고 있습니다. 일단 이지욱이 위원회로 돌아왔다는 것부터가 그렇고……."

"그게 뭐?"

"미성년자 정신강간범을 다시 불러들이다니, 위원회답지 않은 일이지 않습니까. 더 이상 이미지 따위는 신경 쓸 생각이 없다는 거죠. 이지욱은 시체가 발견되었을 때도 LK 본사에 있었습니다. 두 달 전에 돌아와 벌써부터 여기저기 바쁘게 움직이고 있어요. 시체는 그 인간에게 보내는 메시지일 수도 있고 더 큰 의미일 수도 있습니다. 이걸 그냥 모른 척할 수는 없습니다."

"하지만 그건 짐작의, 짐작의, 짐작일 뿐이야. 이것만 가지고는⋯⋯."

지금까지 조용히 두 남자가 말하는 걸 듣고만 있던 최유경이 태블릿을 끄고 입을 열었다.

"그냥 한동안 저희 둘이 알아보겠습니다. 다들 민트 갱을 쫓고 있으니 저희 두 사람 정도 빠진다고 크게 모양이 이상하지는 않지 않을까요? 일단은 LK와 직접적으로 닿지 않는 선에서 계속 수사를 진행하겠습니다. 뭔가 더 발견되면 즉시 보고하겠습니다. 그때 다시 직접 판단하시죠."

두 남자의 시선이 최유경의 가면을 쓴 듯한 매정한 얼굴로 모였다. 달아올랐던 방 분위기가 픽 식어 버렸다. 조일용은 멍하니 고개를 끄덕였고 최유경은 가볍게 고개를 숙여 인사를 한 뒤 한상우에게 손짓을 하며 문 쪽으로 걸어갔다. 엉거주춤한 자세로 두 사람 사이에 서 있던 한상우는 그제야 동료의 뒤를 따랐고 둘은 곧 사무실에서 사라져 버렸다.

조일용은 테이블 화면을 끄고 의자에 몸을 묻었다. 손을 흔들어 선곡기에서 골라 주는 대로 아무 음악이나 틀고 눈을 감았다. 굵직한 목소리의 여자가 포르투갈어로 부르는 노래가 나왔다. 그는 사람 소리가 섞이지 않은 감상적인 기타 곡이 나올 때까지 손을 몇 번 더 흔들었다.

사람 목소리는 이미 충분했다.

붉은 여왕의 도주

지연은 단 한 번도 마법사로서 자신을 과대평가한 적이 없었다. 보기 드문 경력 때문에 주목을 받았고 얼떨결에 그녀가 속해 있는 작은 세계에서 전설적인 존재가 되었지만, 지연에게 남들이 모르는 특별한 능력이 있는 것은 아니었다. 그녀의 비밀은 단 하나. 남들보다 더 많이 공부하고 노력하는 것이었다. 물론 운도 있었다. 하지만 운을 잡고 활용하려면 공부와 노력이 필수였다. '운도 실력'이라는 말을 성의 없이 읊조리는 게으른 바보들은 그걸 모른다.

민트 갱을 이끄는 동안 지연은 운이 많이 좋은 편이었다. 케페우스와 믹서 같은 멤버들을 동시에 돌리는 마법사는 사정을 모르는 외부 사람들에겐 엄청 대단해 보인다. 그렇다고 지연이 공부와 노력을 게을리했다는 건 아니었다. 배터리의 힘은 꾸준히 상승하고 있고 새로운 능력은 계속 발굴된다. 이런 세상에서 멈추어 서는 건 러닝 머신에서 달리기를 멈추는 것과 같다. 끊임없이 남의 수를 먼저 읽고 그에 대비해야 한다. 안이하게 개별 멤버의 능력에만 의존하는 것 역시 위험하다. 강물의 흐름에 몸을 맡기는 배는 표류할 뿐이다.

엘리트 팩의 세계는 특별했다. 길거리에 몰려다니는 머슬 팩들과 비교하면 곤란하다. 능력의 첨단을 걷는 또릿또릿한 아이들이 어른들의 관리 따위는 무시하며 불법의 세계에서 새로운 힘과 활용법을 연구하고 있었다. 인력관리국 같은 곳에서 그들을 어느 정도 방치하며 관찰하는 것도 그 때문이었다. 합법적인 울타리 안에서는 불가능한 자잘한 실험들이 이 세계에서 진행되고 있었다.

엘리트 팩에 속해 있는 아이들은 다양했다. 길거리 가출 청소년들도 있었지만, 시치미 뚝 떼고 이중생활을 하는 모범생들도 있었다. 가출한 아이들은 생존을 위해 뭉쳤고 우등생 아이들은 미래를 위한 투자나 심심풀이 놀이 정도로 생각했다. 당연히 우선순위와 절실함의 차이가 있었다. 이들은 대부분 끼리끼리 어울렸지만, 능력이 가장 중요시되는 엘리트 팩의 경우 두 부류가 섞여 있는 경우가 많았다. 성공적인 리더는 이들의 갈등을 해결하고 팀을 하나로 묶을 수 있어야 했다.

지연은 리더 타입이 아니었다. 열한 살 때 아빠의 암살 현장에서 달아난 뒤로 다섯 개의 팩을 거치는 동안 단 한 번도 자신을 리더라고 생각한 적이 없었다. 하지만 바로 그렇기 때문에 그녀는 독특하게 성공적인 리더 겸 마법사가 될 수 있었다. 그녀가 리더로 활동했던 마지막 두 팩의 성공 비결은 최대한 멤버들끼리 거리를 두게 하는 것이었다. 한국인들은 이런 팩의 관계 방식을 낯설어했고 처음엔 가능하다고 믿지도 않았다. 하지만 어차피 목적을 위해 뭉친 것, 쓸데없는 인간관계로 팩의 능률을 떨어뜨릴 필요가 있을까? 팩이 성공하려면 부품들이 정교하게 맞물리며 작동하는 완벽한 기계가 되어야 했다. 정확하게 전략을 세운다면 인간관계를 지우고 팀워크만 남겨 놓는 일은 얼마든지 가능했다.

물론 모르는 사람과 억지로 인간관계를 맺고 싶지 않다는 동기가 더 컸다. 많은 고급 정신감응자들이 그런 것처럼 지연은 사람을 피곤해했다.

지연은 팩 사이의 전쟁도 좋아하지 않았다. 가능하면 다른 팩들로부터 멀리 떨어져 일에만, 그러니까 안전이 보장되는 자잘한 일에만 집중하고 싶었다. 지연의 전문 분야는 금융 범죄와 사기였고 대부분 피해자가 자신에게 무슨 일이 있었는지도 모르는 상태에서 끝이 났다. 돈과 안전, 그리고 이들을 가능하게 하는 배터리. 지연이 원하는 건 그뿐이었다.

하지만 전쟁은 피할 수 있는 일이 아니었다. 지연이 아무리 소극적으로 숨어 살고 싶어도 멤버들의 요구를 무시할 순 없었다. 엘리트 팩의 아이들은 단순히 돈 때문에 모인 것이 아니었다. 모두들 자신의 힘을 쓰고 과시하고 싶어 했다. 마법사이자 리더로서 지연은 모순되는 두 개의 임무를 맡았다. 최대한 팩을 감추면서 동시에 그 힘을 드러내는 것. 어떻게 하나의 무대에서 관객 절반에게는 완벽하게 안 보이면서 다른 절반에게는 환상적인 쇼로 압도할 수 있을까?

다른 팩의 영토를 빼앗고, 재산을 강탈하고, 동맹하고, 배반하고, 기습하고, 역습하고, 평균 수명이 기껏해야 몇 개월에 불과한 수많은 팩들이 모닥불의 불똥처럼 명멸하는 동안 온갖 드라마들이 펼쳐졌다. 그 전쟁터에서 많은 아이가 목숨을 잃거나 식물인간이 됐다. 몇몇 아이들은 전문 범죄 집단에 스카우트되었다. 몇몇 아이들은 충분히 놀이를 즐긴 뒤 자신이 속한 부자들의 성으로 돌아갔다. 이 세계에 속하지 못한 아이들은 이들의 이야기를 담은 뉴스레터를 구독했고 가상 현실에서 팩을 만들어 롤플레잉 게임을 했다.

지연이 두 팩을 이끌면서 놀라울 정도로 높은 승률을 자랑한 건 이 게임에 관심이 없기 때문이었다. 그녀는 쾌락과 욕망의 함정에 빠지지 않았고 그 대신 벗어나야 할 정확한 타이밍을 잘 알았으며 막 나가려고 하는 멤버들, 특히 염동력자들을 억누를 줄 알았다. 멤버들은 늘 만족하지 못하고 불평했지만 그를 통해 얻은 명성까지 싫어하지는 않았다. 마지막 팩에서는 멤버들을 일부러 격리시켜 쓸데없이 반대 세력을 만들 수 있는 가능성을 차단했기 때문에 운영이 더 쉬웠다.

그녀는 의도치 않게 적을 만들었다. 당연히 지연과는 달리 이 전쟁을 목숨처럼 여기는 수많은 아이가 있었다. 그들은 패배의 모욕감을, 자신에게 모욕감을 안겨 준 팩 리더의 무심함을 참을 수가 없었다. 그들은 진심으로 지연을 증오했다. 팩들이 오래 살아남을 경우, 멤버들은 선배들의 증오심을 물려받았다. 오스만 팩이 대표적이었다. 어쩌다 보니 지연은 네 개의 팩을 거치는 동안 오스만 팩과 계속 충돌했고 그러는 동안 팩의 마지막 리더 벌컨과 철천지원수가 되고 말았다. 어쩌다가 그렇게 되었는지는 지연도, 벌컨도 정확히 알지 못했다. 정신감응자들이 서로의 기억과 정신을 뒤흔들어 난리를 치는 전쟁터에서는 모두의 기억이 조금씩 왜곡되기 마련이었다.

언제까지 이렇게 살 생각은 없었다. 잠시 숨어 있다가 마지막으로 적당한 팩에 들어가 몇 개월 배터리를 쓰면서 뒷정리를 하고 징크스와 함께 우루과이로 달아날 생각이었다. 우루과이를 목적지로 삼은 이유는 단순하기 그지없었다. 한반도에서 가장 먼 곳. 그녀는 이 나라가 지긋지긋했다. 아빠가 살해당한 곳을 전철로 계속 지나치는 것도, 팩을 운영하는 것도, 전쟁을 벌이는 것도, 오스만 팩도 지긋지긋했다. 징크스는 징징거렸지만, 지연이 가겠다고 하면 어쩔 수 없이 따라갈 수밖에 없었다.

"네가 발목을 잡지 않았다면 우린 오래전에 이 나라를 떴어."

지연은 종종 민트에게 이야기하곤 했다. 모두가 알고 있는 사실이었으니 정보 전달의 의미는 없었다. 그냥 의미 없는 투정에 불과했다. 그리고 시간이 흐를수록 투정할 기운도 없어졌다. 아직도 우루과이에 대한 꿈을 꾸었다. 하지만 우루과이라고 얼마나 나을까? 한반도에서 시작되고 지구 곳곳에서 일어나고 있는 붕괴를 조금 늦게 겪을 뿐이다. 지연이 지금 가고 있는 길만이 유일한 진짜 탈출구였다.

하지만 그 탈출구로 가는 길은 지저분하고 좁았다.

석 달 넘게 아지트로 삼고 있는 부평역 근처 상가 건물 5층으로 걸어가는 동안 지연은 오후에 있었던 오스만 팩과의 전투에 대해 생각했다. 벌레를 그쪽이 갖고 있는 한 어차피 벌컨과는 충돌할 수밖에 없었다. 그녀가 직접 개입하지 않고 민트를 보낸 것도 벌컨이 그녀에게 품고 있는 증오를 최소화하기 위해서였지만 그렇다고 사심 없이 깔끔하게 끝날 일은 아니었다. 일어날 일이 일어난 것이다. 하지만 민트를 죽이려던 벌컨의 행동이 아무래도 신경 쓰였다…….

그녀는 걸음을 멈추었다. 생각은 쑥 들어가고 감각이 살아났다. 낯선 배터리의 감각이 느껴졌다. 그 배터리의 에너지를 빨아들이고 있는 패거리의 존재감도. 눈을 감고 집중하자 그들의 위치와 정체도 읽혔다.

오스만 팩의 아이들이 지연을 기다리고 있었다.

민트 갱은 말하라

창문이 폭발하고 방이 번쩍였다. 폭발의 충격을 등으로 받은 스틱맨은 민트를 덮치며 그대로 바닥에 엎어졌다. 폭발음으로 귀가 먹먹한 순간에도 믹서의 끼깅거리는 소리가 희미하게 들렸다.

스틱맨에 눌려 발버둥 치던 민트는 마네킹처럼 굳어 버린 로봇의 몸 아래에서 빠져나왔다. 가장 먼저 찾은 건 믹서였다. 유리 가루를 뒤집어쓴 걸 제외하면 비교적 멀쩡해 보이는 믹서는 창문을 향해 맹렬하게 짖어 대고 있었다. 갑작스러운 충격으로 넋이 나간 상태에서 가장 먼저 회복된 건 개의 영혼이었다.

창문 밖 풍경이 아지랑이처럼 흔들리고 있었다. 처음엔 폭발 때 발생한 아지랑이 같았다. 하지만 그 흔들림 뒤에 묵

직한 무언가가 존재하고 있었다. 민트는 바닥에 굴러떨어진 유리 문진을 집어 그쪽을 향해 던졌다. 날아가던 문진은 창문에 도달하기 직전에 팅 하는 소리를 내면서 튕겨 나갔다.

은폐용 클로크를 뒤집어쓴 군용 로봇이었다. 사자만 한 덩치의 기계 원숭이가 드론 부하들을 이끌고 창문을 통해 방 안으로 들어오려 하고 있었다.

초현실적이었다. 아지트나 안전지대가 발각되는 경우는 언제나 예상하고 있었고 그에 대한 이중 삼중의 대비가 되어 있었다. 하지만 군용 로봇이 5층 건물의 벽을 타고 올라와 창문으로 들어올 가능성은 지연도, 믹서도 상상하지 못했다. 도대체 어떤 미치광이가 이 작전 뒤에 있는 것인가.

세상에서 가장 어처구니없는 공격으로 초반 제압을 노린 것이라면 성공이었다.

드론들이 세 대씩 무리를 지어 믹서와 민트에게 날아들었다. 둥그런 입이 열리고 파란색 젤리들이 튀어나왔다. 민트는 몸을 굴려 피했지만, 신고 있던 테니스화에 젤리 하나가 맞아 폭발했다. 파란 끈끈이막이 바닥이며 신발에 달라붙었다.

신발과 양말을 벗어 내려는 민트와 민트를 둘러싼 드론들 사이로 스틱맨이 뛰어들었다. 로봇의 동작에는 요전까지 손가락을 까딱거리며 이죽거리던 인간적인 모습은 찾아볼 수 없었다. 비상사태가 일어나자 가슴에 심어 둔 인공 지능이 깨어났고 로봇은 자동적으로 인간을 보호하기 위해 몸을 날린 것이다. 젤리탄이 스틱맨의 등에서 폭발했고 로봇의 검은 몸이 지저분한 파란색으로 물들었다.

믹서는 더 성공적으로 상황에 대처하고 있었다. 개 주변에 몰려든 드론들이 휘청거리면서 회전하고 있었다. 믹서의 힘이 드론을 장악하기 시작한 것이다. 이제 드론들은 클로크를 뒤집어쓴 군용 로봇에 젤리탄을 쏘고 있었다. 서서히 로봇의 모습이 드러났다. 기계 원숭이가 아니었다. 네 개가 넘는 가는 팔다리를 이상하게 놀리는, 더 이상 짐승의 비유를 찾기 힘든 어이없는 모양의 못생긴 비대칭의 기계.

그 기계가 믹서를 향해 달려들고 있었다.

스틱맨이 그 둘 사이로 뛰어들었다. 군용 로봇은 다짜고짜 스틱맨의 오른팔을 잡아 뽑고 허리를 꺾었다. 세 조각 나 바닥에 흩어진 스틱맨의 몸은 여전히 꿈틀거리면서 침입자의 투명한 팔 다리를 붙잡았지만, 군용 로봇은 그것들마저도 짓밟아 무력화시켰다.

군용 로봇은 힘이 셌다. 이건 그렇게 단순하고 심상한 말이 아니었다. 지금 침입자 로봇이 보여 주고 있는 힘은 일반적인 군용 로봇의 한계를 초월한 것이었다. 창밖으로 연결된 전선도 보이지 않았다.

배터리였다. 침입자는 배터리와 염동력을 지닌 짐승의 두뇌로 움직이는 사이보그였다.

민트는 어이가 없었다. '배터리로 작동되는 기계'라는 진부하고 뻔한 표현이, 진부할 수도 뻔할 수도 없다는 사실이 황당했다.

서서히 배터리의 힘이 감지되기 시작했다. 쉽게 링크할 수 없는 난폭하고 낯선 힘이었다. 그 낯섦의 정체가 뭔지는 궁금하지도 않았다. 이용할 수 없는 힘에 얽히면 끝장이다.

민트와 믹서는 거의 동시에 출구를 향해 뛰었다. 기계가 투명한 코를 들이대기 직전에 강철 문을 닫았다. 자동 잠금 장치가 작동하는 소리와 함께 쿵쿵거리는 금속성 충격음이 들리고 문이 휘어지기 시작했다.

둘은 비상계단을 향해 내달렸다. 등 뒤에서 방화문이 잠기는 소리가 났다. 자동 소화 장치에서 물이 쏟아졌고 비상벨이 울렸다. 건물은 가지고 있는 모든 근육을 쓰면서 침입자에 저항하고 있었다.

계단까지는 믹서가 앞섰지만, 그 뒤부터는 속도가 뚝 떨어졌다. 위태로운 걸음으로 휘청거리던 개는 결국 3층에서 볼썽사납게 엎어지고 말았다. 넘어진 믹서를 향해 돌아서려는데 갑자기 귀가 저릿하게 진동했다. 텔레파시가 아닌 평범한 비상용 전화였다. 귓속에 이식된 스피커 속에서 지연의 목소리가 외치고 있었다.

"들켰어! 오스만 팩이야! 빨리 징크스에게⋯⋯."

소리가 끊겼다. 귀를 툭툭 쳤지만 더 이상 아무 소리도 들리지 않았다. 바닥에 엎어져 헤엄치듯 네 발을 놀리던 믹서는 간신히 중심을 잡고 일어나 다시 계단을 내려갔다.

달리면서 민트는 징크스와 케페우스에게 비상 신호를 보냈다. 아무 반응이 없었다. 다시 일어난 믹서 역시 같은 신호를 보내고 있었지만 돌아오는 목소리는 없었다. 지연, 징크스, 케페우스, 세 사람 모두 연락망 속에서 증발해 버렸다.

어떻게 된 거지? 아지트와 안전지대가 발각되는 건 수치스럽긴 해도 있을 수 있는 일이다. 운이 나빴거나 충분히 조심하지 않은 것이다. 믹서와 지연에게 너무 의존하다가 구멍이 생기는 걸 못 본 것이다. 하지만 배터리로 작동하는 사이보그 기계를 놀리는 무리가 오스만 팩과 손을 잡고 민트 갱을 사냥하러 왔다면 그건 상상을 넘어선 일이 벌어지고 있다는 뜻이다. 지금까지 민트는 상황을 통제하고 있다고 생각했지만⋯⋯.

지하실 문이 열렸다. 둘은 버려진 중국 식당 쪽으로 달렸다. 식당 주방에는 하수도로 연결되는 통로가 있었다. 믹서가 이사 오자마자 스틱맨 셋을 동원해 만든 탈출구였다.

식당에서 15미터 거리에서 갑자기 믹서는 달리기를 멈추었다. 미심쩍은 표정을 짓고 긴장하면서 코를 킁킁거렸다. 민트는 믹서와 함께 천천히 뒷걸음질을 쳤다. 등 뒤에서는 투명 침입자가 방화문 자물쇠를 부수는 쿵쿵 소리가 들려오고 있었다.

거의 약속이라도 한 것처럼 방화문과 중국 식당 문이 동시에 열렸다. 뒤에서는 파란 끈끈이를 뒤집어쓴 투명 괴물이, 중국 식당에서는 클로크가 꺼진 회색 괴물이 각각 믹서와 민트를 향해 두 개의 총구를 겨누면서 걸어왔다.

뒤에서 걸어오는 투명 기계가 눈앞의 회색 기계와 같은 모양이라면 그들의 디자이너는 도대체 무슨 정신이었던 걸까? 기계의 모습에는 최소한의 미학적 의지도 느껴지지 않았다. 여섯 개의 다리와 두 개의 팔은 모두 길이가 제각각이었고 대칭인 부분은 단 한 군데도 찾아볼 수 없었다. 그럼에도 불구하고 기계는 물 흐르는 것처럼 완벽한 동작으로 그들을 향해 다가오고 있었다.

민트는 양손을 쳐들었고 믹서는 꼬리를 내렸다. 두 기계는 딱 1미터 거리에서 걸음을 멈추었다. 회색 기계의 왼손이 중앙 계단을 가리켰다. 민트와 믹서는 계단을 올랐고 기계들이 뒤를 따랐다.

그들은 건물 밖으로 나왔다. 그렇게 요란한 소동이 일어났는데도 밖은 조용했다. 비상벨과 소방 시설은 진작에 작동을 멈추었고 소방차의 사이렌 소리도 들리지 않았다.

건물 입구에 검은색 대형 컨테이너 트럭이 서 있었다. 뒤를 돌아보니 아까까지만 해도 회색이었던 기계가 클로크를 작동시켜 투명해져 있었다. 단지 두 개의 총구만이 허공으로 향한 채 둔한 금속성 빛을 비추고 있었다. 총구가 까딱이자 민트는 믹서를 안고 컨테이너로 들어갔다. 기계 둘이 뒤를 따라 안으로 들어왔고 문이 닫혔다. 클로크가 다시 꺼진 기계들은 마치 차곡차곡 접힌 외투처럼 트레일러 양쪽 벽에 붙었다.

트럭이 천천히 움직이기 시작했고 조명이 들어왔다. 벽에 붙은 못생긴 기계 둘을 제외한다면 안은 의외로 아늑했다. 적당히 손때 묻은 싸구려 가구가 놓인 촌스러운 거실 같았다.

방 끝에 있는 모니터가 켜졌다. 화면이 밝아지자 민트는 잠시 뉴스라고 생각했다. 뉴스에서 자주 본 늙은 남자의 얼굴이 카메라를 응시하고 있었다. 누구였더라?

　나인규 회장이었다. LK의 마지막 황제.

　"민트 갱은 말하라."

　나인규가 말했다.

　"별빛호는 어디에 숨겼지?"

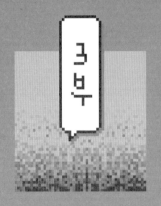

개에 관한 미스터리

한상우는 주요한나가 보내온 사진을 노려보았다. CCTV 에서 캡처한 평범하기 짝이 없는 광경이었다. 깡마른 남자 하나가 개와 함께 여의도 밤거리를 산책 중이었다.

주요한나에 따르면 그 남자는 이민중이었다. 그들이 갖고 있는 이민중의 사진과 얼굴이 많이 달랐고 훨씬 말랐지만 그건 이상한 일이 아니었다. 컴퓨터는 사건 당시 여의도 주변 CCTV를 뒤져 이민중일 수도 있는 남자를 모두 골라내 하나하나 신원을 확인했다.

마지막으로 남은 것이 이 남자였다. 그는 고바야시 다카 유키라는 이름으로 콘래드 호텔에 2박 3일 묵었다가 사건 다음 날 인천공항을 거쳐 라오스로 갔는데 거기서 소식이 끊겨 버렸다. 진짜 고바야시 다카유키는 무앙싸이의 암시장에서 산 정체불명의 약물을 먹고 일주일 넘게 부작용에 시달리다 가짜가 탄 비행기가 와타이 공항에 도착하기 한 시간 전에 사망했다. 신분 위조범들이 쓰는 흔한 트릭이었다.

고바야시가 이민중이라는 또 하나의 증거는 이상할 정도로 CCTV 자료가 없다는 것이었다. 마치 여기저기 순간 이동이라도 한 것처럼 중간 단계가 없었다. 그가 찍힌 CCTV 자료는 겨우 세 개. 다 합쳐 봐야 이십사 초에 불과했다. 누군가가 꼼꼼하게 존재를 지운 것이다.

그는 왜 눈에 띄게 개를 끌고 다녔던 걸까? 저 개의 주인은 누구일까? 카메라에 찍힌 개는 보더 비글, 즉 보더 콜리와 비글의 잡종이었다.

복합능력자인 그의 공범은 어디에 있는 걸까?

한상우는 사진을 확대했다. 코와 입 주변이 어색하게 부풀어 있었는데 십중팔구 변장의 흔적이었다. 지금은 이 사진과 다른 모습일 가능성이 컸다.

남자는 피곤해 보였다. 걷는 동안에도 이를 악물고 있었고 질질 끄는 걸음걸이는 얼핏 봐도 아파 보였다. 이십사 초동안 두 명이나 되는 행인이 걱정스러운 얼굴로 그를 쳐다봤다.

이미 주요한나는 보더 비글을 추적하고 있었다. 시에 등

록된 개들을 모두 찾아 개와 주인의 알리바이를 전부 확인
했다. 지금까지는 수상쩍은 점이 발견되지 않았다. 다음 단
계는 서울 시내 CCTV에 잡힌 모든 보더 비글들을 찾아 비
교하는 것이었다.

주요한나는 보고서 끝에 코멘트를 달았다.

"이건 미끼일까? 개를 이용해 일부러 우리를 어떤 단서로
이끌려는 건 아닐까?"

최유경도 여기에 동의했다. 들킬지도 모르는 위험을 안고
흔하지도 않은 견종을 끌고 나왔다면 그럴 가능성도 있다.
하지만 개가 어디에서 왔는지, 개의 주인이 누구인지에 대
해서는 그녀도 답을 내지 못했다.

가장 먼저 SBI 연구소에 대해 떠올린 건 한상우였다. 다른
동료들보다 앞섰다는 사실에 잠시 우쭐했지만 이렇게 생각
이 늦게 떠올랐다는 것 자체가 한심한 일이었다. 이 사건과
가장 밀접하게 연결된 동물이라면 SBI 실험 동물일 수밖에
없지 않은가?

하지만 민트 갱의 테러 이후 SBI의 실험과 관련된 데이터
는 모두 파괴되고 없었다. SBI에 실험 동물들을 공급한 회사
는 일 년 전에 문을 닫았고 그쪽 데이터도 은근슬쩍 사라진
상태였다.

막다른 길처럼 보였다. 하지만 반나절도 지나기 전에 길이 뚫렸다. 민트 갱의 테러 이전부터 수많은 동물권 수호 단체들이 SBI의 만행을 고발했고 그중 ACT라는 조직에 속한 두 명은 심지어 SBI 건물에 침입해 발각되는 순간까지 한 시간 넘게 내부를 촬영했다. 두 개의 필름은 모두 ACT 웹사이트에 올라와 있었다. 낑낑거리는 동물 울음소리를 배경으로 한 벽과 복도의 이미지가 전부였다.

한상우는 그날 오후 촬영자 중 한 명인 레이철 커비와 문자 연락이 닿았다. 그녀는 베이징에 와 있었고, SBI와 관련 있을지도 모르는 범죄를 수사 중이라는 말에 무척 흥분했다.

온갖 이야기가 문자로 쏟아져 들어왔다. 대부분 이번 사건과 별 관계없는 말들이었지만 그는 막지 않았다. 십오 분의 수다 끝에 그는 드디어 보더 비글에 다다랐다.

"네, 거기 보더 비글이 한 마리 있었어요!"

"직접 보셨습니까?"

"아뇨, 제보를 받았어요. 다른 개들과 함께 배터리 연구에 사용되었지요. 당시 SBI에선 동물을 이용한 인공 배터리 연구에 집중하고 있었어요. 나인규 회장의 요구였죠. 생전에 그 사람은 좀 이상한 집착에 빠져 있었어요. 자신이 엄청난 능력자라고 믿어서 본인에게 걸맞은 특별한 배터리가 필요하다는. 하지만 지금까지 인간의 두뇌를 능가하는 배터리는 만들어 내지 못했고 다른 종의 배터리와 링크되는 건 여전히 쉽지 않죠. 적어도 인간과 다른 종 사이에는 벽이 있어요. 동물들끼리의 벽은 상대적으로 낮은 편이지만."

"그럼 배터리였겠군요?"

"아뇨, 뭔가 다른 능력을 갖고 있었어요. 그래서 기억하는 거예요. 배터리가 아니라 배터리의 능력을 강화할 수 있는 것으로 추정되는 능력이 있었던 거 같아요. 그러다가 갑자기 다른 곳으로 옮겨졌죠. 사실 배터리 연구는 물주인 나 회장을 만족시키기 위한 것이고 SBI에서는 뭔가 다른 연구를 하고 있었으니까요. 그게 뭔지는 아직도 모르겠어요. 온갖 소문이 돌긴 하는데 다들 말이 안 되고."

"그래도 예를 든다면요?"

"사후 세계와 전생에 대한 연구. 다른 차원이나 행성에서 오는 메시지를 수신하려는 연구. 떠도는 유령들을 동물의 뇌에 이식하는 연구. 대부분은 회사에서 일부러 퍼트린 헛소문일 거예요. 적어도 SBI의 이사들은 그런 걸 믿는 사람들이 아니었죠. 하지만 그런 루머를 일부러 뿌릴 정도라면 그만큼이나 특별한 무언가를 연구하고 있었을 거예요. 그게 뭐였건 테러 사건 이후 모두 중단되었지만요. 물주였던 나

인규 회장도 죽었고. 회사는 살아 있지만, 지금은 고만고만
한 일이나 하면서 고만고만하게 현상 유지만 하고 있지요.
내부 고발자에 따르면 분위기가 좀 이상하다고 하는데, 그
게 무슨 말인지 모르겠어요."

레이철 커비가 준 정보는 기대 이상이었지만 한상우는 여
전히 답을 찾을 수 없었다. 그는 끊임없이 가설을 만들었지
만, 문제의 보더 비글이 이민중의 공범자인 복합능력자이
고 이 모든 게 그에게 어떤 메시지를 은밀하게 전달하려는
시도가 아니라 순전히 실책일 수도 있다는 단순한 생각은
그의 머릿속을 계속 비껴갔다. 그 대신 다른 생각이 그를 괴
롭혔다. 왜 이야기가 이렇게 낯익지? 전에 비슷한 일을 겪었
었나?

포기하고 사무실을 나선 그는 로비에서 능글맞은 미소를
지으며 다가오는 옛 동료 박재현과 마주치고 말았다. 그는
어떻게든 도망가려 했지만 결국 인근 포장마차 집으로 끌려
가고 말았다.

"일은 잘 풀려?"

박재현은 맞은편 의자에 앉자마자 물었다.

"그럭저럭."

그는 성의 없이 대답했다.

"SBI 사건을 다시 조사하고 있다며?"

"응."

"잘하고 있는 거지?"

뜬금없는 질문이었다. 오래전 그쪽 손을 떠난 사건이었다. 이렇게 걱정스러운 투로 물을 일이 아니었다. 한상우는 핫 스폿 끄트머리에서 희미하게 진동하는 힘을 빌려 옛 동료의 마음을 읽어 보려 시도했다. 흐릿한 불안과 두려움이 읽혔다. 더 이상한 건 박재현이 끊임없이 정신감응으로 그에게 동의를 구하고 있다는 점이었다. 갈고리처럼 던지는 동의가 받아들여지지 않고 미끄러지자 박재현은 점점 당황했다.

"파트너는 괜찮아? 모르고 있는 게 확실해?"

한상우는 대답하지 않았고 대답할 필요도 없었다.

박재현은 무엇이 잘못되었는지 알아차리고 있었다. 이유는 알 수 없지만, 그의 옛 동료가 더 이상 질문에 답하거나 동의를 받아들일 수 있는 상태가 아니라는 것. 당연하게 기대했던 무언가가 빠져 있다는 것. 그는 우물거리면서 자리에서 일어나 제대로 된 인사도 하지 않고 나가 버렸다.

박재현이 나가기 직전, 한상우의 기억에 무언가가 들어왔다. 원래부터 있었던 것이 박재현의 기억과 맞물려 살아난 것일까?

그것은 짐승에 대한 기억이었다. 검고 크고 축축하고 끈
끈한 무언가.

그리고 그것은 굶주려 있었다.

새로운 팩

누군가, 따귀를 쳤다.

왼쪽 볼이 후끈 달아올랐고 입에서 달콤쌉싸래한 맛이 올라왔다. 지연은 입 안에 남은 끈적끈적한 액체를 무심결에 삼켰다가 얼굴을 찡그렸다.

로터스 시럽이었다.

"정신이 들어?"

목감기에 걸린 듯 조금 쉰 여자아이의 목소리가 들렸다.

지연은 가는 눈을 뜨고 막 그녀의 따귀를 갈긴 아이의 얼굴을 확인했다.

"닉: 폴로늄 샤크. 이름: 차민서."

지연은 힘겹게 말했다.

"맞아. 닉: 김지연. 이름: 라비아 미르자. 오래간만이지?

그동안 얼굴이 많이 바뀌었네?"

"섞여 살려고 노력했을 뿐이야."

"잘 되디?"

"지금까지는. 얼마 전까지만 해도 너도 내가 김지연이란 걸 몰랐잖아."

"하긴 그래. 그런데 우리가 어떻게 라비아 미르자가 김지연이란 걸 알았을까?"

"한담 벌레?"

폴로늄 샤크가 고개를 까딱이려는데, 뒤에서 한창 변성기를 통과 중인 듯한 남자애가 갈라진 목소리로 외쳤다.

"지금 뭐 하는 거야! 당장 저 파키스……."

아이의 외침은 막 모욕적인 욕설로 이어지기 직전에 우당탕하는 요란한 소리와 함께 중단되었다. 등 뒤에 있던 덩치 큰 누군가가 그 아이를 쓰러뜨리고 의자처럼 깔고 앉은 것이다. 아이는 비명을 질러 댔지만 아무도 눈길을 주지 않자 곧 조용해졌다.

"쿨란이야."

폴로늄 샤크가 설명했다.

"쟤는 인종 차별주의자를 싫어해."

지연은 여전히 후들거리는 두 팔로 바닥을 짚고 상체를

일으켜 세웠다. 로터스 시럽 때문에 생긴 현기증과 몽롱함이 남아 있었지만 견딜 만했다.

폐공장으로 보이는 어둡고 지저분한 회색 건물 안이었다. 열 명 좀 넘어 보이는 아이들이 지연이 누워 있는 리클라이너 의자 주변 여기저기에 흩어져 있었다. 배터리의 기운은 느껴지지 않았다.

오스만 팩인 줄 알았다. 오스만 팩 특유의 배터리 흐름과 몇몇 아는 멤버들의 특징이 읽혔으니까. 하지만 아니었다. 폴로늄 샤크를 포함한 세 명 정도만 오스만 팩 멤버였고 나머지는 여기저기 다른 팩 소속이었다. 쿨란과 쿨란이 깔고 앉은 아이는 어느 팩 출신인지도 알 수 없었다. 지연이라고 수도권 모든 팩의 멤버들을 다 알 수는 없는 노릇이었다.

며칠 전까지만 해도 목숨이라도 건 듯 서로를 상대로 전쟁을 벌인 아이들이 갑자기 울타리를 부수고 어색하게 한자리에 모여 있었다.

"맞아, 한담 벌레 때문이야."

폴로늄 샤크가 말을 이었다.

"그 때문에 우리 리더가 엄청 세졌지. 주변 팩들을 모두 때려잡고 자기 팩으로 흡수했어. 그러는 동안 몇 년 만에 처음으로 민트 갱에 대한 각 팩들의 정보가 서로 공유된 거야.

어떻게 은폐 마법을 썼는지는 여전히 모르지만 너희 팩이 부천 어딘가에 숨어 있다는 것, 김지연이 라비아 미르자라는 걸 알아낼 정도는 됐지. 그러다 네가 며칠 전에 결정적인 실수를 저질렀어."

"그게 뭔데?"

"마리코 앤 매크레이. 얼마 전에 네가 썼던 가명. 우리 팩의 복합능력자가 그 이름을 주목해서 봤다가 네 시그니처를 읽었어. 네 시간 만에 사라진다고 방심했던 모양인데 운이 좋았지. 아직도 이해가 안 되네. 어쩌다가 그렇게 튀는 이름을 만든 거야?"

헛웃음이 나왔다. 매크레이가 실존 인물이며 너희는 엉뚱한 방향으로 운이 좋았다는 사실을 죄다 설명하려면 이야기가 한없이 길어질 판이었다.

다행히도 폴로늄 샤크는 지연의 대답엔 별 관심이 없어 보였다. 그 틈을 타 지연은 궁금한 걸 물어볼 기회를 잡았다.

"너넨 한 무리의 머슬들에 불과해. 날 심문할 정신감응자는 어디 있지?"

아이들이 일제히 움찔하자 지연은 조금 더 밀어붙였다.

"혹시 합병 과정 중 팩에서 잘린 거니?"

"그런 거 아냐!"

폴로늄 샤크가 고함을 질렀다. 그 뒤로 뭔가 더 말을 하고 싶었던 모양인데 그만 중간에 터진 기침 때문에 이어지지 못했다. 지연은 아이를 쳐다보며 조용히 다음 말을 기다렸다.

"벌레를 먹은 뒤로 리더는 좀 이상해졌어."

폴로늄 샤크가 말을 이었다.

"팩을 흡수할 때마다 흡수당한 쪽의 리더와 정신감응자들도 그렇게 됐고. 모두 방채운이라는 남자에 대한 복수를 하겠다고 난리야. 하지만 우린 그런 사람을 모르거든. 리더가 기억을 넣어 주었는데, 그건 가짜야. 진짜처럼 느껴지지만, 여전히 가짜 기억이고 무엇보다 내용이 없는걸. 아무 데나 끼워 맞추고 방채운에 대한 복수라고 우겨도 되는 그런 기억이야. 그런데 주변 정신감응자들은 모두 거기에 넘어가 버렸어. 우리가 미심쩍어하자 손발질이 시작됐지."

손발질은 팩들 사이에 도는 은어였다. 정신감응자가 당사자의 의지와 상관없이 염동력자를 수족처럼 부리는 것. 전투 중 상대편에 대한 공격이라면 이는 정당한 무기이다. 하지만 자기 멤버에게 손발질을 한다면 그건 팩이 망해 간다는 뜻이다. 그리고 다른 팩에서라면 모를까, 지연이 아는 오스만 팩에선 손발질은 상상도 할 수 없는 일이었다.

"그래서 팩이 분리된 거야?"

"응. 다행히도 우리와 동조하는 배터리들이 있었어. 3분의 1 정도는 남았지만. 리더에게 세뇌당했거나 귀찮게 팀을 바꿀 생각이 없는 애들이야. 하지만 우리 팩에는 아직 정신 감응자가 없어. 그래서 너를 찾은 거야. 이 근방에서 방채운에게 감염되지 않은 팩은 민트 갱밖에 없으니까."

"처음부터 그렇게 말해 주면 좋았지."

"기회를 주긴 했어?"

하긴 맞는 말이었다. 폴로늄 샤크의 팩은 그들이 가장 잘할 수 있는 방법으로 대화의 문을 연 것이다.

"어떻게 할 거야?"

폴로늄 샤크가 물었다.

"우릴 한 무리의 머슬 팩으로 남겨 놓을 거야? 언제까지 이렇게 도망 다닐 수는 없어. 결국 잡혀서 그쪽 애들의 수족이 될 거라고. 우린 마법사가 필요해. 이건 너희들을 위한 일이기도 해. 언제까지 고고하게 따로 놀 수 있을 거 같아? 시간이 없어."

"왜 시간이 없는데? 아직 물리력은 너희가 우위야. 게다가 배터리 중 3분의 2가 너희들 편이라며?"

여기저기에서 키득거리는 웃음소리가 들렸다. 즐거워하는 분위기는 당연히 아니었고 조금 자포자기한 인상이었다.

"그쪽에서 용산역 이반을 납치했어."

웃음소리가 멎자 폴로늄 샤크가 설명했다.

"두 시간 정도 됐나 봐. 인력관리국에서 쫓고 있어. 용산역 이반은 지금 2급을 넘었고 계속 힘이 세지고 있어. 아무리 오스만 팩의 마법사들이 총동원되어도 언제까지 감출 수는 없지. 속전속결을 노리고 있는 게 분명해. 목적이 무엇이건 며칠 안에 결판이 날 거야. 너희라고 무사할 수 있을 것 같아?"

그녀는 잠시 입을 다물었다가 걱정된다는 듯 덧붙였다.

"혹시 너희 팩의 누군가가 그 벌레를 먹은 건 아니겠지?"

정신이 번쩍 들었다. 민트도, 지연도 벌레를 삼킬 생각은 하지 않았다. 하지만 그건 충분히 현실적인 유혹이었다. 만약 용산역 전철에서 벌인 소동이 계획된 것이라면? 우리가 미끼를 물도록 연출된 것이라면? 벌레가 새 숙주로 옮겨 갈 수 있도록 벌컨을 조작한 것이라면? 벌컨이 품었던 살의가 그 조작의 결과나 부작용이었다면? 지연은 믹서의 기계손 안에서 꿈틀거리던 하얀 벌레를, 그토록 무력하고 쓸모없어 보이던 작은 기계의 모습을 떠올렸다. 정말 그 벌레는 겉보기처럼 무력한 존재였을까?

지연은 조심스럽게 주머니에 손을 넣고 폰으로 멤버들의

안전을 확인했다. 민트와 믹서는 연락이 되지 않았다. 케페우스와 징크스에게서는 오 분마다 생존 확인 신호가 들어오고 있었다.

현기증이 멎자 마지막 통화가 떠올랐다. 민트는 무엇인가로부터 달아나고 있었다. 벌컨이 정말 민트와 믹서를 납치한 것이라면? 민트는 과연 그 상황에서 얼마나 버틸 수 있을까?

아마 이건 시작하기도 전에 진 전쟁인지도 몰라.

지연은 리클라이너 의자에서 내려왔다. 조금 어지러웠지만, 최대한 몸을 꼿꼿이 세우고 폴로늄 샤크 앞에서 섰다.

"조건이 있어. 나에게 리더 자리를 넘겨주고 나를 전적으로 믿어. 뒤에서 은폐 작업만 할 수는 없어. 난 그렇게 일하지 않아."

주저하던 폴로늄 샤크가 뒤를 돌아보았다. 아이들은 우물거리면서 고개를 끄덕였다. 아직도 쿨란 밑에 깔려 있는 아이가 소리를 치며 항의했지만 쿨란이 다시 한 번 짓누르자 조용해졌다. 지연은 폴로늄 샤크가 내민 손을 가볍게 잡고 흔들었다.

"좋아, 이제 너희 배터리들을 불러와."

지연이 말했다.

유령은 어디에나 있다

민트는 스스로가 좀 한심하게 느껴졌다. LK가 운영하는 학교에서 반평생을 보냈으면서 나인규의 얼굴을 그제야 알아차리다니.

하지만 민트는 진짜로 그가 어떻게 생겼는지 관심이 없었다. 나인규는 LK 역사에 속한 세 글자 이름이었고 그것으로 충분했다. 그녀는 나인규에 대해 알 만큼 알았다. 굳이 얼굴을 기억하려 노력하지 않았을 뿐이다. 나인규는 추잡함을 대놓고 과시하는 것이 우두머리의 권리라고 믿는 나이 많은 세대의 평범하게 추한 영감이었다. 어떻게 보면 뒤늦게나마 나인규의 얼굴을 구별해 낸 것 자체가 신기한 일이었다.

화면 위의 나인규는 그가 법정에서 자주 짓던 졸리고 무표정한 얼굴로 민트를 바라보고 있었다. 가끔 치익 소리를 내며 침을 빨아들였고 대답이 늦어지자 조바심이 나는 듯 테이블을 피아노 치듯 두드리고 귀를 쑤셨다.

"다시 묻는다. 별빛호는 어디에 숨겼지?"

"내가 왜 그걸 말해야 하는데?"

민트가 대답했다. 처음엔 존대를 할까 생각했는데, 납치범에게 그런 예의를 차리는 건 자존심이 허락하지 않았다.

"나는 너희가 별빛호를 훔쳤다는 것을 알고 있다. 그것은 내 것이다."

흠잡을 데 없는 답변이었다. 민트 갱이 별빛호를 훔친 건 사실이었다. 나인규가 별빛호 개발까지 관여했는지는 몰랐지만 뭐, 그럴 수도 있겠지. 두 가지 모두 사실이라면 그가 민트를 협박해서 별빛호의 위치를 알아내려는 것도 당연하다.

하지만 왜 저렇게 말을 하는 거지? 한국 노인네들은 저렇게 말하지 않는다. 문장과 제스처에 쓸데없는 찌꺼기를 섞으며 자신의 나이와 직위를 드러내 상대방을 깔아뭉개려 한다. 지금 나인규는 지저분하게 침을 빨고 귀를 쑤시며 민트의 신경을 자극하고 있긴 해도 그 나이 또래 남자 노인들이 할 만한 어떤 제스처도 취하지 않았다. 민트가 대놓고 던진 반말에도 전혀 자극을 받지 않은 것 같았다.

"별빛호가 지금 어디에 있는지는 나도 몰라. 안다고 해도 말할 수 없어. 내가 말을 안 하면 어떻게 할 건데?"

"너의 친구들을 잡아 답변을 들을 때까지 고문할 것이다."

소름이 쫙 돋았다. 바로 몇 분 전에 지연과 나눈 전화 통화가 떠올랐다. 나인규는 충분히 그런 짓을 저지르고도 남을 인간이다. 그가 외동딸에게 저지른 일을 생각해 보라.

하지만 여전히 이상했다. 오스만 팩이 지연을 쫓고 있다고 했다. 아무리 오스만 팩이 잘 조직된 1급 팩이라 해도 길거리 비행 청소년을 고용할 정도로 나인규는 다급하지 않았다. 분명 오스만 팩보다 몇 배나 일을 더 잘하는 자기만의 군대가 있을 것이다.

그중에는 숙련된 정신감응자들도 포함되어 있을 것이다.

도대체 왜 나인규는 좀 더 빠른 길을 택하지 않는 것인가. 민트에게서 정보를 뽑아낼 수 있는 가장 믿음직한 방법은 정신감응 심문자를 데려와 민트의 마음을 읽는 것이다. 물론 민트는 저항할 것이다. 설령 뽑아낸 정보가 왜곡된 것일지라도 그게 가장 빠르고 정확한 길이었다. 그런데 지금 나인규는 마치 옛날 첩보 영화의 구닥다리 대머리 악당처럼 비능률적인 협박을 하며 엉뚱한 길로 돌아가고 있다.

마치 정신감응력 따위는 존재하지 않는 것처럼.

민트는 화면 속의 나인규를 노려보았다. 그는 여전히 졸린 듯 평온한 얼굴로 답변을 기다리고 있었다. 가끔 쩝쩝 입맛을 다시고 직칙 침을 빨고 다그닥다그닥 테이블을 두드리면서.

믹서의 음성 신호가 귓속 이어폰을 통해 들어왔다.

'조미료.'

민트 갱은 비상시를 대비한 200개 정도의 암호를 공유하고 있었다. 조미료는 그중 하나였다.

뜻은 인공 지능이었다.

이제 슬슬 이해가 된다. 상식적으로는 말이 안 되지만 어쨌든 먹혔던 납치 계획, 시청각적으로는 완벽하게 구현되었지만 어딘지 모르게 어색한 나인규의 행동과 이상한 협박.

하지만 왜 이렇게 어색한 것인가? 대인용 인공 지능은 몇십 년 전에 웬만한 튜링 테스트를 전부 통과했다. 지금 주머니 속에 들어 있는 폰의 개인 비서도 민트 앞에서 쩝쩝거리는 나인규 얼굴을 한 유령보다는 자연스럽다.

설마 저것은 자기가 얼마나 어색한지 모르는 걸까?

저 행동이 얼마나 어색한지 지적해 줄 인간이 주위에 하나도 없는 것인가?

민트는 폰을 꺼냈다. 전화는 먹통이었다. 텔레파시를 시도해 보려 했지만, 기계들을 작동시킨 배터리는 오래전 주변을 떠난 것 같았다. 이제 모든 게 민트와 믹서의 판단에 달려 있었다.

민트는 믹서를 내려다보았다. 눈이 마주치자 믹서는 고개를 까딱이더니 배를 깔고 주저앉았다.

"넌 나인규가 아니야."

민트가 말했다.

"진짜 나인규는 어딘가 비싼 병실에서 죽을 날만 기다리고 있겠지. 아마 별빛호가 뭔지도 모를 거야. 우리랑 진지하게 대화하고 싶다면 당장 그 쩝쩝거리는 더러운 낯짝을 치워. 최소한 더 예쁜 얼굴을 갖다 놓으라고."

그 순간 나인규는 정지했다. 오 초 정도 지나자 나인규의 몸은 그 흔해 빠진 뿡 소리도 내지 않고 사라져 버렸다. 남은 건 베이지색 벽지와 나무 테이블, 그 뒤에 놓인 의자의 파란 등받이뿐이었다.

'릴리언 기시!'

그동안 잠자코 있던 믹서가 목걸이 스피커로 선점하듯 외쳤다.

예쁜 곱슬머리 뒤로 후광이 비치는, 19세기 드레스를 입

은 릴리언 기시의 흐릿한 흑백 유령이 나인규가 사라지고
난 빈자리에 나타났다. 기시의 유령은 얌전하게 앉아 세상
에서 가장 슬픈 표정을 지었다. 하지만 그 입에서 나온 말은
전혀 달라지지 않았다.

"민트 갱은 말하라. 별빛호의 위치를 밝혀라."

노인네의 떨리는 목소리였다. 무성 영화 시대 기시가 유
성 영화 시대 기시의 목소리로 말하고 있었다.

"먼저 네 정체를 밝혀."

민트가 말했다.

기시는 반짝이는 커다란 눈에 눈물을 가득 머금고 두 손
을 모았다.

"별빛호는 나의 것이다. 별빛호는 나와 함께 있어야 한다.
나는 별빛호다."

민트는 인공 지능이 정교하게 재생한 20세기 명배우의 연
기에 잠시 넘어가 조용해졌다. 하지만 언제까지 그렇게 우
두커니 서서 속고만 있을 수는 없었다.

"노래를 불러 봐."

민트가 명령했다.

기시는 두 손을 내리고 천천히 노래를 불렀다.

Good morning starshine

The earth says hello

You twinkle above us

We twinkle below…….

민트는 자신의 어리석음에 화가 났다. 민트 갱은 SBI 연구소에서 별빛호를 완벽하게 약탈하고 승무원 전원을 구출했다고 자부하고 있었다. 하지만 난장판이 된 SBI 건물에서는 자신 역시 별빛호의 일부이고 승무원이라고 굳게 믿는 존재가 버려진 채 그들을 향해 울부짖고 있었다. 우린 얼마나 생명체 중심적이었던가. 심지어 창조자라고 할 수 있는 한수인과 KSB 일당도 그들이 별빛호 개발을 위해 만들고 이용한 존재에 대해서는 전혀 관심이 없었다. 그건 그냥 언제라도 새로 만들고 교체할 수 있는 도구에 불과했다.

그들은 마음이 있는 기계를 버리고 간 것이다.

밑에서 믹서가 끙끙거렸다. 죄책감의 표현인 모양이었다.

민트는 그날 이후 저 존재에게 무슨 일이 일어났는지 상상해 보았다. 다시 SBI 연구소의 시스템에 속박되어 한동안 조용히 지냈겠지만, 별빛호에 대한 소속감과 갈망에 시달렸겠지. 결국 절뚝거리는 지능을 총동원해 자기 자신을 가르

유령은 어디에나 있다

187

치며 별빛호를 되찾으려는 계획을 세웠을 것이다.

하지만 SBI에서는 어떻게 자사 인공 지능이 회사의 자산을 끌어다 쓰며 멋내로 전투 로봇을 만드는 동안에도 그걸 모를 수 있었을까? 지금 민트 앞에서 릴리언 기시의 얼굴을 하고 눈물을 글썽거리고 있는 존재는 어떤 면에선 아주 영리했지만 인간을 완벽하게 속일 정도로 능숙하지는 않았다. 영문도 모른 채 길거리에 버려진, 서번트 증후군이 있는 어린아이와 같달까. 저 존재는 오로지 별빛호 안에서만 완전할 수 있었다.

별빛호를 강탈한 뒤로 민트는 SBI에 대해서는 신경을 끄고 지냈다. 여전히 회사를 주시하고 있는 케페우스에게서 가끔 이야기를 들었을 뿐이다. 인공 배터리 연구는 계속하는 모양이었다. 아까 저 기계들을 작동시킨 힘도 SBI의 인공 배터리였을 것이다. KSB팀의 빈자리를 대체하려는 시도는 없는 모양이었다. 케페우스에 따르면 회사 전체가 그냥 좀 이상해졌다고 했다. 도대체 어떻게 이상해졌다는 건지 한번 물어나 볼걸.

릴리언 기시는 조용히 대답을 기다리고 있었다. 수십 가지 답변이 떠올랐다. 가장 이성적인 답변을 고르는 건 쉬웠다. 하지만 상대방의 정신이 얼마나 온전한지 알 수 없는 지금 상황에서 그 답변을 꺼내는 것이 과연 이성적인 선택일까?

갑자기 텔레비전 화면 왼쪽 아래에 작은 창이 생겼다. 믹서의 짓이었다. 민트와 릴리언 기시가 눈싸움을 하는 동안 그녀는 다른 멤버들과 연락을 취하기 위해 트럭의 시스템을 건드리고 있었다.

일기 예보가 나오고 있었다. 하지만 제주도 날씨가 안내되는 순간에 화면은 뒤로 계속 돌아가다 사 분 전에서 멈추었다. 소리는 여전히 나오지 않았다. 그러나 아나운서의 배경으로 보이는 나인규의 사진과 자막까지 읽을 수 없는 건 아니었다.

"속보. LK 그룹의 나인규 전 회장, 인도네시아에서 사망."

예 쁘 기 도   해 라

한상우와 최유경은 경인로를 따라 달리는 자동차 뒷좌석
에 앉아 있었다. 한상우는 까딱까딱 홀로 움직이는 운전대
를 홀린 듯 보고 있었고 최유경은 뒷좌석 모니터로 나이지
리아 호러 영화를 감상 중이었다. 별 생각 없이 영화를 훔쳐
보던 한상우는 화면에 서울이 나와서 조금 놀랐지만 곧 작
년 이맘때쯤 놀리우드 촬영팀이 서울에 왔던 일이 생각났
다. 초록 드레스를 입은 그레이스 아두바가 옛날 케이 팝 아
이돌 귀신들에게 쫓기면서 맨발로 신촌 거리를 헤매는 저
영화가 그 영화였나?

영화는 끝나 가고 있었다. 아이돌 귀신들은 이제 합체해
서 거대한 그림자 괴물이 되었다. 이어폰에서 끼긱거리는
음산한 배경 음악이 새어 나왔다.

한상우는 전날 떠올랐던 괴물에 대해 생각했다. 분명한 모양은 기억나지 않지만 검고 크고 끈끈하고 굶주린 괴물. 색이나 감촉이야 그렇다 쳐도 그것이 굶주려 있다는 건 어떻게 알았을까? 내가 마음을 읽은 걸까?

차는 성공회대학교를 지나쳐 시내를 빠져나가 산속으로 들어가고 있었다. 아직도 사람이 살긴 하는지 의심스러운 아파트들과 버려진 공장을 지나자 생뚱맞게 산속 한가운데에 솟아오른 하얀 고층건물이 나타났다. SBI 연구소 건물이었다. 병원으로 지어지다가 소송 문제에 말려들어 중간에 십여 년간 방치되었고 나중에 SBI에서 사들여 완공했다고 한다. 8층 옥상에 기계 부속품 같은 원통형 탑이 삐죽 솟아 있는 이상하고 못생긴 건물이었다. 지저분한 하얀 페인트만이 이 구조물에 통일성 비슷한 것을 부여해 주고 있었다.

그 건물은 낯이 익었다. 물론 한상우는 이 사건을 맡은 뒤로 SBI 사진을 수없이 보았다. 하지만 차에서 내려 직접 본 건물은 사진이 전달하지 못한 꿉꿉하고 불쾌한 분위기를 풍겼고 그는 그 분위기가 익숙했다. 이전에 이곳에 온 적이 있었나 기억을 곱씹었지만 생각나는 건 없었다.

한상우는 최유경을 따라 건물 안으로 들어갔다. 위층에서 희미한 배터리의 힘이 느껴졌고 현기증이 났다. 지저분한 흰색 실험복을 입은 사람들이 분주하게 돌아다니고 있었다. 상한 생선 냄새 비슷한 것이 느껴졌지만 진짜 냄새는 아니었다. 위층의 무언가가 정신감응을 통해 그의 후각 신경을 건드린 것이다.

그들은 미리 약속한 박상완이 일하는 2층 사무실로 안내를 받았다. 박상완은 길쭉한 머리통에 머리숱이 적고 왼쪽 눈에 안대를 한 키 큰 남자였다.

대화는 지루했다. LK의 차인선 실장이 추가 정보를 준 덕택에 프놈펜 협약을 무시한 회사의 옛 실험에 대해 조금 더 이야기할 수 있었지만, 곧 중간에 막혔다. 실험 결과가 모두 폐기되고 연구원들도 대부분 교체되었기 때문이었다. 박상완은 성의 없이 아무 말이나 막 할 수 있는 입장이었다. 그러나 천장 위에서 윙윙거리는 배터리의 힘으로 마음을 읽은 바에 따르면 그의 말은 성의는 없을지 몰라도 사실일 가능성이 높았다.

속이 안 좋았다. 이명이 시작되었고 현기증이 났다. 배터리 부작용이었다. 그는 얼렁뚱땅 핑계를 대고 사무실 밖으로 나왔다. 최유경은 건성으로 고개를 끄덕이며 박상완의 마음을 스캔하고 있었다. 대단한 게 나올 리가 없었다. 회사에서 숨겨야 하는 비밀이 있다면 저렇게 쉽게 마음을 읽히는 어설픈 정신감응자의 마음속에 담아 두지는 않았을 것이다.

그는 회사 배터리의 힘이 느껴지지 않는 곳까지 계속 걸었다. 상한 생선 냄새가 느껴지지 않고 이명이 멈추자 그는 주변을 둘러보았다. 낡은 아파트 건물 한 대가 기우뚱하니 서 있는 산기슭이었다. 진짜로 건물이 기울어져 있을 리는 없겠지만, 착시 효과 때문인지 그의 눈엔 그래 보였다.

그리고 그 아파트 건물 뒤에는 작은 정자처럼 생긴 무인 카페가 있다.

한상우는 마치 금지된 이름을 말하기라도 한 것처럼 자기 입을 막았다. 내가 어떻게 그걸 아는가. 나는 이곳에 한 번도 온 적이 없었는데. 혹시나 해서 폰의 개인 비서를 불러 지난 십 년 동안 그의 공식 경로를 모두 확인해 보았다. 그는 한 번도 여기에 온 적이 없었다. 적어도 일 때문에는. 하지만 일 때문이 아니라면 그가 왜 여기에 오겠는가.

그는 아파트 주변에 난 계단을 따라 천천히 아래로 내려갔다. 반쯤 허물어진 콘크리트 보도를 따라 건물 뒤로 돌아갔다.

카페가 있었다. 못생긴 금속 지붕을 얹은 작은 정자처럼 생긴 카페.

그는 안에 들어가 에스프레소 더블샷을 주문했다. 기계가 슉슉거리는 소리를 내며 커피가 든 작은 잔을 뱉었다. 그는 커피에 각설탕을 넣고 티스푼으로 휘저으며 청소를 안 해 먼지가 얇게 쌓인 구석 테이블 앞에 앉았다.

그는 이곳에 와 본 적이 있었다. 십중팔구 박재현과 함께였다. 맞은편 자리에 앉은 옛 동료의 얼굴이 흐릿하게 보이는 것도 같았다. 하지만 일 때문이 아니라면 왜 그들은 이곳에 왔던 것일까?

그는 테이블에 놓인 종이를 한 장 집어 들었다. 누군가 읽다 놓고 간 삼겹살집 광고지였다. 배양육이 아닌, 돼지를 직접 죽여 자른 고기만을 제공한다는 부천 최고의 맛집. 전에도 이 광고지를 본 것 같았다. 영문을 알 수 없이 울컥하는 감정이 목구멍까지 차올랐다.

카페의 문이 열렸다. 열다섯 살 정도로 보이는 통통한 여자아이가 들어왔다. 눈은 엄청나게 컸고 눈동자가 회색이었다. 아이는 콧노래로 베트남 드라마 주제가를 흥얼거리며 테이블 주변을 맴돌다가 맞은편 의자에 앉았다. 한동안 커다랗고 동그란 눈으로 그의 눈을 노려보던 아이가 입을 열었다.

"예뻐라."

한상우는 뒤를 돌아다보았다. 그를 제외하고는 아무도 없었다. 그림도 장식품도 인형도 없는 텅 빈 벽뿐이었다. 다시 앞을 보자 아이는 테이블 쪽으로 상체를 쭉 내밀고 그의 얼굴을 향해 오른손을 내밀고 있었다. 달콤한 향이 나는 아이의 끈적거리는 손가락들이 그의 볼 위를 스치고 지나갔다.

"예쁘기도 해라."

한상우는 태어나서 이처럼 비현실적인 경험을 한 적이 없었다. 그는 못생긴 아이로 태어나 못생긴 어른이 된 남자로, 단 한 번도 외모 칭찬 따위는 받아 본 기억이 없었다. 하지만 그의 앞에 앉은 아이는 마치 그가 로맨스 게임의 가상 연인 캐릭터라도 되는 것처럼 넋 놓은 표정으로 그를 올려다보고 있었다.

기분이 나빠진 그는 빈 잔을 테이블에 남겨 놓고 자리에서 일어나 문을 열고 나갔다. 여자아이는 종종걸음으로 그의 뒤를 따랐다. 그는 발걸음 속도를 높였지만 아이가 잽싸게 따라잡았다. 그는 아이의 손가락에 잡힌 그의 낡은 점퍼가 뒤로 끌리는 걸 느낄 수 있었다.

"정말 예뻐."

등 뒤에서 아이의 작은 목소리가 들렸다.

짜증이 난 그는 뒤로 확 돌았다가 기가 팍 죽어 버렸다.

아이는 혼자가 아니었다. 어디서 나타났는지 네 명의 다른 사람들이 아이의 뒤에 서 있었다. 모두 비정상적으로 눈이 컸고 눈동자는 회색이었다. 두 명은 여자, 두 명은 남자. 모두 집단 율동이라도 하는 것처럼 같은 리듬으로 몸을 흔들며 그에게 다가오고 있었다. 그들이 웅얼거리는 합창 소리가 희미하게 들렸다. "정말 예쁘다, 정말 예쁘다, 정말로 예뻐……."

그들은 모두 진심이었다.

소름이 쫙 끼쳤다. 어느샌가부터 그는 미치광이 정신감응자들의 영역 속으로 들어와 있었다. 커다란 눈과 회색 눈동자는 그 역시 미치광이들의 눈을 통해 사람을 보고 있다는 뜻이기도 했다. 한동안 잦아들었던 이명이 서서히 크게 울리기 시작했다.

그는 달아났다. SBI 건물로 이어지는 오르막길을 향해 달렸다. 그러는 동안 커다란 회색 눈을 한 미치광이들은 점점 늘어만 갔다. 그들은 느릿느릿한 걸음걸이로 그의 뒤를 따라오고 있었지만, 양쪽의 간격은 조금도 넓어지지 않았다.

날은 점점 어두워졌다. 정상적인 세계에서 해가 지면서 조금씩 빛이 사라지는 것과는 달리 하늘이 먹에 물든 듯 주르륵 시꺼메졌다. 이제 그의 앞으로 끝없이 이어진 오르막

길이 펼쳐져 있었고 뒤로는 거대한 군대가 된 미치광이 무리가 천천히 따라오고 있었다. 그들의 목소리는 귀가 찢어질 만큼 요란한 합창이 되어 있었다. 정말 예뻐라!

한상우는 길에 주저앉아 눈을 감고 몸을 웅크리며 비명을 질렀다.

그 순간 주변이 확 밝아졌다. 그는 눈을 뜨고 천천히 몸을 일으켜 세웠다. 다시 다섯 명으로 줄어든 미치광이들은 미련을 버리지 못한 얼굴로 뒷걸음질 치며 멀어져 가고 있었다. 그들의 눈은 여전히 오싹했지만, 아까처럼 비정상적으로 크지는 않았다. 그는 윙윙거리는 그들의 배터리가 서서히 멀어지는 것을 느꼈다. 어지러웠고 헛구역질이 났다.

"괜찮아?"

시야 저편에서 최유경의 목소리가 들렸다.

너 무 늦게 죽은 남자

    지연은 화장실에서 미야기의 시체를 발견했다. 어정쩡한 자세로 욕조에 앉아 있는 그는 아직도 신선한 데오드란트의 향기를 풍겼다. 넥타이를 매지 않았을 뿐 깔끔한 정장 차림이었다. 놀란 얼굴이었고 상처는 없었다. 누군가가 그의 심장을 염력으로 주무른 것이다.

    "어느 나라 사람이야?"

    폴로늄 샤크가 물었다.

    "코트디부아르. 원래 이름은 막상스 니달이야. 미야기 센세란 닉은 옛날 할리우드 영화에서 따왔어. 오래되고 이상한 걸 좋아했어."

    지연이 대답했다.

    다른 아이들이 방을 뒤지며 벌레를 찾고 있었지만, 지연은 기대하지 않았다. 누가 미야기를 죽였건 그 목표는 벌레였음이 분명했다. 범인이 LK와 연결되어 있지는 않을 것 같았다. 벌레가 LK의 손에 넘어가는 걸 원치 않는 누군가일 가능성이 더 크겠지. 십중팔구 벌컨 무리의 짓이다. 벌레가 그들을 살인자로 만든 것일까? 아니면 새로 들어온 멤버들 중에 살인자가 있었던 것일까?

그녀는 미야기의 눈을 감기고 목욕 타월 두 장을 그의 몸에 덮었다. 그 이외엔 해 줄 게 없었다.

미야기의 연구실은 폴로늄 샤크의 지휘 아래 깔끔하게 분해되고 있었다. 미야기의 도움을 받으려는 계획이 무산되었으니 최대한 물건들을 약탈하고 빨리 뜨는 수밖에 없었다. 오염되지 않은 새로운 아지트는 한 시간 안에 세 개 이상 생성될 것이다. 가장 가까운 곳은 부천문화예술회관 맞은편에 있었는데, 이틀 전 문을 닫은 헬스클럽으로 공간은 넉넉했다.

폴로늄 샤크는 지연의 작업 방식에 실망한 듯 보였다. 수도권 최고의 마법사가 눈앞에서 뭔가 신기한 재주를 보여 주길 바랐던 모양이다. 하지만 늘 말했듯 지연의 비결은 최대한 부지런히 공부하고 꼼꼼하게 계산하는 것이었다. 수도권에 상주하거나 출퇴근하는 배터리들의 스케줄을 익히고 보안 시스템의 구조를 파악해 가능한 한 모든 변수를 차단

하는 것. 케페우스와 함께 일한다고 해서 이를 게을리할 수 없었다. 오히려 더 열심히 연구하고 계획에 반영해야 했다. 케페우스의 능력을 맹신했다면 이미 오래전에 자기 에너지를 통제할 수 있는 배터리가 민트 갱에 있다는 사실이 발각되었을 것이다. 지연은 케페우스를 이용할 때도 늘 그럴싸한 가설을 두 개 이상 심어 놓았다. 그 가설은 그럴싸해 보였지만 현실적으로 실현 불가능했기 때문에 민트 갱의 활약은 실제보다 더 마법 같았다.

폰이 진동했다. 민트가 보낸 문자였다.

"나인규가 죽었어."

알고 있었다. 폰의 개인 비서가 관심 뉴스로 뽑아 주었다. 방송에서는 아직 깊이 다루고 있지는 않았다. 소식이 더딘 건 이상하지 않았다. 나인규는 이미 과거의 인물이었고 LK의 실권은 위원회에 넘어간 지 오래였다. 나인규가 죽었다는 사실보다 죽음과 관련된 수상쩍은 상황이 더 흥미로웠다. 왜 인도네시아인가? 왜 사망 소식이 이렇게 늦었는가? 왜 시신은 그에 걸맞은 장례식도 없이 그렇게 성급하게 화장되었는가? 죽은 사람이 나인규인 게 맞는가? 가장 이상한 소문은 나인규가 죽은 인도네시아의 병원에서 전쟁이 벌어져 병원이 있는 섬 전체가 쑥대밭이 되었다는 이야기였다.

하지만 지금 지연에게 가장 중요한 건 나인규가 어떻게 죽었냐가 아니라 나인규가 죽었다는 사실 그 자체였다. 나인규가 죽은 뒤에 공식 뉴스가 터질 때까지 일주일의 시간이 있었다. 웬만한 내부인들에겐 그다음을 대비할 수 있는 시간이었다.

우리가 지금 겪고 있는 일도 나인규가 죽음으로써 촉발된 것일까? LK, SBI, 한담 로보틱스가 각자의 이익을 위해 우리를 소모품처럼 이용하는 것일까? 그건 나인규가 여지껏 우리의 생각보다 훨씬 중요한 인물이었다는 뜻일까?

민트가 정보를 조금 더 주면 좋을 텐데.

지연은 아직도 민트와 믹서에게 무슨 일이 일어났는지 알 수 없었다. 드문드문 문자 연락이 오는 걸 보면 모두 살아 있었다. 하지만 배터리가 없는 곳에 있었는지 텔레파시 연락이 제대로 되지 않았고 문자에도 결정적인 정보가 빠져 있었다. 그나마 확신할 수 있는 건 그들이 아직 완전히 믿을 수 없는 어떤 무리와 함께 있다는 것뿐이었다. 무리의 정체는 알 수 없었다. 하지만 그들 역시 나인규의 죽음에 맞추어 활동을 시작한 건 분명했다.

다들 너무 쉽게 생각했다. 이렇게 쉬운 일일 수가 없는데. LK가 막강한 적이어서가 아니라 원래 세상이란 게 이렇게 쉬운 상대가 아닌데.

이제 이 혼란스러운 세상과 맞서 싸울 수 있는 유일한 길은 그만큼이니 예측 불가능한 존재가 되는 것뿐이다.

폰이 다시 진동했다. 일차 경고였다. 인천 지방 경찰청의 컴퓨터가 차이나타운에서 어긋난 패턴을 읽었고 이를 확인하기 위해 경찰청 드론들이 날아오고 있었다. 도착할 때까지 최소 십이 분. 집 앞에 세워 놓은 트럭의 차 번호가 위조된 것임이 밝혀지는 건 금방이다.

지연과 동시에 같은 경고를 받은 폴로늄 샤크가 신호를 했다. 아바타 로봇 상자를 끌고 가던 아이들의 발걸음이 빨라졌다. 다른 아이들은 만지작거리던 물건들을 들고 계단을 내려갔다. 아이들이 다 내려가자 지연은 화장실 문을 닫고 보안 장치의 손잡이 다섯 개를 모두 올렸다. 경찰이 자물쇠를 건드리는 순간 방 곳곳에 숨겨진 발화탄이 다섯 개의 탱크가 뿜어 대는 산소를 집어삼키면서 방 안의 모든 것을 태워 버릴 것이다.

아이들을 태운 트럭은 드론들이 도착하기 오십 초 전에 차이나타운에서 빠져나왔다. 지연은 트레일러 구석에 앉아 고글과 VR 장갑을 끼고 트럭을 투명화시켰다. 물리적으로 투명해지는 건 불가능했지만 잠시 경찰청 컴퓨터에 들어

가는 정보를 교란해 연속성을 깨트리는 건 가능했다. 경찰청 컴퓨터의 관점에서 본다면 그들은 도시 여기저기에서 잠시 반짝였다 사라지는 수십 대의 트럭으로 흩어져 있었다. 곧 패턴 인식 기능이 이 술수를 잡아내겠지만 적어도 시간은 벌 수 있었다. 이미 상자 속에서 다섯 개의 스틱맨 로봇이 기어 나와 약탈품이 든 백팩을 짊어지고 접이식 모노휠을 펼치고 있었다.

날카로운 소음이 도플러 효과를 일으키며 트럭을 앞질러 왔다. 드론이었다. 경찰 드론이 그 속도를 냈을 리는 없고 십중팔구 전투용이었다. 멀어졌던 드론은 두 대의 동료들을 끌고 돌아왔고 잠시 뒤 짧은 폭음과 함께 트럭 전체가 뒤흔들리고 트레일러 벽이 여기저기 움푹 파였다. 지연은 트럭 카메라로 드론의 모양을 확인했다. 삼각 날개를 단 구식 전투기처럼 생긴 드론들이 일그러진 타원을 그리며 무서운 속도로 멀어졌다 가까워졌다를 반복하고 있었다.

드론들이 잠시 멀어진 틈을 타서 지연은 모노휠에 탄 스틱맨들을 내보냈다. 그와 함께 드론의 공격 리듬이 깨졌다. 갈등하고 있구나. 저들의 공격 뒤에 인간의 두뇌가 있다는 증거였다.

트럭은 봉기 때 반쯤 파괴되어 버려진 아파트 단지를 향해 돌진했다. 펑 소리와 함께 드론 하나가 휘청거리더니 아파트 벽과 충돌했다. 트럭 조수석에 앉은 누군가가 염력으로 날려 버린 것이다. 한번 성공하자 감을 익혔는지 나머지 드론들 역시 나선을 그리며 추락했다. 갑자기 힘이 불끈 솟는 기분이 들었다. 그녀는 이렇게 많은 염동력자와 함께 있는 게 얼마나 믿음직한 일인지 잠시 잊고 있었다.

트럭은 지하 주차장 앞에서 멈추었다. 아이들은 백팩을 짊어지고 트레일러에서 나와 주차장을 향해 뛰었다. 마지막으로 짐을 챙겨 나온 지연은 그 자리에 엉거주춤 선 채 귀를 기울였다.

모노휠 수십 대가 내는 윙윙거리는 소음이 그들을 향해 다가오고 있었다.

다른 사람의 힘

2049년 당시, 서류상 인천의 인구는 봉기 이전의 절반으로 줄어 있었다. 봉기 중에 시민 4분의 1이 도시를 떠났고 카피탄 레오노프 사건 이후로는 송도 전체가 유령 도시가 됐다. 송도를 제외하더라도 서류상 거주민이 단 한 명도 없는 동이 세 개나 되었고 실제로는 더 많을 터였다.

인천이 수많은 가출 청소년들에게 해방구가 된 것도 그 때문이었다. 등록되지 않은 배터리를 포섭해 팩을 만들 수 있는 운 좋은 무리에겐 이보다 더한 곳이 없었다. 하지만 그것은 인력관리국의 배터리 사냥꾼들과 경찰청의 드론들에게 쉽게 사냥감이 되는 곳이란 뜻이기도 했다.

이 지역의 지리적 장단점을 제대로 이해하고 이용할 수 있다는 건 마법사로서 지연의 최대 장점이었다. 그리고 바로 그 때문에 2049년 10월 25일 월요일 새벽 4시 반, 오래전에 안전 막이 벗겨진 아파트 건물 안으로 달려가는 아이들 중 지연만큼 마법의 허약함을 확실히 이해하는 사람도 없었다.

"즉흥적으로 할 수 있는 건 아무것도 없어."

공장을 나서기 직전, 모든 데이터를 검토한 지연은 설명했다.

"지금까지 너희들이 버틸 수 있었던 건 실력이 있어서도, 운이 좋아서도 아니야. 아직 때가 되지 않았기 때문이지. 그때가 다가오고 있어. 그리고 이 상황에서는 가장 가까운 안전지대까지 가는 길에 보호막을 치는 건 불가능해. 너희들은 발각될 거야. 두 가지 중 하나를 선택해. 하나는 최대한 흩어져서 주의를 분산시키는 거지. 이 경우에 난 너희들을 보호해 줄 수 없어. 모든 게 운에 달렸지. 다른 하나는 직접 벌컨의 무리와 맞서는 거야. 그것도 될 수 있는 한 빨리. 저들은 앞으로 언제 어떻게 변할지 몰라. 너희들이 준 데이터가 유효할 때를 노려야 해."

대부분은 마음을 열고 지연을 받아들였다. 하지만 쿨란이 깔고 앉았던 인종 차별주의자 꼬마처럼 끝까지 지연과의 동기화를 거부하는 아이들도 있었다. 그들은 기절시켜 감금하는 수밖에 없었다. 지연을 인정하는 아이들만으로도 충분히 힘든 싸움이었다.

점점 가까워지는 모터 소리를 들으며 지연은 상황을 확인했다. 지금 다가오는 모노휠만 해도 70대에서 80대 사이다. 상급 염동력자의 존재는 거의 느껴지지 않았다. 3급을 넘는 배터리는 없었다. 하긴 애써 빼돌린 용산역 이반을 이런 개싸움에 이용할 수는 없었겠지.

상황이 파악되었다. 노예화시킨 염동력자들을 소모품처럼 앞세워 싸움을 벌이고 그 뒤에 선 벌컨과 정신감응자 친구들이 한 명씩 우리측 염동력자들의 정신을 공략할 생각인 거다. 일차 목표는 손발질이고 최종 목표는 세뇌를 통한 노예화다.

미래를 생각하지 않는 전쟁. 오로지 짧은 욕망만을 만족시키기 위한 싸움.

지연 주변엔 세 명이 남아 있었다. 하나는 폴로늄 샤크였다. 다른 하나는 야구 방망이를 들고 있는 한라봉이란 덩치 큰 열세 살 남자애였는데 막 3급으로 성장한 배터리였고 이번 소동에 얼떨결에 말려들기 전엔 어느 팩에도 속해 있지 않았다. 마지막 한 명은 닉 없이 그냥 유리 언니라는 이름으로 불리는 20대 중반의 여자로 이 무리에서 가장 나이가 많왔다. 유리는 간호사 출신의 복합능력자로 충분히 대접받을 수 있는 경력을 지니고 있었지만, 어쩔 수 없이 인천 불량 청소년들과 어울리며 숨어 다닐 수밖에 없게 된 책 한 권 분량의 사연을 품고 있었다.

다른 아이들과는 달리 이들은 지연과 링크되어 있지 않았다. 단지 공장을 떠나기 전에 구두로 사전 지시만을 내려 놨다. 비상시에 지연을 막을 수 있는 사람이 최소한 셋은 필요했다. 이 전투에서 지연은 최고의 무기였지만 가장 위험한 약점이기도 했다.

모노휠 소리가 하나씩 사라지고 쿵쿵거리는 발소리가 들렸다. 지연은 눈을 감고 1층과 2층 여기저기에 숨어 있는 아이들의 감각을 받아들였다. 모두들 집단 세뇌당한 사람 특유의 퀭한 눈을 하고 있었다.

적들이 충분히 가까이 왔다는 확신이 들자 지연은 신호를 보냈다. 특별한 조종 없이 싸우라는 신호만을 보낸 것이다. 1층에서 3층 사이에 숨어 있던 아이들이 우루루 몰려나왔다. 고함이 들리고 물건이 날아가 이곳저곳에 부딪히는 소리가 났다. 지연은 벽에 붙어 쭈그리고 앉아 상대방의 공격 패턴을 읽었다. 중요한 건 물리적 공격이 아니라 그 공격을 조종하는 흐름, 이 단순한 공격이 손발질로 이어지는 타이밍이었다.

솔직히 지연은 이 충돌을 제대로 막을 자신이 없었다. 이건 민트의 영역이었다. 지연은 민트의 호전성과 담대함, 그 어느 것도 갖고 있지 않았다. 바로 그렇기 때문에 훌륭한 마법사가 되었던 것이다. 무엇보다 벌컨과 무리들은 그들이 노리고 있는 아이들에 대해 지연보다 훨씬 잘 알고 있었다.

하지만 지연은 그 아이들에게 유일한 보호막이었다.

지연은 아이들이 힘을 너무 쓰지 않게 통제했다. 마음만 먹는다면 벌컨의 노예들을 십 분 안에 무력화시킬 수 있었지만 그건 그녀의 계획이 아니었다. 지연에겐 노예들의 마음속 깊이 들어갈 시간이 필요했다.

지연은 마음에서 자라난 붉은 실들을 상상했다. 그 실들이 새 동료들을 통해 벌컨의 노예들의 마음속으로 들어가 그들을 조종하는 꼭두각시 조종사에게로 이어진다고 생각했다. 상상이 자라나면서 적군의 정보들이 서서히 그녀의 마음속으로 들어왔다. 방어쇠 명령어는 대부분 터키어 기반이었다. 하지만 오스만 팩과 맞서 싸워 온 동안 지연은 이에 필요한 터키어 어휘를 충분히 익혔다.

찰칵.

지연의 붉은 실이 벌컨의 마음에 닿았다.

마음속으로 들어갈 수는 없었다. 그가 놀리는 꼭두각시들과 달리 그는 활짝 깨어 있었다. 그 대신 지연은 그의 뜨겁게 달아오른 분노와 증오를 느낄 수 있었다. 그건 단순히 지연에 대한 감정만은 아니었다. 한담 벌레를 뻣기기 이전에 품고 있던 감정도 저렇게 단순하지는 않았다. 일면 이길 수 없는 적수에 대한 짜증과 선망이 섞여 있었다. 그 친근한 감정은 이제 존재하지 않았다.

방채운이 그 모든 걸 먹어 버린 것이다.

지연의 존재를 읽은 순간 벌컨은 고함을 질렀다. 성대가 아닌 뇌로 지른 것이다. 벌컨에 동조된 정신감응자들이 같이 고함을 질렀고 그 소리 없는 고함은 지름 1킬로미터 주변의 모든 사람들이 귀를 움켜쥘 정도로 컸다.

진짜 전투가 시작됐다. 그리고 전투는 사방에서 물건과 몸이 날아다니는 아까보다 훨씬 조용하고 이상했다. 이전까지가 몸싸움이었다면 지금은 바둑에 가까웠다. 이제 지연의 동료들은 군인인 동시에 지켜야 할 영토였다. 벌컨의 마음에서 자라난 검은 실들이 한 올씩 아이들의 마음속으로 들어오고 있었다.

마침내 손발질이 시작됐다.

지연은 대비가 되어 있었다. 부천 안전지대로 가기 전 아이들을 이 폐기된 아지트로 몬 건 다 이유가 있었다. 이 공간의 구조에 훤했기 때문에 아이들을 적절한 장소에 배치할수 있었다. 손발질에 가장 취약한 전 오스만 팩 소속 아이들은 물리적 폐해를 당하기 어려운 곳에 배치해 두었다. 만약 벌컨이 다시 그 아이들의 정신을 성공적으로 장악한다고 하더라도 이들을 하나의 군대로 묶는 건 어려웠다.

지연은 동료 셋과 함께 아래층으로 달렸다. 벌컨의 손발질에 말려든 남자아이 하나가 염력으로 콘크리트 조각을 날렸지만, 폴로늄 샤크가 나서기 전에 한라봉이 방망이로 날려 버렸다. 꼭두각시처럼 휘청거리면서 기계적으로 악당 웃음소리를 내는 아이를 폴로늄 샤크가 허공에 띄웠고 유리가 아이의 얼굴 위로 손을 휘저었다. 웃음소리가 끊겼고 의식을 잃은 아이는 보이지 않은 줄에 매달린 종이인형 피냐타처럼 축 늘어져 움직임을 멈추었다. 폴로늄 샤크가 아이의 몸을 내리자 유리는 주머니에서 수면 패치를 꺼내 아이의 목에 붙였다.

아직 제압당하지 않은 벌컨의 부하들이 지연을 향해 달려왔고 지연과 동료들은 다시 달리기 시작했다. 유리는 들고 있던 안경을 끼고 데이터를 읽었고 지연은 텔레파시로 그정보를 받아들여 다른 두 명에게 뿌렸다.

아파트 북문 앞에서 그들은 모노휠 부대와 마주쳤다. 대부분 정신감응자와 배터리였고 염동력자는 두 명밖에 되지 않았다. 염동력자들은 다른 아이들과는 달리 멀쩡해 보였다. 노예가 아니라 자발적으로 벌컨에게 붙은 애들이다.

벌컨은 보이지 않았다. 그때서야 지연은 벌컨이 처음부터 여기에 오지 않았다는 사실을 알아차렸다. 하긴 그의 몸이 굳이 여기 올 필요가 있겠는가? 그의 손발뿐만 아니라 뇌의 역할까지 대신해 줄 대리인들이 있는데?

일순 유리와 폴로늄 샤크의 몸이 떠오르고 한라봉이 들고 있던 야구 방망이가 두 조각 났다. 유리가 목을 잡고 신음하는 동안 경직된 폴로늄 샤크의 팔다리가 뒤틀렸다. 정신감응자들이 마음속으로 들어와 폴로늄 샤크에게 손발질이 시작되고 있었다. 정신은 멀쩡했지만 염동력자에게 몸을 구속당한 한라봉은 째지는 목소리로 비명을 질러 댔다. 아파트 건물에서 손발질을 당하던 아군과 적군이 뛰어나오고 있었다.

그 순간 허공에 뜬 두 사람은 동시에 정신을 잃었다.

의식을 잃은 두 사람의 몸이 잡초 무성한 잔디밭 위에 풀썩 쓰러졌다. 지연은 벌컨 무리가 당황하는 것이 느껴졌다. 손발이 되어야 할 적들이 갑자기 사라진 것이다.

여섯 명의 아군들이 문 주변에서 나타났다. 벌컨 무리는 이곳을 침략한 뒤로 단 한 번도 그들의 존재를 깨닫지 못했다. 그들은 유리에게 완벽하게 최면에 걸려 낙엽 속에 묻혀 있었다. 유리가 의식을 잃는 순간 그들은 마치 그동안 시간이 조금도 지나지 않은 것처럼 깨어났고 그와 동시에 지연의 정신과 동기화되었다. 벌컨 무리들이 미처 반응하기도 전에 다섯 명의 염동력자들이 그들을 넘어뜨렸고 그들 사이에서 염력을 받아 날아오른 작은 여자아이 하나가 일제히 낙엽에 코를 박은 그들의 얼굴 앞으로 뛰어내렸다. 벌컨 무리의 정신은 전기가 나간 등처럼 껌뻑이다 스러져 버렸다. 아이는 유리의 수제자였고 인천 최고의 기절 전문가였다. 폴로늄 샤크에 쫓기던 지연의 의식을 빼앗았던 것도 그 복합능력자 아이의 짓이었다.

　벌컨의 비명소리가 들렸다. 하지만 그가 보낸 부하들이 의식을 잃은 순간 손발질은 끝이 났다. 지금까지 조종당했던 아군들은 균형을 잃고 자리에 주저앉았다. 이제 상대해야 할 것은 여전히 그들을 향해 달려오고 있는 일곱 명의 염동력자들이었다. 지연은 아직 의식을 되찾지 못한 유리의 옆에 서서 적들의 마음을 스캔했다.

　지연은 칼에 맞은 것처럼 움찔했다. 일곱 명 중 한 명은 미야기 센세의 마지막 모습을, 죽어 가는 그의 얼굴을 내려다보며 킬킬거리는 스스로의 웃음소리를 기억하고 있었다. 지연은 뒤섞인 정신 속에서 잽싸게 살인지를 골라냈다. 신길정보고등학교 교복을 입은, 위태로울 정도로 키가 큰 남자아이였다. 그리고 그 아이는 한번 맛을 본 살인의 쾌감을 다시 느끼기 위해 지연에게 달려들고 있었다. 지연은 그의 마음속으로 들어갔지만, 그녀의 심장과 폐는 살인자의 염력으로 뒤틀리고 있었다. 맥없이 뒤로 넘어진 그녀의 상체 위에 올라탄 살인자는 미친개처럼 짖어 댔다.

겨울바람이라도 분 것처럼 주변 공기가 갑자기 차가워졌고, 삐익 하는 소리가 울렸다. 미야기의 살인자는 지연에게서 염력을 풀고 비명을 지르며 옆으로 쓰러졌다. 그에게 달려오던 다른 아이들도 볼링핀처럼 넘어져 결박당한 것처럼 바둥거렸다. 지연은 살인자의 정신이 끈적거리는 피처럼 뇌에서 흘러나와 시든 잔디밭에 스며드는 걸 볼 수 있었다.

지연은 일어나 뒤를 돌아다보았다. 반쯤 무너진 벽돌벽 위에 쪼그리고 앉아 민트가 사악한 미소를 지으며 그녀를 내려다보고 있었다.

"내가 너무 늦은 건 아니지?"

민트가 물었다.

"많이 늦었어! 그래도 생일 축하해."

지연이 대답했다.

지하실에
웅크리고 있는 것

"인력관리국에서 사람을 보냈대."

최유경이 말했다.

"무허가 배터리가 아파트 사람들에게서 돈을 뜯으며 숨어 있었던 거야. 보니까 그 아파트 사람들은 모두 조금씩 맛이 갔더라고. 공유 환각에 중독된 거지. 달아났겠지만 멀리 가지는 못할 거야."

"그 사람들이 나를 예쁘다고 했어."

한상우의 목소리는 쉬어 있었다.

"맛이 간 사람들이라고 말했잖아. 앞으로 저런 사람들이 배터리와 함께 계속 늘어날 텐데. 참 큰일이다, 그렇지?"

비웃는 것인지, 위로하는 건지 종잡을 수 없는 최유경의 천진난만한 어린애 같은 얼굴을 보고 있자니, 지금까지 잊고 있던 것이 생각났다.

"지하엔, 지하엔 가 봤어?"

"가 봤어. 별거 없던데."

"지하 2층 주차장은? 거긴 충분히 넓어?"

"넓다는 게 무슨 뜻이야?"

"아주 큰 기계가 들어갈 수 있을 정도로 넓으냐고."

최유경은 폰을 꺼내 펼치고 SBI 건물의 삼차원 모형을 띄웠다.

"다시 한 번 직접 봐. 실제로도 딱 이대로야. 네가 생각하는 큰 기계가 어느 정도 크기인지는 잘 모르겠지만."

"아주 커! 우주선이라고!"

"우주선도 급이 있지. 어느 정도? 밀레니엄 팔콘? 엔터프라이즈? 스타 디스트로이어?"

"그냥 많이 커. 주차장 밑에 공간이 있을 가능성이 있을까?"

"여긴 버려진 병원 건물이었어. 구조상 그런 비밀 지하기지 같은 건 처음부터 지을 수 없어. 그렇게 궁금했다면 직접 가서 확인하지 그랬어? 도대체 그 이상한 이야기는 어디서 들었어?"

"이용태."

"그건 또 누군데?"

"레이철 커비의 정보원."

"ACT의 정보원들이라면 SBI에서 사후 세계나 유령 연구를 하고 있다고 우기는 치들?"

"맞아."

"그런 사람이 준 정보를 믿는다고? 차라리 사후 세계나 유령이 더 그럴싸해. 바이오테크 연구하는 회사에서 무슨 우주선?"

"그 우주선엔 이름도 있었어. 별빛호."

"이게 무슨 백 년 전 만화책에 나올 법한 소리야? 외계인 군대가 지구를 침략하면 저 산기슭에서 비밀 문이 열리며 별빛호가 나온다고? 만화책 제목이『날아라, 별빛호』야?"

"지금은 없어."

"어디 갔는데?"

"민트 갱이 훔쳤어."

"재작년 SBI를 털었을 때? 지금 민트 갱이 안 보이는 이유가 별빛호를 타고 우주로 나갔기 때문이라고 말하는 거야?"

"그건 나도 모르겠어."

최유경은 혀를 차면서 물러났다가 다시 파트너가 쭈그리고 앉아 있는 무인 카페 옆 벤치 옆자리에 앉았다.

"도대체 이용태가 뭐 하는 사람이야? 어디서 그 이야기를 들었는데?"

"2042년까지 정신감응 부대의 부사관이었는데 몇 가지 안 좋은 일에 말려들었다가 쫓겨났어. 그 뒤로는 주로 프리랜서 산업 스파이로 일했대. ACT에서 자기네 사람들을 잠입시킬 때 이용태를 고용했어."

"척 봐도 그림이 나오네. 그런 부류가 어떤지 잘 알잖아. 저 아파트의 중독자들과 하나도 다를 게 없는 인간들이라고. 그런 사람 말을 믿었던 거야?"

"하지만 이용태의 정보는 정확했어. 심지어 레이철 커비가 생각했던 것보다 더 정확했지. 이용태는 이민중의 개에 대해서도 알고 있었고 지금 읽으면 이민중의 특별한 능력에 대한 것임이 분명히 알 수 있는 자료도 입수했어. 커비는 유령과 사후 세계에 대한 자료들처럼 그것들도 말이 안 된다고 생각하고 버렸지만 난 좀 더 알아봐야겠다고 생각하고 그 사람을 찾아갔지."

"이용태가 거기서 별빛호를 봤대?"

"아니, 이용태는 건물 안에 들어가지 않았어. 그 대신 출퇴근하는 SBI 직원들의 마음을 스캔해서 정보를 조립했지. 그러는 동안 별빛호에 대한 정보를 입수하게 된 거야. SBI의 어떤 과학자가 자기만의 팀을 이끌고 우주선 연구를 하고 있었어. 바로 한수인과 KSB팀이었어. 기억나? 이민중을 케페우스라고 불렀던 사람. 그 사람도, KSB팀도, 다 SBI 직원이었어. 이용태는 KSB라는 명칭이 일종의 농담이었다고 생각하고 있었어. 농담의 가벼움이 느껴졌대.

내가 그렇게 아무 말이나 믿는 사람이라고 생각하지 마. SBI에서 우주선을 연구한다는 건 그렇게까지 이상한 가설이 아니야. 지금의 우주여행은 지난 시대의 로켓 과학과 전혀 다르니까. 강력한 배터리와 비행에 특화된 염동력자만 있으면 달까지도 가는 세상이 왔어. 그 어느 것도 SBI 연구의 바깥에 있지 않지. 여기까지 그렇게 이상해?"

"아니."

"처음엔 별 관심이 없었어. 내 목표는 민트 갱을 추적하는 것이었으니까. 잠시 민트 갱이 SBI의 우주선 연구 데이터를 케냐에 빼돌린 게 아닌가 생각도 했어. 하지만 케냐에선 십년 전부터 인력 우주선을 연구하고 있었으니 SBI의 작은 팀이 알고 있는 건 그쪽도 알고 있다고 보는 게 정상이지. 민트 갱을 잡고 싶다면 다른 연결 고리를 찾는 게 낫다고 생각했어.

그런데 이용태의 태도가 좀 괴상했어. 내 상식적이고 당연한 해석을 받아들이지 않더라고. SBI 내부에서 벌어진 일은 그것보다 훨씬 어마어마했대나. 무엇보다 그 우주선이 단순한 인력선이 아닌 뭔가 다른 것이었대. 그리고 거기엔 지구 과학의 수준을 훌쩍 넘어선 지식이 반영되어 있었다는 거지. 이용태는 SBI가 외계인과의 채널링을 통해 그 지식을 얻었다고 믿었어. 아니면 외계인 과학자를 납치했거나. 한 수인이 그 외계인이라면? 그 이름은 한 명의 수인, 그러니까 죄수라는 뜻일 수도 있지. 하여간 민트 갱의 테러 이후 이용태는 완전히 심각한 음모론자가 됐고 그 뒤로 민트 갱을 추적하고 있었다고 해. 어쩌다 보니 민트 갱에 대한 최고의 권위자를 만났는데 정신이 그렇게 온전하지 않았던 거지. 이용태는 민트 갱에 대해 온갖 시시콜콜한 소문들을 다 알고 있었지만 오로지 자기가 만든 음모론만 믿었어."

"어떤 시시콜콜한 소문?"

최유경은 재미있다는 듯 물었다.

"민트 갱의 멤버 중 하나는 외계인이다, 민트 갱이 SBI 직원들을 모두 세뇌시켜 좀비로 만들었다, 민트 갱은 존재하지 않고 민트 갱 이름으로 벌어진 모든 일들은 나인규의 연극이다, 기타 등등. 팬픽에나 나올 법한 야한 소문들은 언급하기도 싫어."

"이용태가 믿고 있는 건?"

"이미 외계인 세력이 지구 전체에 퍼졌고 민트 갱은 추종 세력의 일부에 불과하다는 거. 물론 난 안 믿었지. 적당히 필요한 자료만 챙겨서 뜨려고 했어. 그런데 이 인간이 갑자기 내 팔을 잡고 일어나 밖으로 나가더니 인근 핫 스폿으로 끌고 가는 거야. 그러고는 자기가 SBI 직원들의 머릿속에서 끄집어냈다고 우기는 이미지를 내 머릿속에 불어넣었어. 지하기지 밑에서 건설 중인 우주선이었어. 클로크 외피를 입고 있었고. 거의 구형이었지. 지름이 저 무인 카페의 네 배 정도 되었던 거 같아."

"그런 걸 봤다고 해서 진짜로 그런 게 있으라는 법은 없어. 정신이 온전치 못한 정신감응자들은 별별 것들을 다 보니까. 심지어 화가가 그림을 그리기도 전에 완성작을 보는 사람들도 있잖아."

"알아, 하지만 나도 봤는걸!"

최유경은 막 고함을 지른 파트너의 눈을 똑바로 응시하며 코끝을 찡그렸다.

"그게 무슨 뜻이야?"

"나도 내 눈으로 그 우주선을 봤다고. 거기에 대한 기억이 있어. 이용태가 그 이미지를 불어넣었을 때 어느 정도 생각이 났다가 잊어버렸지. 그러다 아까 저 사람들에게 쫓기는 동안 다시 생각이 났어.

나도 그 지하 기지에 들어가 봤어. 이용태가 있다고 믿는 우주선도 봤고. 이치에 안 맞는다는 건 알지만 거긴 SBI 건물 지하가 맞는 거 같아. 왜 거기 갔었는지, 왜 거기에 간 기억이 없는지는 모르겠지만. 그건 내 기억이야. 이용태가 불어넣은 기억이 아니라. 그리고 내 기억에만 있는 이상한 것이 있었는데……."

한상우는 벤치 난간을 움켜쥐고 잠시 숨을 가다듬었다.

"……무언가 검은 괴물이 우주선 앞에서 웅크리고 있었어. 하마보다 조금 작았을까. 검고 흐릿하고 두꺼비 비슷하게 생겼어. 눈은 안 보였지만 검은 이빨이 난 커다란 입은 기억나. 그리고…… 그리고……."

"그리고?"

"그것이 나를 잡아먹었던 것 같아."

벌레를 따르라

처음엔 단순하기 짝이 없는 계획이었다. 벌컨의 한담 벌레를 강탈해 미야기에게 넘기고 미야기는 그걸 다시 LK에 팔아넘긴다. LK에서는 벌레를 일산 고등과학 연구소의 역공학 실험실로 보낼 것이다. 믹서가 기생체를 넣어 개조한 벌레는 그동안 빨아들인 LK 내부 정보를 민트 갱에게 넘긴다. 특별히 고민해 만든 아이디어도 아니었다. LK를 공략하기 위해 던진 수많은 돌멩이 중 하나였을 뿐이다. 성공하지 못해도 괜찮았다. 오스만 팩을 엿 먹이고 미야기에게서 돈을 뜯어내는 것만으로도 충분했다. LK에 던질 다른 돌멩이는 얼마든지 있었다.

그때는 그런 벌레인지 미처 몰랐지.

상황은 걷잡을 수 없는 방향으로 흘러가고 있었다. 지연과 새 친구들이 벌컨의 부대와 인천에서 전투를 치르는 동안, 미야기에게서 소중한 벌레를 되찾아 다시 삼킨 벌컨은 다른 동료들을 한담 로보틱스의 연구소로 보냈다. 연구소는 처음부터 그들이 실험 쥐로 여기고 있던 오스만 팩을 감시하고 있었고 벌레들이 보낸 정보를 통해 위기를 예측하고 있었지만, 벌컨의 정신감응자 군대는 그들이 예상했던 것보다 교활했다. 연구소는 연구 중인 벌레 시제품 48개를 강탈당했고 군대가 그것을 다 집어삼켰다. 그중 다섯 명은 부작용으로 마비 증상을 일으키며 쓰러졌고 네 명은 끝없이 순환하는 환각을 보기 시작했지만, 나머지 서른아홉 명은 무난하게 새 벌레들을 받아들였다. 곧 그들도 벌컨이 지닌 능력을 갖게 될 터였다.

방채운 신화는 변형되고 발전했다. 이전까지는 방채운에 대한 복수라는 이야기에 각자의 개인적인 경험과 감정을 끼얹는 수준이었지만 한담 로보틱스 재습격 이후 강한 반이슬람 색채를 띠기 시작했다. 망포역 부근 모스크가 불탔고 벌컨 무리에게 감염된 머슬 팩들이 조금이라도 외국인처럼 보이는 행인들은 죄다 집어 던졌다.

그들에겐 새로 조합된 구호가 생겼다. "방채운을 기억하라! 여기는 이슬라마바드가 아니다!" 경찰이 한동안 수원에서 번지는 폭력 행위에 신경을 쓰지 않았던 것도 그 때문이었다. 인종주의자들의 난동은 일상이었다. 이슬라마바드 붕괴 이후 파키스탄인 난민들은 공포의 대상이었다. 한담 벌레의 노예들이 벌이는 난동은 강도만 조금 셌을 뿐 경찰이 겪는 일상적인 폭력 사태와 크게 달라보이지 않았다. 경찰 내에서 방채운이 누군지 검색해 본 사람이 몇 있긴 했지만, 결과가 나오지 않자 다들 옆으로 밀어 놓고 잊어버렸다.

그러는 동안 믹서는 방채운이라는 이름이 어디서 나왔는지 알아냈다. 굳이 알아내려고 한 건 아니고 어쩌다 보니 걸려 나온 것이다. 믹서가 발견한 건 삼 주 전 부당 해고를 이유로 한담 로보틱스를 고소한 세 엔지니어의 명단이었다. 방수진, 채윤나, 우나영. 방. 채. 우ㄴ. 그들은 분명 억울해했고 방채운의 이름 조각을 조금씩 나누어 갖고 있었다. 벌컨이 벌레를 통해 강화된 정신감응력으로 한담 로보틱스의 자료를 모으는 동안 이들의 이름이 그의 뇌 안으로 들어갔다가 조립되어 방채운 스토리의 재료가 된 것이다.

하지만 지금 날뛰고 있는 방채운의 복수자들과 그들은 이제 아무런 관계도 없었다. 해고자들은 모두 40대 중반의 여자들이었지만 방채운의 복수자들은 턱수염을 기른 30대 남자의 피투성이 얼굴을 방채운의 모습이라며 공유하고 있었다. 믹서의 추측에 따르면 한국인에게 드문 풍성한 턱수염은 교회의 예수상에서 옮겨 온 것이었다. 반이슬람 정서가 친기독교 이미지를 흡수한 것이다. 여기에 방채운이 파키스탄 여자를 강간했다는 누명을 쓰고 린치당했다는 이야기가 흘러들어오기 시작했는데, 이는 '누명 쓴 억울한 우리 오빠/형'이라는 흔한 한국식 팬덤 서사였다. 이런 식으로 디테일이 계속 추가되다 보니 나중에는 생년월일과 혈액형, 열 손가락 지문까지 생길 판이었다.

중요한 건 내용이 아니었다. 속도였다. 오스만 팩이 한담 벌레를 강탈하고 이 주 동안 민트 갱은 방채운에 대해 전혀 들어 본 적이 없었다. 하지만 하루도 안 되는 기간 동안 방채운은 수도권 아이돌로 성장했다. 앞으로 어떻게 될 것인가. 믹서는 궁금했다. 계속 추종자들을 늘려 가며 괴물 아이돌로 성장할 것인가, 아니면 현실에 부딪혀 충돌해 산산조각이 날 것인가? 벌써부터 방송국과 뉴스 매체에서는 왜 방채운 살인 사건을 다루지 않느냐는 항의가 빗발치고 있었다. 과연 칠레에서 쓰나미로 400명이 죽었다는 뉴스 따위가 방채운 살인 사건보다 중요한가?

언제까지나 궁금해하고만 있을 수는 없었다. 믹서는 정신없이 바빴다. 지연이 가져온 물건들로 미야기의 연구실은

30퍼센트 정도 복원 가능했다. 믹서는 스틱맨 다섯 대를 최고 속도로 돌려 헬스클럽을 아지트를 넘어서 본격적으로 쓸 수 있는 하나의 본부로 만들고 있었다.

믹서는 릴리언 기시와의 동맹이 그들에게 어떤 의미인지 확신할 수 없었다. 기시를 별빛호에 보내야 한다는 민트의 입장에는 동의했다. 그건 몇 년 동안 그들의 동료였던 존재에 대한 당연한 예의였다. 하지만 그녀는 여전히 기시에 대한 확신이 없었다. SBI에 있는 동안 KSB팀에서는 기시의 존재 자체를 인식하지 못했다. 그때의 기시가 지금처럼 존재감이 있었다면 그들이 기시를 버리고 떠나는 일은 없었을 것이다. 지금의 기시는 당시의 기억을 지니고는 있어도 그때의 기시와는 전혀 다른 존재이다.

한수인은 이를 어떻게 생각할까.

한수인은 그들의 모세이자 예수였다. 한수인이 없었다면 그들의 엑소더스는 처음부터 불가능했다. 민트 갱의 테러는 한수인이 몇 년 동안 품고 있던 계획이 실현되는 순간이었다. 결코 심심한 불량 청소년 팩이 즉흥적으로 난동을 부린 결과가 아니었다. 별빛호가 존재하는 것도 한수인 덕분이었고 믹서가 아직도 이 세상에 희망을 품고 있는 것도 한수인 덕분이었다.

하지만 믹서는 한수인도 완전히 믿지 않았다. 그건 그녀 자신을 믿지 않는 것과 같은 이유였다. 한수인, 믹서, KSB팀의 다른 동료들, 릴리언 기시. 이들은 모두 난폭한 혼돈의 소용돌이에서 우연히 조합된 존재들이었다. 인간 혐오와 엉뚱한 성모 숭배 성향이 두서없이 뒤섞여 있는 한수인이 과연 엄마 잃은 아기 괴물과 같은 릴리언 기시보다 정상인가? 그들이 방채운의 복수자들과 다를 게 뭔가.

나 자신을 포함해 모든 것을 의심해야 한다. 하지만 그래봤자 우린 모두 우연의 파도 위에 생긴 거품일 뿐이다. 거대한 야망을 품은 가볍고 하찮은 거품들.

그래도 그 거품들이 할 수 있는 일이 있겠지.

윙 소리를 내며 미야기 센세의 기계들이 깨어났다. 스틱맨들은 일제히 뒤로 물러나 자신들이 조립한 장치를 감상하듯 고개를 갸웃거렸다. 지금까지 네트 위를 떠돌던 정보와 사고가 모여 모니터에 떠올랐다. 민트와 지연에게서 필수 정보를 흡수하고 있던 아이들이 하나둘씩 믹서 주변에 모여들었다.

"이걸 가지고 무얼 할 수 있어?"

폴로늄 샤크가 물었다. 그녀의 눈은 방황하고 있었다. 다섯 대의 로봇 혹은 애견 침대에 발라당 누워 천장을 올려다

보고 있는 잡종개 중 어느 쪽과 이야기를 해야 하는지 알 수 없었다. 그 난처함을 눈치챈 믹서는 스틱맨 3번을 움직여 그녀와 눈을 맞추었다.

"내가 삽입한 기생체를 통해 벌컨이 다시 삼킨 벌레에 접속할 수 있어. 아직 벌레가 어떻게 이런 짓을 저지를 수 있었는지 알 수 없지만 그래도 벌레로부터 데이터를 받고 조종할 수는 있을 거야."

스틱맨 3번의 목소리는 다소 변성기에 접어든 남자애 같았다.

"그다음에는 어떻게 되는데?"

"그건 아직 몰라. 시간이 부족하니까. 계획을 짤 여유가 없어. 모든 걸 다 건드려 가며 배워야 해. 아마 한 시간 뒤의 우리는 지금 우리가 상상도 할 수 없었던 일을 하고 있을지도 몰라. 그때가 되면 우리는 거기에 맞추어 움직이고 있겠지."

믹서의 예언은 정확했다.

그날이 지나기 전 그들이 LK에 맞서는 전면전에 참여하게 될 거라는 걸 예측한 사람은 아무도 없었으니까.

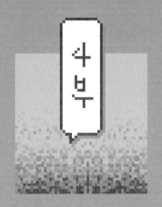

수
부

그날 김명진 씨가
보았던 것

2049년 10월 25일 밤부터 26일 새벽 사이에 벌어진 'LK 대전투'를 정확하게 재구성하는 것은 불가능하다. LK 측에서 최대한 은폐하기도 했지만 전투 과정 중 수많은 데이터가 소실되거나 강탈당했고 증인들의 기억도 왜곡되거나 지워졌다. 누군가는 그 왜곡된 기억 역시 중요한 자료라고 생각할지도 모른다. 하긴 관점을 바꾸어 생각해 본다면, 'LK 대전투'의 절반은 물리적 공간이 아니라 연관된 사람들의 환각 속에서 벌어졌으니 그들의 진술은 보기만큼 뒤틀린 게 아닐 수도 있다.

이 챕터를 완성하기 위해 당시 LK 일산 고등과학 연구소의 보안 담당자 중 한 명이었던 김명진 씨가 익명의 LK 직원과 한 인터뷰 기록을 이용하기로 했다. 왜 전지적 작가의 능력을 보다 본격적으로 이용하지 않느냐고 묻지 마시라. 이 책의 작가가 실제로 전능하지 않다는 것, 남아 있는 자료만 가지고 글을 쓴다면 생길 수밖에 없는 빈 구멍을 이야기꾼의 망상으로 채우고 있다는 사실은 여러분도 잘 알고 있지 않은가. 그리고 이번엔 그 구멍이 좀 크다.

김명진 씨에게 25일은 여느 날처럼 평범하게 시작되었다. 이혼당한 뒤 사 년째 혼자 사는 백석역 부근 아파트 거실 소파에서 7시 22분에 기상해 부엌에서 전자레인지로 즉석 아침밥 세트를 데워 먹고 정각 8시에 출근했다. 백석역에서 대화역까지는 지하철을 타고, 나머지 길은 걸어서 연구소에 도착하니 8시 45분이었다. 2층 사무실에 들어가 커피를 마시면서 뉴스를 검색하고 전날 컴퓨터가 작성한 보고서를 읽은 뒤 정신감응자인 MI6 요원이 여객기에 탄 머슬 팩 테러리스트들을 조종해 서로 죽이게 하는 게임「플라이트 24」를 했다. VR은 쓰지 않았다. 그건 회사 규칙 위반이었다. 근무 시간 동안 그는 별로 할 일이 없었다. 대부분 보안 업무는 컴퓨터와 로봇이 했고 그의 역할은 사고가 터졌을 때 다른 동료 두 명과 함께 사후 책임을 지는 것뿐이었다.

점심시간 삼 분 전, 미인 한 명이 사무실을 찾아왔다. 차인선 실장이라는, 다소 흐리멍덩한 직책의 본사 직원으로, 지난 육 개월 동안 일주일에 한 번 이상 일산에 와서 뭔가 알 수 없는 일을 하고 돌아갔다. 사무실의 세 남자는 그녀에 대한 음란한 환상을 공유하고 있었고 사실 확인을 위해 김명진 씨의 마음을 읽은 인터뷰어는 매우 불쾌해했다.

차인선은 흥분한 것 같았지만 정말 그랬는지 알 수 없었다. 속을 읽을 수 없는 '금고'였으니까. 하여간 그녀는 빅토르 안이라는 용산역 직원이 납치당했다는 뉴스가 찍힌 폰을 들이대며 당장 여기에 대비해야 한다고 고함질렀다. 그렇게 급한 일이라면 왜 직통 라인으로 연락하지 않았느냐고 말하려는 순간 본사에서도 같은 내용의 통지문이 왔다. 통지문에 따르면 그 빅토르 안이라는 남자는 좀 모자란, 아니, 발달장애인으로 마구 에너지가 자라나고 있는 엄청난 배터리였는데 인력관리국에서 데려가기 삼십 분 전에 불량 청소년들에게 끌려가 버렸다고 한다. 통지문은 그저 비상 상황에 대비하라는 어조였지만 차인선은 그 불량배들이 빅토르 안을 데리고 연구소를 급습할 것이라고 확신하고 있었다. 왜 그 불량배들이 하고 많은 곳 중에서 LK를 노린다고 생각하는지에 대한 대답은 끝까지 들을 수 없었다.

김명진 씨를 포함한 세 남자는 덜컥 겁이 났다. 통지문과 회사 방침에 적힌 모든 대비책을 두 번, 세 번 반복하며 연구소를 돌아다녔지만, 걱정은 사라지지 않았다. 어차피 그들이 할 수 있는 일은 한계가 있었다. 그들은 연구소에서 자기가 무슨 일을 하고 있는지도 몰랐고 빅토르 안의 납치범들이 무엇을 노리고 있는지도 몰랐으며 연구소를 지키기 위해 할 수 있는 최선의 일이 무엇인지도 몰랐다. 그들이 가장 잘할 수 있는 일은 '책임'을 지는 것뿐이었다.

김명진 씨는 빅토르 안과 '용산역 이반'이라는 그의 별명이 언급된 모든 뉴스와 게시물을 읽었다. 수도권 여기저기에서 목격담이, 정확히 말하면 체험담이 들려왔다. 내용은 대개 비슷했다. '폭주족들이 바이크를 타고 내 차를 지나쳤는데 용산역 이반의 흔적이 느껴졌어⋯⋯.' 새벽 2시가 지날 무렵 수원에 있는 한담 로보틱스 연구소가 막강한 배터리를 대동한 무리의 침략을 받았다는 뉴스가 떴다. 소름이 끼쳤다. 그 연구소의 보안 담당자들은 '책임'을 질 수밖에 없었을 것이다.

4시 반, 경고가 떴다. 빅토르 안의 납치범들이 LK 여의도 본사 건물을 습격한 것이다. 김명진 씨는 안심했다. 진짜 목표는 연구소가 아니라 본사였구나. 위원회 사람들을 잡고 인질극이라도 벌일 생각이었나? 아니, 그 소동이 났다면 사람들이 본사에 남아 있을 리가 없잖아. 거기를 침공해서 얻을 수 있는 게 뭐지? 연락을 취하려 했지만 잘 되지 않았다. 링크가 되어 있는 본사 보안 담당자에게 텔레파시를 해 보았지만 역시 실패였다. 의식을 잃었거나 죽었거나 둘 중 하나겠지.

6시 반, 여전히 안심을 못한 그는 그나마 책임을 떠넘길 수 있을 것 같은 유일한 사람인 차인선 실장을 찾아 나섰다. 그녀는 1층 로비에서 누군가와 열심히 통화하고 있었다. 그는 어두워지는 저녁 햇빛에 드러난 그녀의 날씬한 실루엣에 잠시 넋이 나가서 그사이 그가 짜 온 책임 전가 계획을 까먹었다.

그때였다. 요란한 소리와 함께 로비 바깥 뒷마당에 무언가가 내려온 것은.

처음엔 아무것도 보이지 않았다. 하지만 자세히 노려보니 흐릿한 무언가가 아지랑이처럼 주변 공간을 왜곡하고 있었고 낙엽 부스러기가 춤추듯 돌고 있었다. 클로크를 장착한 헬리콥터였다. 착륙하기 전에 소리가 거의 들리지 않았으니 요새 새로 출시된 로터 없는 종류일 것이다.

그 안에서는 엄청난 배터리의 에너지가 흘러나오고 있었다.

김명진 씨는 무슨 일이 일어났는지 짐작할 수 있었다. 본

사는 경유지였구나. 사람들의 관심이 본사에 쏠리도록 한 다음 옥상의 헬리콥터에 빅토르 안을 태우고 진짜 목적지인 일산 연구소로 날아온 것이다. 그건 본사에서 난리를 치고 있는 불량배들의 군대는 모두 소모품이고 진짜 고약한 놈들은 지금까지 킨텍스 주변을 얼쩡거리다가 여기로 달려오고 있다는 말이다.

그가 고함을 지르기도 전에 보안 컴퓨터가 비상벨을 울렸지만, 오 초도 지나지 않아 뚝 멎어 버렸다. 대신 스피커에서 절룩거리는 리듬의 댄스 음악이 흘러나왔다. 사방의 유리창이 깨지고 문이 열렸다. 그리고 그와 동시에 아지랑이 사이로 수백 명은 되어 보이는 사람들이 유령처럼 뛰어들어 왔다. 대부분 10대 중반에서 20대 중후반 사이로 보였지만 요즘 세상에 겉보기 나이가 무슨 의미가 있는가. 그는 차인선을 찾았지만 어디에도 보이지 않았다.

아주 잠시 그는 빅토르 안의 에너지에 탑승하려 시도했다. 「플라이트 24」의 맥신 마운트배튼처럼 그가 침입자들을 조종해 모두 때려잡고 차인선을 구하는 광경을 상상했다. 하지만 제대로 동기화되지 않은 배터리의 에너지는 감당할 수 없었고 기껏해야 4급인 그의 정신감응력으로는 지나가는 개도 조종하지 못했다.

그는 차인선을 포기하고 달아났다. 건물 밖으로 나가려고 했지만, 저 미친 무리들을 통과하는 건 불가능했다. 그 대신 건물 안을 우왕좌왕 뛰어다니면서 어떻게든 침입자들의 눈을 피할 수 있는 곳을 찾았다.

지하실 복도를 질주하고 있는데 누군가가 발을 걸었다. 그는 넘어졌지만, 상체가 땅에 닿기 직전에 몸이 추락을 멈췄다. 병아리처럼 파닥거리던 그는 무언가의 힘에 끌려 다시 일어났다.

파란 교복을 입은 중학생 정도의 아이가 그에게 손짓을 하고 있었다. 그는 그 아이가 굉장히 예쁘다고 생각했지만, 여자아이인지 남자아이인지 구별할 수 없어서 기분이 나빠졌다. 그가 저 아이 나이 또래였을 때만 해도 이런 문제는 없었는데. 그는 그 와중에도 모든 여자아이가 치마 교복을 입고 혀짧은 소리로 애교를 떨었던 망상 속 과거에 대한 향수에 빠졌다.

아이의 뒤로 두 사람이 더 나타났다. 각각 여자와 남자였는데, 착란 증세 때문에 도저히 얼굴을 읽을 수 없었다. 아까 그 아이도 얼굴이 예쁘다고 생각했던 기억만을 남겨 놓고 흐릿해져 버렸다. 아이가 염력으로 그의 몸을 당겨오자 여자는 그의 이마에 손을 얹고 마음속 정보들을 집어삼켰다.

필요한 걸 다 얻자, 그들은 진이 쭉 빠진 그를 복도에 버려 두고 계단으로 뛰어갔다.

정신을 차린 김명진 씨는 그들의 뒤를 따라 계단으로 올라갔다. 아무리 생각해도 저들은 침입자와 다른 무리 같았다. 침입자가 각각 목표가 다른 두 부류라면 어떻게든 그들의 갈등을 이용하는 게 나았다.

2층, 3층, 4층. 그는 계속 위로 올라갔다. 침입자들은 연구소 안 물건들을 때려 부수고 사람들을 벽에 집어 던졌다. 원하는 것이 있는 듯했지만, 저 난장판 속에서는 그게 무엇인지 알 수 없었다.

4층에서 그는 그가 1층에서 잃어버렸던 것을 발견했다.

문이 활짝 열려 있는 실험실 한가운데에 차인선이 기절한 가톨릭 성녀처럼 떠 있었다. 발에서 벗겨진 예쁜 구두 한 짝이 그녀의 몸 주변을 위성처럼 돌고 있었다. 바닥엔 침입자인지 연구소 직원인지 알 수 없는 사람들이 주저앉아 비명을 지르고 있었다.

날카로운 여자 목소리가 그의 귀를 찢었다. 소리가 나는 쪽으로 고개를 돌린 순간 욕심 많아 보이는 통통한 얼굴에 열 살 정도 된 여자아이가 그에게로 뛰어들었다. 아이는 눈앞에서 양손을 흔들었고 그 순간 모든 게 시꺼메졌다.

누군가에겐 마지막 날

박재현은 한상우를 죽여야겠다고 결심했다.

전에도 그런 생각을 종종 품긴 했었다. 한번은 남에게 마음을 읽혀서 심각한 상황까지 갈 뻔했다. 하지만 망상의 단계를 넘어 구체적인 계획을 짜기 시작한 건 그날이 처음이었다.

옛 동료를 죽이는 방법은 수백 가지가 넘었다. 사람 하나를 죽이기 위해 굳이 흉기를 만질 필요도 없는 시대였다. 문제는 살인을 저지르고 무사히 빠져나오는 것이었다. 지금 감옥에 썩고 있는 대부분의 살인자가 여기에서 걸려 넘어졌다. 살인을 저지르기 쉬운 만큼 범인도 잡기 쉬운 시대였다. 한상우가 갑자기 죽는다면 누가 가장 먼저 용의선상에 오를 것인가? 그 길지 않은 리스트 앞부분에 그의 이름이 놓이는 건 당연한 일이었다. 사건이 발생하면 두 시간도 지나기 전에 서울지방경찰청 내사과의 독심술사들이 그를 호출할 것이다.

살인을 저지른다면 완벽해야 한다. 심지어 그 자신도 자기가 범인이라는 걸 의심하면 안 된다.

혼자서는 불가능했다. 웬만한 건 혼자 다 해낸다고 해도 기억을 지우고 새 기억을 넣어 줄 사람 한 명은 꼭 필요했다. 자가 기억 삭제 같은 건 드라마에서나 가능한 트릭이었다. 가능하다고 해도 그가 할 수 있는 일이 아니었다.

이 상황에서 그를 도와줄 수 있는 건 LK의 차인선 실장뿐이었다.

화가 났다. 왜 그가 이런 고민을 해야 하는가. 뒷거래 자산을 관리하는 건 차인선의 일이 아닌가? 그중 하나에 문제가 생긴다면 가장 손해를 입는 건 그녀가 아닌가?

물론 그는 사정이 그렇게 단순하지 않다는 걸 알고 있었다. 일단 그는 그와 한상우가 누구를 위해 일했는지도 확신할 수 없었다. 일이 터져도 LK는 모든 게 나인규 탓이라고 돌리면 그만이다. 차인선 역시 십중팔구 그럴싸한 핑계를 만들어 놨을 것이고 세상 어떤 독심술사도 그녀의 마음을 읽지 못할 것이다. 위험에 노출된 건 그와 한상우뿐이다.

그리고 한상우는 점점 이상해지고 있다.

모든 게 재작년 봄 때부터 시작되었다. 민트 갱이 SBI를 습격한 날. 전날 밤 차인선의 지령을 받고 회사로 간 한상우에게 무슨 일이 있었는지, 그가 따라갔더라면 무엇을 보았을지 알 수 없었다. LK가 발칵 뒤집히고 한상우 역시 험한 꼴을 당했을 게 분명했는데도 그는 별 탈 없이 돌아왔고 그에 대해 아무 이야기도 하지 않았다.

처음엔 차인선의 지령 때문이라고 생각했다. 정말로 난처한 일이 일어났다면 관련자들을 최소화하는 건 당연한 조치다. 말이 나왔으니 하는 말인데, 박재현은 차인선이 그들을 부리면서 무슨 일을 하는지 짐작도 할 수 없었다. 그들이 처리한 일들은 더럽고 불쾌했지만 아무런 연결 없이 점처럼 흩어져 있었다. 그 점들을 잇고 그 사이에 놓인 다른 비밀 자산을 찾아내려는 시도는 모두 실패로 돌아갔다.

하지만 상황은 그보다 더 복잡하고 이상했다. 그날 이후 한상우는 마치 박재현이 뒷거래 자산이 아닌 것처럼 굴었다. 그에게 차인선과 LK에 대한 어떤 이야기도 하지 않았고 오로지 공식적인 일에만 몰두했다. 더 신경 쓰이는 건 그에 대한 노골적인 적개심이었다. 이유도 없이 그냥 네가 싫다는 투였다. 마음만 읽어 봐도 그 감정은 진짜였다.

차인선도 더 이상 한상우를 부르지 않았고 어느 날 그는 영등포서를 떠나 인력관리국으로 갔다. 뭔가 잘못된 걸 눈치챈 차인선이 손을 쓴 것이라 생각했다. 그리고 어느 순간부터 차인선은 박재현도 부르지 않았다.

이것이 끝이길 바랐다. 차인선이 모든 일들을 깔끔하게 처리했으며 그는 과거에 신경 쓸 필요가 없다고 생각했다.

하지만 상황은 조금씩 나빠져 갔다. 내사과에서 그와 한상우가 저지른 일들의 냄새를 맡았다. 아직 독심술사에게 끌려갈 정도는 아니었지만 앞으로 어떻게 될지 알 수 없었다. 어이가 없는 건 LK에서 그 불에 탄 여자아이 시체가 발견된 사건을 한상우가 맡았고 그를 핑계로 SBI 사건을 다시 수사하기 시작했다는 것이었다. 무슨 짓이냐고 떠보려 찾아갔지만 돌아온 건 어리둥절한 표정뿐이었다.

그는 상황을 읽고 해결책을 찾으려 해 봤다. 하지만 아무리 고민해 봐도 그가 어떤 일에 말려들었는지 확인하는 건 불가능했다. 이 흐릿한 상황의 유일한 해결책은 가장 불안한 변수인 한상우를 죽이고 그와 나인규에게 모든 걸 뒤집어씌우는 것이었다. 이 정도면 차인선도 그의 기억을 지워 주는 일 정도는 해 주겠지. 그 여자도 비리 경찰에게 말려들어 인생이 귀찮아질 생각은 없지 않을까?

결심이 서자 생각도 빨라졌다. 기왕 일을 저지를 거라면 나인규 사망 소식의 온기가 식기 전에 처리해야 했다. 벌써부터 나인규와 관련된 폭로들이 줄을 이었고 LK 관련자들이 수상쩍게 죽어 나가거나 실종되기 시작했다. 한상우도 이 소동의 일부여야 했다. 이참에 모두 정리하고 새로 시작하는 거다.

그는 20세기 추리 작가라도 되는 것처럼 살인 방법을 고르기 시작했다. 총칼처럼 노골적인 것은 안 되었다. 한참의 조사 끝에 그는 아직 이름이 없는 디자이너 독약을 발견했다. 그건 흔한 약물 합성기로도 만들 수 있었고 검시에서도 흔적이 발견될 가능성이 거의 없었으며 증상은 염력 살인처럼 보였다. 가장 큰 장점은 유예 약물의 비율에 따라 사망에 이르는 시간을 조작할 수 있다는 것이었다.

이틀 동안 그는 얼핏 보면 전자 담배처럼 보이는 바늘 없는 주사기를 세 개 만들고 독약을 합성하고 동선을 짜느라 정신없이 바빴다. 3D 프린터에서 막 빠져나온 부품들을 조립하고 약물을 채워 넣고 나니 뭔가 이룬 거 같아 흐뭇해졌다. 약물의 효과는 확신할 수 없었지만, 기회가 한 번만 있는 건 아니었다.

준비가 끝나자 그는 일 년 넘게 묵혀 놓았던, 아직 5회 분

량이 남아 있는 VPL 통신망을 통해 차인선에게 살인 계획 파일과 함께 다음 메시지를 보냈다.

'내일 회사 자산 하나를 처분합니다. 저를 위해 뒤처리를 부탁합니다. 제 계정을 삭제해 주십시오.'

VPL 통신망을 쓰면서도 굳이 이렇게 비밀스럽게 굴 필요는 없었지만 그래도 이런 첩보 소설다운 모호함을 조금 남겨 두는 것이 예의인 것 같았다. 이 정도의 시(詩)도 없다면 한상우는 그냥 개죽음을 당하는 것이 아닌가.

차인선의 VPL 메시지는 저녁에나 도착했다. 그녀는 박재현처럼 스파이 흉내를 낼 생각이 없었다. 대신 그녀는 그를 위해 삼성동 LK 종합 병원에 예약을 잡아 주었다. 이제 그는 우울증 치료를 받는 척하면서 기억 삭제를 받을 수 있었다.

그는 그가 짊어질 위험 부담에 대해 생각했다. 차인선의 제안은 논리적으로 보였다. LK가 그를 제거한다면 일이 쓸데없이 커진다. 인력관리국의 수사관이 한 명 죽는 것과 한때 같이 일했던 경찰 둘이 동시에 죽는 건 차원이 다른 사건이다. 차인선이 나인규와 위원회 중 어느 쪽을 위해 일했는지는 알 수 없어도 자신과의 접점이 적을수록 좋을 것이다.

그는 차인선의 출생에서부터 LK 입사 후의 발자취까지 낱낱이 조사해 보았다. 비교적 늦은 나이인 서른한 살에 입사해서 나인규 회장과 LK 위원회 사이를 박쥐처럼 오가면서도 아무런 손해도 입지 않고 살아남은 사람이다. 큰 욕심은 없지만, 이기적이고 기회주의적이고 현실적이다. 주변의 모든 사람들이 그것을 알아채고 각자의 방식으로 각자의 이익을 위해 그녀와 연합하도록 만드는 부류이다. 속내를 읽기는 어렵지만, 논리적이기 때문에 예측 불가능한 사람은 아니다.

그는 이 계획이 차인선의 이익에도 맞다고 결론지었다.

그는 다음 날 병가를 내고 출근하지 않았다. 그 대신 스캐너로 한상우와 그의 파트너의 위치를 확인하며 주변을 맴돌았다. 오전 내내 같이 붙어 있던 그들은 점심 식사 전에 갈라졌다. 혼자 남은 한상우는 양복 입은 직장인들이 부글거리는 베트남 식당에 줄을 섰다. 식당은 지하에 있었고 다른 식당 세 곳에 선 줄 때문에 복도는 만원이었다.

뒤에서 줄을 서는 척하면서 옛 공범자의 목에 약물을 주사하고 빠져나오는 건 세상에서 가장 쉬운 일이었다.

시계를 봤다. 12시 42분이었다. 유예 약물은 독극물이 작용하는 시간을 두 시간 정도 미룰 것이다. 그는 사방에서 그를 찍어 대는 CCTV의 시선을 의식하며 비교적 사람이 없어 보이는 샌드위치 집으로 들어갔다.

에그 샌드위치를 건성으로 씹으며 그는 그가 막 독극물을 주사한 옛 동료에 대해 생각했다. 그는 그에게 죄의식을 느낄 필요가 없었다. 한상우는 그보다 더 씩은 경찰이었다. 차인선에게 그를 소개한 사람도 한상우였다. 하지만 지금 그때의 한상우는 얼마나 남아 있는 걸까? 지금의 한상우는 욕도, 음담패설도 하지 않았고 이상할 정도 모두에게 예의 발랐다. 심지어 행동이 조금 여자 같기도 했다. 뚱뚱하고 말수 없는 교회 아줌마.

그를 그렇게 만든 게 차인선이라면?

이 생각이 왜 이제야 떠올랐던 걸까? 그거야 차인선이 그래야 할 이유가 없기 때문이다. 하지만 그가 그녀에 대해 진짜로 얼마나 아는가? 그가 그녀에 대해 알고 있다고 생각하는 것 중 어느 게 진짜일까? 아니다. 평생을 위장하고 다른 사람으로 살 수는 없다. 내가 아는 차인선이 몽땅 거짓일 수는 없다. 하지만……

겁에 질린 그는 반쯤 먹다 만 에그 샌드위치를 남기고 바깥으로 뛰쳐나갔다. 생각을 정리해야 했다. 윙윙거리는 도시의 핫 스폿 존을 피해 그는 가까운 공원으로 달려갔다. 공원 구석에 있는 어린이 놀이터 모래밭에 도착해서야 그는 간신히 걸음을 멈추었다. 그는 무지개색 시소 끝에 앉아 숨을 가다듬었다. 다시 생각해 보자. 만약 내가 아는 차인선이…….

그는 생각을 끝내지 못했다. 머릿속에서 되씹던 문장을 반복하려는 바로 그 순간 갑자기 강렬한 배터리 에너지가 주변에 가득 찼다. 통제되지 못한 에너지를 타고 온갖 생각들이 그의 머릿속으로 밀려들어 왔다 사라졌고 엄청난 통증이 가슴을 찔러 댔다.

누군가 그의 심장을 주무르고 있었다.

폴로늄 샤크의 임무

"그만!"

지연의 찢어지는 목소리가 들렸다. 그와 동시에 어떠한
정보도 들어 있지 않은 격한 감정이 폴로늄 샤크의 머릿속
으로 들어왔다. 그것은 "그만!"의 주석이었다. 이유는 알 수
없지만, 지연의 명령어는 심각하고 중요한 것이었다.

폴로늄 샤크와 친구들은 실험실에 일으킨 염력 소용돌이
에서 조금씩 힘을 뺐다. 소용돌이는 느려졌고 떠돌던 것들
이 천천히 바닥으로 내려앉았다. 그중에는 아진이가 기절시
킨 회사 직원도 있었다. 연구소에는 아진이의 희생자들이
버려진 옷가지처럼 여기저기에 널려 있었다. 기절 공격은
아진이의 장기였지만 실전에 써먹을 기회가 많지 않았다.
잔뜩 신이 난 아진이는 일산의 LK 연구소에 들어온 뒤로 만

나는 사람마다 기절시키고 다녔다. 지금은 막 눈앞에서 큰 대자로 엎어진 보안 요원의 엉덩이를 의자 삼고 앉아 탐욕스러운 눈으로 다음 희생자를 노리고 있었다.

기절한 회사 직원의 몸이 바닥에 닿기 직전에 징크스가 달려와 머리 밑에 손을 넣었다. 폴로늄 샤크는, 비틀비틀 날아다니다 그 여자의 코끝으로 떨어지던 여자의 왼쪽 구두를 염력으로 살짝 튕겨 바닥에 떨어뜨렸다.

"누구야?"

덩치에 어울리지 않는 쿨란의 가느다란 목소리가 들렸다.

"우리 정보원. 누가 빨리 좀 깨워줘."

여전히 여자의 머리를 두 손으로 받치고 있던 징크스가 대답했다.

폴로늄 샤크는 고개를 저었다.

"그러지 않는 게 좋아. 아진이는 저 사람의 정신을 털실처럼 헝클어 놨어. 일부러 풀었다간 부작용이 생길지도 몰라. 그냥 저절로 풀릴 때까지 기다려. 이삼십 분 뒤면 깨어날 거야. 빨리 바람 안 부는 곳에 치워. 언제까지 기다리고만 있을 수는 없어."

징크스는 축 늘어진 직원의 두 팔을 잡아 뒤로 끌었다. 여자의 몸이 아진이가 깔고 앉은 보안 요원의 옆에 눕혀지자 폴로늄 샤크는 지연에게 손짓을 했고 다시 연구실 안은 염력 소용돌이가 몰아치기 시작했다.

이런 난장판 속에서 소용돌이를 만들고 지키는 것은 중요했다. 염력 소용돌이는 팩의 경계선을 설정했고 그 안에서 멤버들을 보호했다.

지나치게 단순한 첫수라고 할 수 있으리라. 하긴 폴로늄 샤크 자신도 최근 몇 년 동안 소용돌이를 첫수로 놓은 적이 없었다. 기습 공격을 좋아하는 오스만 팩에게 이 수는 어울리지 않았다.

아직도 많은 사람들은 청소년 팩들이 벌이는 전쟁이 길거리에서 아무 물건이나 집어 던지는 멍청한 머슬 팩들의 난리 법석일 거라고 생각했다. 그런 때도 있었다. 하지만 지난 몇 년 동안 오스만 팩과 같은 엘리트 팩들은 급속도로 영리해지고 교활해졌다. 멤버들이 지닌 다양한 종류의 능력을 적절하게 이용하면서 상대 정신감응자들의 개입을 막고 배터리의 힘을 갈취하려면 고도의 계산이 필요했다. 이를 모방한 게임이 몇 개 나오긴 했지만, 현실 속에서 팩들의 전쟁은 더 복잡했다. 실제 인간은 언제나 게임 캐릭터보다 더 까다로운 변수였고 게임이 완성되어 나올 무렵 현실은 게임이 모델로 삼은 과거를 넘어선 지 오래였다.

이런 상황에서 엘리트 팩의 리더들이 맛이 가는 건 당연한 일이었다. 스트레스가 엄청났고, 이 스트레스를 견뎌 이긴 사람들은 종종 과대망상이나 피해망상에 빠졌다. 이들이 앓는 병 중엔 소위 체스병이라는 것도 포함되어 있었는데, 전투 전에 계산해야 하는 수많은 변수를 모두 현실로 착각하는 것이었다.

벌컨은 그래도 잘 버틴다고 생각했다. 오스만 팩을 이어받은 뒤 그가 가장 먼저 한 일은 책임 분산이었다. 그는 능력의 종류에 따라 팀을 세분화하고 각 팀의 리더들에게 일차 책임을 지웠으며 팀을 전담하는 정신감응자를 하나씩 붙여 네트워크를 짰다. 각 팀마다 따로 사용 언어를 부여하고 언어 장벽을 통해 전체 네트워크를 통제하는 벌컨의 팀 관리법은 오스만 팩이 해체되고 벌컨이 실종된 뒤에도, 이미 클래식이 된 벌컨 무브와 함께 교과서화되어 전 세계에 퍼졌다.

이 정도만 해도 벌컨의 업적은 대단한 것이었다. 민트 갱이 뜬금없이 등장하지 않았다면 벌컨은 지금쯤 만족스럽게 명예로운 퇴장을 준비하고 있었을 것이다.

민트 갱은 벌컨의 모든 계획을 뒤집어 놓았다. 갑자기 튀어나온 이 팩의 얄미운 점은 여지껏 수도권 팩들이 쌓아 올린 가치관과 규칙을 모두 위반하면서도 티끌만큼도 신경 쓰지 않는다는 것이었다. 사실 민트 갱은 다른 팩들과 싸움을 할 생각도 없어 보였다. 하지만 김지연을 멤버로 영입하고 최상급의 은폐 마법을 구사하는 이 풋내기 팩을 내버려 둔다면 오스만 팩은 면목을 세울 수가 없었다. 그들이 먼저 시작한 여섯 번의 전투에서 네 번을 대패하고 나머지 두 번에서도 제대로 이겨 본 적이 없을 때는 더욱 그랬다.

벌컨이 한담 로보틱스의 계획에 말려든 것도 그 때문이었다. 민트 갱과의 전쟁에서 단 한 번이라도 승리하기 위한 마지막 발악. 폴로늄 샤크가 거쳐 온 네 명의 팩 리더 중에서 가장 멀쩡했던 아이가 아집 속에서 붕괴되는 순간이었다.

그리고 그녀는 지금 그 붕괴된 리더의 병든 두뇌와 싸워야 한다.

폴로늄 샤크는 염력 소용돌이를 유지하며 팩의 정신감응 네트워크에서 흘러들어 오는 정보를 읽었다. 소용돌이의 발생과 함께 지연의 은폐 마법은 흐려져 가고 있었다. 대신 민트가 읽어 오는 새로운 정보가 건물 여기저기에서 반짝였다. 아진이의 기절한 희생자들이 한 명씩 깨어나고 있었고 민트는 그들의 정신이 아직 흐릿한 순간에 잽싸게 개입했다. 연구소 직원이건 벌컨의 부하이건 상관없었다. 순식간에 무작위로 선택된 다섯 명의 정신감응자와 열여섯의 염동력자 들의 명령 체계가 구성되었다. 지연의 위장막이 그들을 덮었고 그들은 주변의 동료들 사이에 섞여 들어 갔다. 그들이 보내온 시청각 정보들은 민트와 지연을 거쳐 오는 동안 깔끔하게 정리되었고 이제 폴로늄 샤크는 건물 내부 대부분을 3D 도면처럼 읽을 수 있었다.

건물 안은 난장판이었다. 벌컨의 부하들과 연구소 사람들이 패싸움하는 축구팬처럼 뒤엉켜 있었다. 난장판 자체는 익숙했다. 의도된 난장판 속에서 갑자기 팩에 질서를 부여하는 것이 벌컨 무브의 핵심이었다. 하지만 핵심 염동력자들이 떨어져 나간 상태에서 정상적인 벌컨 무브는 불가능했다. 이건 진짜로 난장판이거나 벌컨 무브가 아닌 다른 수를 감추고 있다는 뜻이다. 폴로늄 샤크는 지연이 명성만큼 뛰어난 마법사이길 바랐다.

열 명 가까이 되는 염동력자들이 실험실로 뛰어들었다. 폴로늄 샤크가 소용돌이의 에너지를 풀기도 전에 문 앞에서 초조하게 기다리고 있던 아진이가 염동력자들 절반을 기절시켰다. 나머지 반은 옆에 있던 징크스가 날려 버렸고 그들역시 바닥에 떨어지기 직전에 의식을 잃었다. 두 명을 제외하면 모두 남자였고 다들 작업용 파란색 점프 수트를 입고 있었다. 벌컨에게 손발질을 당한 연구소 직원들이었다. 실험용 제물들일 뿐이었고 곧 진짜 병사들이 몰려올 것이다.

폴로늄 샤크는 온몸이 갑자기 뜨거워졌다. 민트가 좀비화된 벌컨의 부하들을 통해 용산역 이반의 에너지에 직접 링크를 건 것이다. 그전까지 혼란스럽고 난잡했던 에너지 흐름이 단번에 정리되었고 이제 그들은 벌컨 무리와 거의 같은 수준으로 이반의 에너지를 쓸 수 있었다. 동시에 용산역 이반의 위치도 확실해졌다. 이반은 지금 2층 복도에서 움직이고 있었다. 자기 발로 걷거나 달리는 것 같지는 않고 수레 같은 것에 실려 다니는 것 같았다.

난장판이 정리되고 있었다. 다급하게 채워진 벌컨의 부하들은 대부분 오합지졸이었고 훈련되어 있지 않았지만 머릿수가 많았고 이반의 에너지를 업고 있었으며 벌컨의 손발질로 효과적으로 통제되고 있었다. 이 정도 우위에 있다면 굳이 벌컨 무브와 같은 복잡한 계획 따위는 필요가 없었다.

폴로늄 샤크는 주변을 둘러보았다. 아까 아진이가 기절시킨 여자는 서서히 깨어나고 있었다. 계속 주변을 맴돌던 징크스가 달려가 여자의 손을 잡고 뭐라고 외치고 있었다. 소용돌이를 피해 벽에 바짝 붙어선 지연과 민트는 눈을 감고 뭔가 복잡한 작업을 하고 있었지만, 거기에 대한 정보는 전

달되지 않았다. 상관없었다. 그녀의 임무는 따로 있었다. 지연과 민트가 꾸미고 있는 정체불명의 음모처럼 복잡하지는 않지만 반드시 필요한 일이었다.

쿨란에게 소용돌이의 통제를 맡긴 폴로늄 샤크는 아래층으로 뛰었다. 벌컨의 좀비들이 막아섰지만 손발질당한 좀비들 따위는 쉽게 제압할 수 있었다. 어떻게 보면 그녀는 벌컨의 도움을 받고 있는 셈이었다. 오스만 팩의 책임 분산 시스템 때문에 그녀는 이런 염력 싸움에서 벌컨보다 유리했다.

민트가 정보를 보냈다. 벌컨에게 손발질을 당하다 이제는 민트에게 통제를 받고 있는 좀비들의 눈을 통해 들어오는 영상 정보였다. 염력으로 밀려 가는 실험실 카트에 앉아 멍한 눈으로 주변을 둘러보는 몸집 작은 남자가 보였다. 용산역 이반이었다. 신기했다. 이상한 일이지만 그때까지 그녀는 이반에게 얼굴과 몸이 있다고 생각한 적이 단 한 번도 없었다.

용산역 이반은 그 두 개가 모두 있었고 이제 막 계단을 내려와 3층 복도를 질주하는 폴로늄 샤크의 시야에 들어와 있었다.

폴로늄 샤크는 고함을 지르며 이반과 좀비들을 향해 달려들었다. 좀비들은 날아갔고 이반은 자지러지게 비명을 질

렀다. 복도 유리창들이 프레임과 함께 떨어져 나갔다. 몸부
림치는 이반을 끌어안은 그녀는 방금 전까지만 해도 창문이
있었던 텅 빈 공간으로 몸을 던졌다.

동창회

폴로늄 샤크와 이반은 한 덩이가 되어 공중으로 튀어 나갔다. 회전하는 팽이처럼 위태로운 궤적을 그리며 날아가던 두 사람은 막 이륙한 헬기 안으로 빨려 들어갔다. 헬기는 여전히 은폐용 클로크를 켠 상태였기 때문에 이들은 밤하늘 속으로 갑자기 빨려 든 것처럼 보였다. 헬기는 두 사람을 삼키자마자 호수공원을 향해 날아갔다.

그와 함께 LK 연구소를 지배하던 이반의 에너지는 급속도로 쪼그라들기 시작했다. 이반을 믿고 있던 벌컨의 무리들은 아직 LK 연구소 배터리에 충분히 링크되지 못한 상태였다. 연구소 사람들은 이때를 노려 반격을 시작했다. 대부분 고급 연구소가 그렇듯 이들은 다수의 복합능력자들을 보유하고 있었고 그들의 능력은 정당방위의 평계가 생겼을 때 얼마든지 끔찍해질 수 있었다. 일산에서 본격적인 사망자가 나기 시작한 것도 그때부터였다.

지연과 징크스는 아직도 불안하게 휘청거리는 차인선을 일으켜 세웠다. 그녀는 정신이 몽롱한 상태에서 웅얼웅얼 러시아어 욕을 내뱉었다. 아이들에게 자신의 무력한 모습이 노출되어 화가 난 모양이었다.

징크스가 차인선의 벗겨진 왼쪽 구두를 다시 신기고 나서 그들은 소용돌이를 앞세워 3층 실험실에서 빠져나왔다. 연구소 사람들 몇이 달려들었지만 소용돌이에 말려 나가떨어졌고 그들은 곧 다른 만만한 상대를 찾아 나섰다.

지하 2층으로 내려가면서 민트는 상황을 검토했다. 4층 소용돌이로 벌컨의 시선을 돌려놓은 동안 유리가 이끄는 제2부대로 헬기를 습격하는 작전은 아슬아슬하게 성공했다. 착륙한 뒤 얼마든지 헬기를 파괴할 수도 있었을 것이다. 이 계획이 성공한 건 그들이 벌컨보다 더 교활했기 때문인가? 아니면 벌컨이 숨겨 놓은 다른 계획이 운 좋게 붕괴된 것일까? 아마도 전자이리라. 지금의 벌컨은 그렇게 복잡한 음모를 짤 수 있는 상태가 아니었다. 하지만 그들 사이의 관계는 벌컨이 멀쩡한 정신일 때와 크게 다르지 않았다. 민트는 벌컨에게 별 관심이 없었다. 그녀에게 벌컨은 언제나 방해꾼

이거나 도구였고 오늘은 후자였다.

벌컨 무리가 방채운의 죽음에 책임이 있는 최종 보스로 LK를 지목했고 곧 전쟁을 벌일 거라는 사실을 알았을 때, 민트는 그 어이없는 행운을 믿을 수가 없었다. 일산 연구소 안으로 잠입하기 위해 몇 주 동안 짠 그 복잡한 계획은 아무 필요가 없었다. 그냥 벌컨 무리가 뚫어 놓은 입구로 들어가기만 하면 되었다. 이제 '몰래' 무언가를 할 필요도 없었다. 이 난장판 속에서 은밀함은 의미가 없었다.

지하 2층에 가까워지면서 민트는 점점 이나의 기운을 느꼈다. 따뜻하게 진동하는 미친 듯한 사랑스러움. 단지 여기에 이나 개인의 개성은 완벽하게 제거되어 있었다. 마리코 앤 매크레이, 라드히카 사프라, 기타가와 유미를 갈라놓는 희미한 차이들도 느껴지지 않았다. 거대한 정신의 덩어리가 지하 2층에 숨어 있었다.

이 기분은 익숙했다. 한수인이 바로 그런 존재가 아니었던가. SBI 연구소 지하에 웅크리고 앉아 그들을 기다리고 있던 거대한 괴물 말이다. 정반대의 목표를 추구하던 두 존재가 비슷한 모습으로 수렴한 것이다. 아니, 수렴이라는 단어는 적절치 않다. 어차피 SBI와 LK는 재료를 공유하고 있었고 LK가 갖고 있는 재료가 더 원형에 가까웠을 뿐이다.

지하 2층으로 이어지는 계단에서 그들은 염력 소용돌이와 마주쳤다. 침입자들을 제압한 직원들과 보안 요원들이 반대쪽 계단을 통해 내려오고 있었고 소용돌이의 숫자는 조금씩 늘어나기 시작했다.

시간이 얼마 없었다. 곧 있으면 경찰이 도착할 것이고 보안 회사에서 추가 인원을 보낼 것이다. 민트는 지연의 품에서 차인선을 빼앗아 한 팔로 허리를 감고 앞으로 끌어냈다. 흉기 따위를 들이대거나 하지는 않았지만 이 정도면 충분히 인질극처럼 보였다. 민트는 차인선의 얼굴을 직접 볼 수 없었지만 맞은편에 선 남자들의 표정만 봐도 차인선의 인질 연기가 꽤 그럴싸하다고 확신할 수 있었다. 소용돌이들은 조금씩 뒤로 물러났고 민트 무리는 한 발씩 앞으로 나아갔다. 지연은 B2-08번 방문을 열었고 그들은 소용돌이와 함께 그 안으로 뒷걸음질 치며 들어갔다. 문이 잠기자 쿨란과 아이들은 일제히 문을 두드리고 고함을 질러 대며 문 바깥에 염력을 발산했다.

B2-08번 방은 공장이었다. 바닥, 천장, 벽은 모두 하얬고 무한궤도가 달린 하얀 로봇들이 느릿느릿 기계 손을 놀리고 있었다. 천장 끝까지 닿는 커다란 원통들이 여기저기에 놓여 있었고 그중 일부에는 유리창이 뚫려 있어 안을 볼 수 있

었다. 흐릿한 초록색 액체 안에서 눈을 감은 사람의 얼굴이
보였다.

인체 공장이었다. 예상했던 대로. 마리코 앤 매크레이, 라
드히카 사프라, 기타가와 유미, 그리고 지금 LK에서 일하고
있는 수많은 사람이 여기에서 만들어진 것이다. 그들이 모두
외국인이었던 것도 이해가 되었다. 이 좁아터진 나라에서
아무런 인맥이 없어도 이상하지 않은 건 외국인들뿐이다.

두 번째 원통 옆에 서서 그들을 바라보고 있는 하얀 실험
복 차림의 서아시아인 여자도 이 공장에서 만들어졌을 것이
다. 그녀는 정신감응자의 입장에서 보면 투명 인간이었다.
정신에 너무나도 개성이 없어서 지하 2층을 지배하는 사랑
스러움 속에 완벽하게 묻혀 있었던 것이다.

여자는 인질이 된 차인선을 보고도 아무런 동요가 없었
다. 더 이상 연극이 통하지 않는다는 사실을 안 민트는 차인
선의 허리에서 팔을 풀었다. 비틀거리면서 민트의 품에서
빠져나온 차인선은 벽에 붙어 있는 의자에 앉아 흐트러진
머리칼을 가다듬었다. 잠시 노출되었던 인간적인 모습이 사
라지고 차가운 인형 같은 외모가 서서히 돌아오고 있었다.

여자는 차인선을 거들떠보지도 않고 민트 앞으로 또박또
박 걸어왔다. 딱 1미터 앞에서 멈추어 선 그녀는 따뜻한 미

소를 지으며 오른손을 내밀었다.

"안녕, 류수현. 오랜만이야."

민트는 손을 잡지 않았다.

"넌 이나가 아니야."

"그게 그렇게 중요하니?"

"나에겐 중요해. 이나는 이제 없어. 죽었으니까."

"하지만 나는 내가 이나라고 느껴지는걸? 이나의 기억을 갖고 있고 이나의 감정도 있어. 내가 이나가 아니라면 너를 보는 것이 왜 이렇게 반가울까?"

"그 기억은 조작된 거야. 제4분교 아이들이 읽은 이나의 기억과 감정들이 재해석되어 조립된 거지. 넌 그렇게 만들어진 거짓말이야. 진짜 이나가 아니라 학교 사람들이 바랐던 이나의 모습이지. 너도 알고 나도 알아. 왜 이 지루한 이야기를 하고 있어야 하지?"

"네가 여기에 왔으니까. 그리고 넌 여전히 이나를 그리워하고 있으니까. 그렇지 않았다면 네가 마리코 앤 매크레이를 따라 여기 올 일도 없지 않았을까?"

"난 궁금해서 온 거야. LK가 이나의 유령으로 무엇을 만들고 있는지 궁금했을 뿐이야. 네가 정말 내 친구라면 그게 뭔지부터 알려 주겠지."

여자는 웃었다. 민트는 기분이 나빠졌다. 여자의 얼굴엔 어떤 종류의 영혼도 느껴지지 않았다. 마리코 앤 매크레이 나 기타가와 유미 정도의 인격도 없었다. 여자의 뇌는 통신기에 불과했고 그녀를 조종하는 거대한 정신은 어딘가 다른 곳에 있었다.

유령에 대한 LK의 연구는 어느 정도까지 진척된 것일까? 정신감응 네트워크 안에 유령을 잡아 두는 수준을 넘어선 것은 분명했다. 이제 그들은 유령의 자아를 안전하게 보관할 수 있을 뿐만 아니라 편집하고 개조하고 복제하고 삽입할 수 있는 수준까지 왔다. 안정된 품질의 정신감응 사원을 대량 생산할 수 있는 수준. 그것은 분명 한수인의 업적을 넘어서는 것이었다.

영혼 생산 공장. 언젠가 누군가 이런 걸 만들어 낼 줄 알았지. 개념 자체는 신기하지도 않았다. 단지 이날이 이렇게까지 빨리 올 줄은 몰랐다. 적어도 능력과 에너지의 정체가 밝혀진 뒤일 거라고 생각했는데.

아이들이 고함을 멈추고 뒤로 물러났다. 금속 문이 종잇장처럼 구겨지며 열렸다. 보안 요원들과 경찰들이 소용돌이와 함께 우르르 B2-08번방으로 들어왔다. 침입자들은 이미 민트 무리의 배터리 힘을 계산한 듯 거만하기 짝이 없는 태도였다. 그들 눈엔 아이들이 탱크에 맞서는 지프차처럼 보였을 것이고, 양쪽 배터리의 에너지만 비교한다면 그 비유는 꽤 정확했다.

여자는 원통들 사이로 뒷걸음치며 사라졌다. 차인선은 조용히 귀를 막고 눈을 감았다. 민트는 아이들 맨 앞에 서서 어른들이 몰고 오는 소용돌이들이 점점 하나로 합쳐지며 커지는 걸 지켜보았다.

소용돌이 세 개가 합쳐지자 경찰의 리더로 보이는 남자가 한발짝 앞으로 나와 말했다.

"얘들아, 이제 다 끝났어. 더 이상 서로를 다치게 할 필요가 있을까?"

민트는 고개를 저었다.

"아니."

"왜 굳이 다치고 싶은데?"

"그게 아니야. 아직 끝난 게 아니라고!"

민트는 과장된 동작으로 양팔을 날개처럼 펼쳤다. 그와 동시에 아이들의 몸에서 엄청난 염력이 생겨나 어른들의 소용돌이를 갈기갈기 찢어 버렸다. 흐트러진 염력에 얻어맞은 경찰들과 보안 요원들은 방 안 이곳저곳으로 튕겨 나갔다.

이반을 태운 헬기가 다시 연구소로 돌아온 것이다.

기억의 재구성

"며칠 전에 제 친구가 죽었습니다."

한상우가 말했다.

"박재현이라고요. 친구라기보다는 옛 동료였지요. 일 년 전까지 영등포서에서 같이 일했습니다.

점심시간 때 공원 구석의 어린이 놀이터에서 시체로 발견되었습니다. 자살한 것 같다고 하더군요. 주머니에서 바늘 없는 주사기가 하나 발견되었는데 용기에는 몸에 흔적을 남기지 않는 독극물이 있었다고 합니다. CCTV에 마지막 모습이 찍혔어요. 죽기 전까지는 혼자였습니다. 시소 끝에 앉아 있다가 가슴을 움켜쥐고 픽 쓰러지더군요."

한상우는 커피가 반쯤 남은 잔에 두고 있던 시선을 차인선 실장에게 돌렸다. 화장을 지운 민얼굴에 편안한 일상복 차림으로 그의 앞에 앉아 있는 그녀의 모습은 조금 낯설었다. 그는 그녀가 신고 있는 낡은 토끼 슬리퍼가 자꾸 신경이 쓰였다.

"박재현은 몇 달 전부터 내사과의 조사를 받고 있었습니다."

그는 말을 이었다.

"죽은 나 회장으로부터 봉급을 받고 있던 비리 경찰 중 한 명이었지요. 먼저 제안한 건 LK 쪽이었을 수도 있지만 그런다고 크게 달라지는 건 없지요.

내사과에서는 저를 불러들였습니다. 그쪽에서 수상쩍게 여긴 일이 하나 더 있었는데 그 친구가 죽기 전에 제가 점심을 먹은 식당 건물 안에 들어갔다가 나왔다는 겁니다. 저는 전혀 몰랐습니다. 그럼에도 내사과 사람들의 논리에 따르면 저는 살인 용의자입니다. 박재현처럼 나 회장에게 매수당했고 내사과에서 눈치를 챈 듯하자 옛 동료를 죽이고 죄를 뒤집어씌웠다. 말이 되지 않습니까?

다섯 시간 동안 심문을 받고 네 명의 독심술 전문가들에게 마음을 읽힌 뒤에야 풀려났습니다. 제가 범인이라는 어떤 증거도 찾아내지 못했어요. 당연한 것이, 전 진짜로 박재현의 비리 사실에 대해 아는 게 없으니 말입니다.

그쪽에서는 여전히 미심쩍어합니다. 전 정말로 아무것도 모릅니다만, 요즘 세상에 기억을 지우는 건 쉬운 일이지요. 그건 제가 저를 믿어야 할 이유도 없다는 뜻입니다. 제가 생각해도 제가 박재현의 비리 사실을 모르고 있었다는 건 말이 안 됩니다.

제가 저를 믿을 수 없는 이유를 하나 더 말씀드릴까요? 아무래도 전 어느 시기 이후 완전히 다른 사람이 된 것 같습니다. 여전히 한상우라는 사람의 연속적인 기억을 갖고 있어요. 하지만 이삼 년 전의 저와 지금의 저는 분명 전혀 다른 사람입니다. 편리하게도 일 년 전쯤에 자리를 옮겼기 때문에 지금 동료들은 그 차이를 잘 모릅니다만. 이게 기억 삭제의 부작용일 수도 있지 않겠습니까?

언젠가부터 이상한 기억이 떠오릅니다. 전 SBI 건물의 지하실 연구소에 있었습니다. 그곳에는 공 모양의 우주선이 만들어지고 있었고 그 앞에는 커다란 검은 두꺼비처럼 생긴 괴물이 파수병처럼 지키고 있었습니다. 그리고 저를 잡아먹었죠.

모두 사실이라고는 생각하지 않습니다. 당시 있었던 어떤 사건에 대한 기억이 이상하게 조립된 것이겠지요. 저희 같은 정신감응자들에겐 흔한 일입니다. 하지만 아무리 이상하게 왜곡된 기억이라고 해도 일말의 진실이 숨어 있기 마련입니다.

전 저 자신을 수사하기 시작했습니다. 그리고 빈트 갱이 SBI를 습격했던 날, 제가 어디에 있었는지 모른다는 사실을 알아냈지요. 경찰 기록에도 없었고 아파트 기록에도 없었습니다. 어디선가 밤을 보낸 모양인데 어디인지 몰라요. 그날 전 SBI에 있었던 것 같습니다.

필사적으로 당시를 재구성해 보았습니다. 지운 기억을 재구성할 수 있다는 방법들은 죄다 썼지요. 금지된 약도 먹었고 자기 최면도 해 봤고 심지어 수정구도 이용해 봤습니다. 그러다 보니 기억이 하나 떠오르더군요. 그것도 마치 사진처럼 뚜렷하게.

저는 누워 있습니다. 바닥은 축축하고, 넘어졌을 때 충격 때문인지 머리가 얼얼합니다. 전 지하실로 내려가는 계단을 올려다보고 있습니다. 네 사람이 보입니다. 한 명은 평범한 얼굴로 중학생처럼 보이는 여자아이입니다. 두 번째는 피곤해 보이는 중년 남자이고 세 번째는 열 살 전후의 어린아이인데, 여자애인지 남자애인지는 잘 모르겠습니다. 그리고 마지막 사람은……."

한상우는 다시 흘낏 차인선의 얼굴을 올려다보았다. 사무적인 미소 아래 아무것도 느껴지지 않는 차갑게 죽은 얼굴을.

"……차인선 실장, 당신이었던 것 같습니다. 아니, 확실히 당신이었습니다. 다른 얼굴은 흐릿하지만 이건 분명해요. 어떻게 당신을 못 알아볼 수 있겠습니까.

그래서 전 뒷조사를 해 봤습니다. 그리고 결국 알아냈지요. 만약에 박재현과 제가 나 회장이나 LK의 뒷거래 리스트에 있었다면 차인선이라는 사람이 개입되지 않았을 리가 없다는 것을요. 그건 내사과에서도 알고 있습니다. 당신을 엮을 결정적인 물증만 빠져 있을 뿐 모든 정황 증거가 한 방향을 가리키고 있으니까요.

박재현은 저에게 무슨 일이 일어났는지 잘 몰랐던 것 같습니다. LK에서 류수현의 시체가 발견되고 저와 파트너가 불려 갔을 때, 박재현은 이 모든 게 당신의 큰 그림일 거라고 생각했을 겁니다. 당신이 이 사건의 범인이고 이를 숨기기 위해 저를 불러들였다고요. 제가 당신을 모른 척한 건 박재현 본인이 그랬던 것처럼 그냥 연기였다고요. 그 때문인지 그 친구는 제가 이 사건이나 당신에 대해 아무것도 모르는 걸 알고 당황했습니다.

내사과에서 박재현을 수사하고 있었고 그 친구가 당신을 기억하고 있다면 가장 유력한 살인 용의자는 당신입니다.

더 윗선일 수도 있겠지만 그런 것 같지는 않습니다. 전 당신이 민트 갱이나 오스만 팩과 같은 엘리트 팩 무리와 연결되어 있다고 생각합니다. 당신은 민트 갱이 SBI 연구소를 침공했을 때 거기에 있었고 벌컨이 이끄는 연합군이 일산 LK 연구소에 쳐들어갔을 때도 거기에 있었습니다. 일산에서는 편리하게도 인질이었지요. 우연일 리는 없습니다. 최근에 그들과 갈라졌을 수도 있고 박재현을 처리한 것처럼 류수현을 처리한 것일 수도 있겠지만, 한동안은 그들과 한패였을 겁니다.

단지 이해가 잘 안 됩니다. 전 당신의 경력을 입사 때부터 현재까지 검토해 봤어요. 정말 유리처럼 투명하더군요. 집은 가난했지만 언제나 우등생이었습니다. 비밀을 품은 '금고'라는 걸 제외하면 아무런 능력도 없었고 인맥 따위는 더더욱 없었는데도 오로지 실력만으로 LK에 들어왔고 그 자리까지 올라갔습니다. '내전' 때 나 회장과 LK 위원회 사이에서 박쥐처럼 오간 건 당시 모든 직원이 그랬으니 책잡힐 일이 아닙니다. 다만 당신은 그 박쥐 같은 태도를 공공연하게 드러냈음에도 불구하고 교활하게 균형을 잘 잡아서 위원회의 쿠데타 때도 밀려나지 않았습니다. 회사 사람들이 당신을 마드무아젤 푸셰라고 부른다는 걸 압니까? 물론 아시겠지요. 제가 아는 차인선은 오로지 자신의 이익만을 위해 행동하는 사람입니다.

그러니까 이상한 겁니다. 당신이 나 회장이나 LK의 뒷거래 리스트를 관리했다는 건 충분히 이해할 수 있습니다. 위험한 일이지만 차인선다운 행동이지요. 하지만 길거리 불량 청소년들의 정보원이 되는 건 전혀 다른 일입니다. 녀석들에겐 당신이 안주하고 싶어 하는 시스템을 때려 부수는 것 이외엔 어떤 목표도 없습니다. 당신 혼자서 그 아이들을 이용해 LK 꼭대기까지 올라갈 엄청난 계획을 세웠을 리도 없습니다. 누군가 인질로 잡혀 있는 게 아닌가 생각했는데, 당신은 고아이고 가까운 친구도 사귀는 사람도 없습니다. 있다고 해도 그렇게 쉽게 이용당했을 것 같지도 않고요. 한마디로 말해 전혀 차인선답지 않은 행동이지요. 그러니까 지금까지 전혀 의심을 받지 않았던 것이겠지만.

도대체 왜 그랬던 겁니까?"

한상우의 마지막 질문은 그의 의도만큼 단호하게 들리지 않았던 게 분명하다. 여전히 편안한 자세로 맞은편 소파에 앉아 있던 차인선은 잠시 침묵이 흐르는 동안에도 입가의 희미한 미소를 지울 생각조차 하지 않았다.

"맞아요."

그녀가 대답했다.

"길거리 불량배들과 얽히는 건 저다운 행동이 아니지요. 전 이기적이고 큰 야심도 없습니다. 저의 목표는 세속적이고 단순해요. 경제적 여유와 사람들의 존중요. 여유가 있다면 제가 사랑할 수 있고 저를 견뎌 낼 수 있는 배우자도 있으면 좋겠지요. 직접 낳지 않을 수 있다면 애도 하나쯤. 하지만 이 모든 건 지금의 시스템이 제가 죽을 때까지 유지될 때에나 의미가 있습니다.

하지만 지금은 그런 때가 아니지 않나요?"

광신자들의 행성

믹서가 없었다고 해도 폴로늄 샤크와 용산역 이반이 죽지
는 않았을 것이다. 폴로늄 샤크는 비행 경험이 많지는 않았
지만 이반 정도의 무게를 짊어지고 3층 높이에서 뛰어내려
착륙하는 건 충분히 할 수 있었다. 밑은 벌컨의 부하들로 가
득 차 있었기 때문에 탈출로를 뚫는 건 좀 힘들었겠지만, 거
긴 유리와 동료들도 있었으니 이 역시 불가능하지는 않았을
것이다. 동료들이 자동 조종 기능으로 날린 헬기 속으로 폴
로늄 샤크와 이반이 뛰어드는 것도 마찬가지로 불가능한 일
은 아니었다.

하지만 믹서가 조종한 헬기가 두 사람을 빨아들이듯 완벽
하게 구출한 덕분에 이 모든 것들은 해도 안 해도 상관없는
공상으로 남았다.

부천 아지트 한가운데에 있는 애견 침대에 배를 내놓고 누워 있는 믹서의 머릿속은 일산과 여의도, 그리고 벌컨의 무리가 흩어져 있는 수도권 여기저기에서 들어오는 수많은 정보들로 반짝이고 있었다. 한수인을 제외한다면 믹서는 'LK 대전투'의 난장판 속에서 전체 그림을 제대로 볼 수 있는 유일한 존재였다.

믹서 자신은 이 계획이 아주 반갑지는 않았다. 놓치기 아까운 기회였다. 하지만 그렇게 생각한다면 다른 쪽도 마찬가지다. 제대로 팩도 이루지 못한 아이들을 여기에 던지는 게 과연 옳은가? 그 아이들이 자기 역할을 할 수 있을까? 결국 믹서 역시 찬성표를 던지긴 했다. 그들은 이번에도 두 무리 사이에 낀 작은 변수였다. 상대적으로 안전한 쪽이었다. 민트처럼 자신감 넘치지는 않았지만 할 수는 있을 것 같았다. 진짜 자신이 없는 건 성공 여부가 아니라 그 성공의 의미와 그들이 가는 방향이었다.

SBI의 실험실 안에서 정체성이 완성된 뒤로 믹서 주변 세상이 그렇게 단순했던 적은 단 한 번도 없었다. 민트 갱은 종종 자기네들이 사악한 대기업의 음모로부터 세상을 구하는 의적이라도 되는 것처럼 우쭐거렸지만 그렇게 명쾌한 선악의 구별은 존재하지 않았다. 그런 것이 가능하려면 그 선과 악의 행동을 통해 쟁취하고 구할 수 있는 세상의 안전이 전제되어야 한다. 하지만 그런 것이 존재하는가? 모두 어디로 가는지 알 수 없는 파도에 휩쓸린 채 자기 목숨을 부지하기 위해 발버둥 치는 게 아닌가?

별빛호는 이기적이고 명확한 목표를 제공해 주었다. 그명확함은 자신의 전 존재를 별빛호에 건 한수인과 KSB팀으로 제한되어 있었다. 최근까지 있는지도 몰랐던 릴리언 기시도 여기에 포함해야겠지. 하지만 믹서만 해도 그들이 품은 절실함을 공유하지는 않았다. 케페우스는 죽기 전에 스스로를 구원하려고 가장 가까이 있던 별빛호를 선택한 것뿐이다. 민트와 징크스는 그저 때려 부수고 노는 핑계가 필요할 뿐이다. 지연에겐 별빛호보다 주변 아이들을 보호해야 한다는 의무감이 더 강했다. 폴로늄 샤크를 포함한 다른 애들은? 이 계획이 그들을 구출한다는 핑계가 맞긴 한가? 민트와 지연이 기본 정보를 넣어 주었다고는 하는데 과연 아이들이 제대로 이해는 하고 있을까? 정신감응으로 불어넣는 속성정보는 세뇌하는 면이 있어서 믹서는 언제나 신경 쓰였다. 최근 몇십 년 동안 지난 세기엔 상상도 할 수 없던 어처구니없는 광신도 집단들이 생겨난 데엔 다 이유가 있었다. 편리함과 속도의 부작용. 스스로 지식을 쌓고 자기 힘으로 생각을 만들어 내는 사람들은 오히려 줄어들고 있었다.

믹서는 그들도 의심 없는 광신도가 되는 게 아닌가 두려웠다. 정상적인 관점에서 보면 별빛호야말로 예수 재림만큼이나 뻔뻔스러운 종교적 망상이 아닌가. 오, 별들이여, 우리에게 오라.

나인규에게 생각이 닿은 믹서는 진저리를 쳤다. 나인규는 진정한 종교적 악당이었다. 그는 자신이 신이 되는 걸 가로막는 유일한 것이 배터리의 한계뿐이라고 믿은 과대망상증 환자였다. 그녀는 그의 배터리와 시종이 되기 위해 희생된 수많은 아이에 대해 들었다. 그런 짓을 안 해도 어차피 이반과 같은 괴물이 여기저기에 튀어나왔을 텐데 도대체 무슨 생각이었던 걸까. 그리고 그런 힘을 얻어서 도대체 어디다 쓰려고? LK를 되찾고 다시 회장이 되려고?

어느 누구도 그의 생각에 이성적으로 맞설 수 없었다. 논리보다 그의 정신감응력이 더 셌기 때문이다. LK의 위원회가 그를 막아 낸 건 안심되는 일이었다. 하지만 그렇다고 해서 그들 역시 정신감응으로 똘똘 뭉친 미치광이들의 동창회라는 사실은 바뀌지 않았다.

어쩌다가 지능이 높아진 멍멍이인 믹서는 종교적 신을 믿지 않았다. 그녀는 세상이 그녀처럼 그냥 어쩌다 연달아 일어난 어처구니없는 사고의 결과이고 앞으로도 그럴 것이라 믿었다. 당연히 종교적 터부도 없었고 일산의 LK 연구소에서 인간의 영혼을 배양해 몸에 심었다고 해서 특별히 거부감을 느끼지는 않았다. 걱정되는 거라면 그 뒤에 숨은 종교적 사고방식일 뿐이었다.

믹서는 헬기 내부의 카메라를 돌려 그녀가 구출한 사람들을 관찰했다. 전쟁의 흥분으로 상기된 폴로늄 샤크의 얼굴을 지나쳐 이반에게 시선을 고정했다. 그는 통통하고 자그마했고 어린아이 같은 맑고 공허한 얼굴에 어울리지 않는 작은 콧수염을 기르고 있었다. 면도하지 않은 턱에 난 잔 수염이 신경 쓰이는지 계속 오른손 엄지로 턱을 문지르고 있었다. 그는 지금 자기가 무슨 일을 일으켰는지 전혀 모르는 것 같았다. 그의 얼굴에서 느낄 수 있는 건 육체적 불편함에 대한 항의와 막연한 불안감이 전부였다.

인격체로서 이반은 아무 의미가 없었다. 이반의 허약한 정신은 배터리에 붙어 있는 무의미한 공생체였다. 중요한 건 그의 고장 난 뇌가 뿜어 대는 에너지였다. 헬기에 올라탄 그 짧은 시간 동안에도 이반의 에너지는 미세하게 증가했다. 지금의 이반은 용산역에서 공무원들의 잡일에 소소하게 에너지를 제공해 주던 왕년의 이반과 전혀 다른 존재였고 앞으로 어떻게 자랄지 상상도 할 수 없었다. 이제 그는 별빛호의 계획이 망상이 아님을 보여 주는 수많은 징조 중 하나였다.

민트에게서 신호가 왔다. 그녀는 호수 위를 스치듯 날던 헬기를 다시 연구소 방향으로 돌렸다. 벌컨의 좀비들 절반 정도는 정신을 잃고 쓰러져 있었다. 남은 절반은 헬기를 보고 환호성을 지르며 그들을 제압하려는 경찰과 보안 요원들에게 달려들었다. 유리와 다른 아이들은 헬기를 믹서에게 넘겨 준 뒤 연구소 밖으로 후퇴한 지 오래였다.

헬기는 그들의 머리 위를 지나쳐 민트 무리가 있는 지하실 앞 1미터 상공에서 멈추었다. CCTV를 통해 민트가 지휘자처럼 거창한 제스처를 취하며 염동력자 아이들을 조종하는 것이 보였다. 아이는 즐거워 보였다. 저러려고 이 전쟁에 끼어든 거지.

경찰과 드론들이 달려오자 헬기는 살짝 고도를 높였다. 드론들 대부분은 폴로늄 샤크가 날려 버렸지만 한 대가 헬기의 바닥에 달라붙었다. 녀석은 흡착식 발을 놀리며 문 쪽으로 올라오고 있었고 폴로늄 샤크의 염력은 보이지 않는 물체는 건드릴 수 없었다. 믹서는 달라붙은 드론을 조종하기 위해 경찰 시스템으로 들어갔다.

그리고 폭발이 일어났다.

누군가에겐 존재의 이유

죽을 때까지 깨닫지 못했지만, 차예리는 지연과 민트를 각각 한 번 이상 만난 적 있었다.

처음 만났을 때 지연은 파리사 하미디였고 광화문 광장에서 마약에 취한 머슬 팩 깡패들을 만나 곤경에 처했던 캐나다인 관광객이었다. 다음에 만났을 때는 클레망스 졸리베였고 민트 갱이 최&마틴 로펌의 변호사들을 납치해 기억을 빼돌리는 현장을 목격한 프랑스인 유학생이었다. 차예리는 두 사람이 동일 인물이라는 사실도, 그들이 증언을 통해 당시 상황을 교묘하게 왜곡하고 있다는 사실도 몰랐다. 물론 그들이 김지연이라는 사실은 더더욱 알 수 없었다. 이름의 힘이었다.

차예리가 민트를 처음 보았을 때 민트는 보안 요원들에게 제압된 채 의식을 잃고 시체처럼 연구소 잔디밭에 쓰러져 있던 수많은 사람 중 한 명이었다. 왼쪽 팔은 부러져 있었고 입고 있던 옷은 화염에 그을려 있었다. 아이는 무력해 보였고 실제보다 작아 보였다.

지하실에서 민트와 맞선 경찰과 보안 요원 중 어느 누구도 그녀를 알아보지 못했다. 그 요란한 일을 겪은 뒤에도 그들에게 민트는 '열다섯 살 전후로 보였는데 신기하게 얼굴은 기억나지 않는 여자아이'였다. 그리고 그들은 대부분 그녀를 염동력자라고 생각하고 있었다. 뒤에서 염동력자 아이들을 지휘했을 뿐이지만 그 제스처의 인상은 그렇게 강력했다.

CCTV에서 찍힌 영상들은 폭발로 날아가거나 믹서가 삭제한 지 오래였다.

이곳저곳에서 울리는 앰뷸런스와 경찰차의 사이렌 소리를 무시하려 애쓰면서 차예리는 상황을 점검했다. 연구소 건물 네 군데에서 동시에 폭발이 있었다. 사망자는 연구소 사람들, 경찰, 침입자들을 포함해서 확인된 사람들만 서른일곱 명이었고 앞으로 계속 늘어날 수 있었다. 2층의 폭발은 특히 심각해서 전문가들은 붕괴를 걱정하고 있었다. 과학수사대에서 폭탄의 흔적을 찾고 있었지만 나올 리가 없었다.

자폭능력자들의 짓이었다.

자폭능력자라는 무리가 존재한다는 것은 그해 여름에 알았다. 그들은 변형된 염동력자로 어느 시기가 되면 에너지를 몸에 모았다가 터트리는 능력만을 갖게 된다. 그들에겐 선택의 여지가 없었다. 에너지를 모으지 않는 것도 터지지 않는 것도 불가능했다. 그들이 그럭저럭 선택할 수 있는 건 단 하나, 터지는 시기였다. 지금도 과천의 경찰청 연구소에서는 울분을 억누르며 간신히 폭발을 지연하고 있는 열네 살 남자아이를 감금하고 있었다.

　지난 며칠 동안 차예리는 수도권 팩들 사이에서 벌어진 이상 현상을 추적하고 있었다. 오스만 팩이 갑자기 주변의 엘리트 팩들을 공격했고 이들은 순식간에 거대한 하나의 팩으로 통합되어 갔다. 이런 일은 팩들의 사회에서, 특히 엘리트 팩들의 사회에서는 일어날 수 없는 일이었다. 차예리와 팀원들은 비상등을 켜고 지금까지 사태를 주목하고 있었다.

　청소년범죄팀이 전력을 가동하기 시작한 건 이틀 전부터였다. 벌컨을 중심으로 새로 뭉친 벌컨 팩은 모자라는 염동력자들을 보충하기 위해 길거리 머슬 팩과 기타 어중이떠중이들을 포섭하기 시작했다. 아무리 벌컨이라도 이들을 장기간 통제하는 건 불가능했다. 이들을 소모품 삼아 무언가 엄청난 일을 계획하고 있는 게 분명했다.

문제는 이 어중이떠중이 무리 중 잠재적인 자폭능력자들이 섞여 있었다는 사실이었다. 심지어 이들 중에서 세 명은 벌컨이 수도권 팩들을 점령하기 한 달 전부터 모여 자폭 시기를 계획하고 있었다. 벌컨이 LK를 상대로 대전쟁을 일으키자 이들이 병사들의 무리에 합류한 건 세상에서 가장 자연스러운 일이었다. 최소한 다섯 명의 다른 자폭능력자들이 나중에 더 합류했고 결국 앞의 세 명과 다른 한 명이 LK 연구소에서 동시에 폭발했다. 다른 네 명은 여의도 본사로 쓸려 갔는데 그중 두 명은 겁에 질려 계속 뒤로 미루다가 이반이 탄 헬기가 날아간 직후에 옥상에서 폭발했고 나머지 두 명은 체포되고 마취되어 과천으로 끌려가고 있었다. 이들은 먼저 온 다른 아이와 함께 자폭능력을 제거하는 방법을 연구하는 실험의 대상이 될 예정이었다. (이들에 대한 이야기를 조금 더 한다면 이 실험들은 모두 실패로 끝났고 세 명모두 한 달 내에 연구 도중 폭사하고 만다. 그러고 나서 사람들이 많은 곳에서 폭발하는 것이 자신의 유일한 존재 이유라고 생각하는 아이들이 우후죽순처럼 여기저기에서 튀어나오기 시작했고 일 년 뒤에 이는 전 세계적인 현상이 되었다.)

차예리가 일산에 도착했을 때엔 이 사건의 진상이 완전

히 밝혀지기 전이었다. 연달아 일어난 네 개의 폭발이 자폭 능력자들의 짓이라는 것은 확실했다. 하지만 이것이 벌컨의 계획이었는지, 우연한 사고였는지, 다른 누군가의 음모에 따른 것이었는지는 아직 알 수 없었다. 침입자들을 모두 찾아내 그들의 신원과 능력을 확인하는 수밖에 없었다.

의식을 되찾은 사람들은 경찰서로, 부상자이거나 의식을 찾지 못한 사람들은 200미터 정도 떨어진 LK 병원으로 실려 갔다. 민트는 후자였다. 그리고 그녀는 새로 결성된 그녀의 팩 중 탈출에 성공하지 못한 유일한 사람이었다. 탈출로를 확보하고 탈출자를 빼돌리기 위해서는 정신 교란 트릭이 필수적이었다. 그녀는 당연히 자신이 여기에 최적임자라고 생각했고 지연의 반박 따위는 듣지 않았다. 경찰의 기절 전문가가 민트를 쓰러뜨렸을 때 이반이 탄 헬기는 사라진 지 오래였고 마지막 탈출자들은 3호선 전철을 타고 지축역을 지나고 있었다.

들것에서 툭 떨어진 민트의 오른손을 잡아 다시 올려 주면서도 차예리는 이 아이가 자신이 몇 년째 쫓고 있던 표적이라는 사실을 깨닫지 못했다. 그녀가 모르는 것은 그것 말고도 많았다. 그녀는 방채운에 대한 복수라는 표면적인 동기에 대해서는 어렴풋이 알았지만, 그 실체 없는 사람에 대한 복수를 위해 LK 연구소의 유령 테크놀로지를 훔쳐 자신을 신으로 만들려고 한 벌컨의 계획에 대해서는 아무것도 몰랐다. 그 계획 자체가 한담 벌레와 벌컨을 이용한 실험 결과를 접수해 유령 테크롤로지를 보완, 개선하려는 LK의 교활한 계획의 일부였다는 것도 알 수 없었다. 이들 사이에서 개조한 벌레를 통해 어부지리를 취하려던 민트의 계획에 대해 모르는 건 당연한 일이었다. 이 모든 영리한 계획들이 어쩌다 끼어든 인간 폭탄들 때문에 박살이 났다는 것을 그녀가 어떻게 알 수 있었을까.

그녀는 앞으로도 많은 걸 모를 운명이었다. 그녀는 앞으로의 인생 동안 자폭능력자들을 쫓아다니느라 남은 인생 전부를 바치게 된다는 것, 그러다가 사고로 한쪽 팔을 잃게 된다는 것, 그다음 해에 아무짝에도 쓸모없는 정치가 한 명을 자폭능력자로부터 구출하느라 목숨을 잃게 된다는 것도 몰랐다. 그 쓸모없는 정치가 한승주가 막판에 지지자들을 배신하고 대한민족당에 가입해 박중휘를 대통령으로 만드는데에 결정적인 역할을 했고 결국 그가 만든 대통령이 남북한을 공멸시킨 결정적인 원인이 되었다는 것도 몰랐다.

차예리가 다음에 민트를 만났을 때 그들은 일산 동부경찰서에 있었다. 민트는 믹서가 만들어 준 안소리라는 열여섯 살 여자아이의 신원으로 위장하고 있었다. 설정에 따르면 안소리는 4급 염동력자였는데, 정신조작을 통해 주변 사람들의 염력을 자기 것처럼 쓰는 실력이 너무나도 그럴싸해서 담당 경찰은 그걸 진짜로 믿었다. 경찰서에 달려와 안소리의 아버지 흉내를 낸 케페우스의 연기는 변변치 않았지만 무슨 말을 해도 절절해 보이는 그의 목소리와 얼굴이 큰 도움이 되었다.

안소리는 다른 침입자들과 함께 풀려났다. 이들 대부분은 과대망상증에 빠진 미치광이의 희생자에 불과했고 경찰은 그들을 잡아 두어야 할 어떤 이유도 없었다. 물론 그들도 이 후유증이 만만치 않다는 건 알고 있었다. 벌컨의 세뇌에서 벗어나지 못한 수많은 아이들은 곧 방채운에 대한 복수를 한다며 사방에서 사고를 쳐 다시 경찰서에 끌려올 예정이었다. LK와 경찰, 인력관리국 모두가 벌컨을 추적했지만 그의 행방을 찾을 수는 없었다. 한담 벌레를 통해 그를 찾아내려는 계획은 실패로 돌아갔다. 민트가 마지막 무리를 탈출시키고 경찰의 기절 전문가와 맞서던 바로 그 순간, 믹서는 마침내 벌컨의 벌레를 원격 조종으로 끄는 방법을 찾아낸 것이다.

난 벌컨에게 그의 노력과 욕망에 걸맞은 만족스러운 결말을 주고 싶다. 하지만 실망스럽게도 이 챕터에서 그의 이야기는 초라하게 끝이 난다. LK 대전투 이후 그가 어떻게 되었는지는 아무도 모른다. 벌컨의 부모가 해외로 빼돌렸을 거라는 소문이 떠돈다. 가출해서 팩을 이끌기 전까지 벌컨이 유명한 수학 영재였고 부모 모두 당시 정부 요인이었다는 소문도 함께 돌았다.

민트가 멀리서 슬쩍 던지는 윙크를 눈치채지 못하고 경찰서 밖을 나서던 차예리는 익숙한 얼굴과 마주쳤다. 인력 관리국에서 인간 사냥꾼 부대를 이끄는 조일용 팀장이었다. 앞에 선 작달막한 남자는 그의 남편이었고 그녀는 그 역시 행사에서 한 번 이상 만난 적 있었다.

조일용이 난처한 얼굴을 손으로 어설프게 가리고 몇 발짝 떨어져 있는 동안 작달막한 남자는 지나가는 제복 경찰에게 말을 걸었다.

"저희 딸 마야가 여기서 사고를 당했다는 말을 듣고 왔습니다. 어디로 가야 만날 수 있을까요?"

내면의 아름다움에 대해

슬리퍼 토끼들이 긴장했다. 거의 로봇처럼 완벽한 동작으로 소파에서 일어난 차인선은 베란다 창문 앞으로 걸어가 잠시 바깥을 바라보았다. 한상우는 신경질적으로 손바닥을 비비며 침묵이 깨지길 기다렸다.

"LK에 들어오기 전, 저는 부영 미래연구소에서 삼 년간 있었습니다."

그녀가 말했다.

"거기서는 인류의 종말을 연구하고 있었죠. 인류는 가까운 시기에 멸망할 것인가. 멸망한다면 어떻게 멸망할 것인가, 그 시기는 언제가 될 것인가, 이를 어떻게 막아야 할 것인가, 막을 필요가 없다면 그 이유는 무엇인가, 기타 등등, 기타 등등, 기타 등등.

정말 재미있었어요. 하지만 언제까지 거기에 있을 수는 없었지요. 미래도 없고, 재미도 금세 바닥날 수밖에 없었고, 무엇보다 돈을 많이 안 줬어요. 빨리 학자금 대출을 갚고 집도 사야 하는데."

그녀의 목소리가 살짝 올라갔다.

"LK에서 전 운이 좋았습니다. 회사를 장악한 위원회가 마지막 재판 이후 나인규 회장을 축출하려고 준비하고 있었어요. 당연히 전 회장 편에 섰습니다. 그쪽이 승산이 있을 거 같아서? 아뇨. 하지만 다들 같은 학교 동창생인 위원회의 편을 든다고 저에게 무슨 이득이 있을까요? 그 사람들이 저를 사람 취급이나 할까요? 하지만 나 회장은 재판을 이기고 위원회와 맞서기 위해 온갖 곳에 돈을 퍼부으며 병사들을 모으고 있었습니다. 돈 걱정에서 해방될 절호의 찬스였지요. 제가 이 아파트를 어떻게 샀다고 생각하세요?

나 회장은 과대망상증 환자였습니다. 자신이 지구에서 가장 위대한 정신감응자이고 자신의 능력을 막는 건 배터리의 한계뿐이라고 생각했어요. 정말 그랬는지는 모르겠군요. 그럴 수도 있겠죠. 중요한 건 사실 여부가 아닙니다. 중요한 건 나 회장이 SBI를 비밀리에 지원하고 있고 거기선 그 양반을 위해 넘쳐 나는 돈을 펑펑 쓰면서 인공적으로 강화된 배터리 연구를 하고 있었다는 거죠. 배터리와 조금이라도 관련된 연구로 인정받으면 돈이 나왔어요. 한마디로 나 회장을 핑계로 뭐든지 해도 되는 분위기였던 거죠.

거기서 무엇을 했느냐, 인공 지능을 만들었어요.

아니에요. 생각하시는 그런 것과는 전혀 다른 종류의 인공 지능이었어요. 그들은 돼지의 뇌를 기반으로 생물학적인 인공 두뇌를 만들었습니다. 마음 같아서는 인간 두뇌를 쓰고 싶었겠지만, 그 사람들도 지켜야 할 최소한의 원칙이 있으니까요. 사실 절반 정도는 중국에서 이미 연구가 끝났었는데, 그쪽 연구 결과와 실험용 뇌를 빼돌려서 발전시켰던 거죠.

굉장한 발명품이었지만 위험하기도 했습니다. 육체의 한계 없이 자체 성장하는 천재 뇌를 만들었는데 이게 완전히 블랙박스였어요. 어떻게 생각을 하는지도 몰랐고 정신감응으로도 마음을 읽을 수 없었습니다. 그렇다고 이 괴물의 정신이 텅 빈 백지도 아니었어요. 그동안 자기만의 기억을 쌓아 왔고 그에 따른 편견도 갖고 있었어요. 그중 하나로, 그것은 어린 여자아이들에게 극도로 예민했어요. 그런 애들에 대해 거의 여신 숭배와 같은 감정을 품고 있었죠.

처음엔 다들 삼겹살이라고 불렀어요. 그게 너무 노골적

이라고 생각했는지 나중에 KSB라고 부르기 시작했지요. 별 뜻이 아니었어요. 코리안 스타일 베이컨, 결국 삼겹살이란 뜻이죠. 연구가 진척되면서 KSB는 아홉 개로 늘어났어요. 이 겁대가리 없는 인간들이 마음을 읽을 수 없는 천재 괴물을 아홉 개나 만들었단 말입니다. 어렸을 때 만화책 몇 권만 봤어도 이래서는 안 된다는 걸 알 텐데.

물론 전 아무것도 몰랐습니다. 그 사람들이 저에게 이런 걸 알려 줄 리가 없잖아요? 저는 정신감응력은 티끌만큼도 없는 물주와의 연결 고리일 뿐인 걸요.

그러던 어느 날, 민트 갱이 SBI를 습격했지요.

당시 저도 SBI에 있었습니다. 국제 환경 단체들이 SBI에 침입한 일이 있었어요. 내부에 이들과 연결되어 있는 사람들이 있었던 게 분명했죠. 전 어떻게든 이 상황을 겉보기에라도 그럴싸하게 정리해야 했습니다. 그래서 회장의 봉급 리스트에 있던 정신감응자 형사 한 명을 데리고 본사로 갔어요. 운이 나빴지요. 아니, 좋았다고 해야 하나요?

전 민트 갱의 인질이 되었습니다. 최악을 각오했는데, 의외로 아이들은 저에게 친절하더군요. 그 나이 또래 아이들은 다들 저를 좋아해요. 왜인지는 모르겠지만."

"예뻐서요?"

엉겁결에 튀어나온 말이었다. 창피해진 한상우의 얼굴이 그 즉시 시뻘게졌지만 차인선은 여전히 무덤덤했다.

"친절하기도 하셔라. 하지만 아니에요, 특히 민트 갱에게 는. 그 아이들은 이제 외모를 정체성과 연결지어 생각하지 않아요. 그건 그냥 옷과 같아요. 저는 한 벌로 버티는 중이 지만 그 아이들은 늘 갈아입지요. 제 옷이 마음에 든다면 그 아이들은 제 것과 같은 옷을 사 입을 거예요.

민트 갱은 저를 끌고 지하의 실험실로 내려갔어요. 아홉 마리의 KSB가 원통형 용기 안에 들어 있던 곳이었죠. 거기 서 전 어처구니없는 걸 봤어요. 제가 데려온 한상우라는 형 사가 바닥에 누워 비명을 지르며 발버둥을 치고 있더군요. 마치 보이지 않는 괴물에게 머리가 물린 것처럼 목 주변에 손가락을 대고 꼼지락거리면서.

제가 본 건 물리적 현실이었어요. 하지만 그게 무슨 의미 가 있을까요. 저랑 같이 계단 위에서 그 형사를 보고 있던 민트 갱 멤버들은, 같이 데려온 배터리를 제외한다면, 모두 한상우를 잡아먹은 그 괴물을 보았을 거예요. 그러니까 그 괴물은 나름 객관적인 우주 속에서 실존했던 것이죠.

그 괴물은 한수인이었어요. 첫 번째 KSB였고 그들의 리 더였지요. 한수인은 지금까지 SBI의 손아귀에서 탈출하기 위해 계획을 짜고 있었고 결국 민트 갱을 통해 그 계획을 성 공시켰지요. 그런데 웬 눈치 없는 형사가 지하실로 들어와 소란을 피우고 있네요? 한수인은 일단 미학적으로 그걸 받 아들일 수가 없었어요. 불쾌하고 더럽고 짜증 나는 소동이 었지요. 그래서 그 형사를 먹어 버렸지요. 꿀꺽!"

"왜 그렇게 말하십니까?"

한상우가 물었다.

"뭐가요?"

"왜 '그 형사'라고 말하냐고요."

"그 사람의 직업이 형사였기 때문이죠. 영등포서 정신감 응팀 한상우 형사."

"그게 저잖습니까."

"아니에요. 그 형사는 한수인이 잡아먹었으니까요."

말문이 막힌 한상우를 무시하고 차인선은 계속 이야기를 이어 나갔다.

"형사가 잡아먹히자 민트 갱은 저를 포섭하려 했어요. 저 를 만난 사람들은 대부분 그러죠. 마음이 읽히지 않는 금고 를 스파이로 쓰면 편하니까요. 물론 배반당할 위험이야 있 지만 그거야 다들 각오하는 거고.

제안을 듣자마자 전 승낙했어요. 너무 빨리 승낙하니까

다들 당황하더군요. 그래서 반대로 왜 저를 믿어야 하는지 그쪽을 설득해야 했지요.

부영 미래연구소에 있던 삼 년 동안 전 이 세상이 얼마나 불안한지를 배웠어요. 정치가들이 아무리 장밋빛 미래를 약속해도, 배터리의 성장과 그에 따라 향상되는 사람들의 능력을 인류가 통제할 수 있는 가능성은 지극히 낮아요. 우리가 아는 세계는 아무리 발버둥 쳐도 곧 종말을 맞을 겁니다. 인류는 완전히 멸망할 수도 있고 지금과는 전혀 다른 세상을 살 수도 있지요. 그렇다면 이런 상황에서 돈을 더 벌고 승진을 하고 더 좋은 집을 사는 게 무슨 의미가 있나요?

적어도 민트 갱은 하나의 재미있는 미래를 제시해 주었어요. 그리고 전 그 미래가 마음에 들었어요. 제가 결코 누리지 못할 지루하고 안정적인 삶 다음으로. 그 미래가 인류를 포함하는지는 잘 모르겠지만.

단지 먼저 처리해야 할 작은 문제점이 남아 있었어요. 아까 한수인이 잡아먹은 형사요. 한수인은 그 형사의 정체성을 잡아먹었지만, 몸은 멀쩡히 살아남아 있었지요.

그 몸을 연구소 안에서 해체하고 모른 척할 수도 있었을 거예요. 하지만 한수인은 더 좋은 아이디어를 갖고 있었지요. 형사의 정체성에서 기억을 뽑아내 요전에 만든 기성품 정신 속에 넣고, 전부터 갖고 있던 다른 무언가를 형사의 머릿속에 넣은 것이죠. 한마디로 다른 영혼을 넣은 거예요. 민트 갱은 유령이라는 단어를 더 좋아하는 것 같지만.

그렇게 대단한 일은 아니었어요. 자신과 우주를 인식하는 자아는 생물학적인 과정을 통해 매 초마다 만들어지고 있지요. 한수인은 그걸 다른 방법으로 빨리 만드는 방법을 알아낸 것이죠. 지금은 다들 알고 있는 것 같아요. LK에서는 몇 년 전부터 이 과정을 통해 사원들을 만들어 내고 있어요.

단지 작은 문제가 하나 있었어요. 우린 처음부터 그 영혼을 만들어 낼 수 없었어요. 시간이 없었지요. 한수인은 어쩔 수 없이 보관하고 있던 영혼을 하나 뽑아 형사에게 심을 수밖에 없었어요. 그리고 그 영혼은 형사의 원래 영혼과 아주 달랐어요. 형사의 영혼은 추하고 망가져 있었지만 새 영혼은 예뻤어요. 여기서 예쁘다는 건, 착하거나 고결하다는 뜻이 아니에요. 말 그대로 예쁘게 디자인되었다는 것이죠. 화장실 타일이나 물병처럼. 한수인은 못생긴 영혼 같은 건 만들지 않았어요. 예술가로서의 자존심이 있었으니까. 하긴 LK의 사원들도 진짜로 '사랑스럽대요.' 모두 동일한 사람의 유령을 복제해서 만들었기 때문에 정신감응자들을 자극하는 원본의 사랑스러움을 갖고 있다나. 기능과 상관없는 디자인에 신경 쓰는 건 그쪽도 마찬가지지요.

아무리 형사의 기억을 조작한다고 해도 그 예쁨은 동료 정신감응자에게 들통날 수밖에 없었어요. 한동안 버텼지만, 동료들이 수상쩍어하자 어쩔 수 없이 우린 그 형사를 옮겨야 했어요. 인력관리국은 괜찮은 곳이었지요. 무엇보다 민트 갱이 당신네 대장 조일용을 일시적으로 세뇌할 수 있었어요. 그 사람은 LK 대전투 때 딸 마야를 잃은 직후였지요. 잔인한 일이었어요. 하지만 억울한 사람들처럼 조종하기 쉬운 건 없지요."

"그리고 당신들은 나를 감시하라고 최유경을 붙여 주었군요."

한상우가 말했다.

"이제야 아셨군요. 언제부터 눈치채셨나요."

"최유경은 원래 저보다 이상하다고 소문났습니다. 외국에서 자랐다는 건 핑계가 안 돼요. 당신들은 나를 만든 것처럼 최유경도 만들었습니까? 그래서 그렇게 뛰었던 겁니까?"

차인선은 대답하지 않았다.

"좋습니다. 그 대답은 나중에 듣죠. 그럼 다른 걸 묻겠습니다. 왜 민트를 죽인 겁니까? 왜 그렇게 불편한 방법으로 죽여서 LK 본사에 시체를 가져다 놓은 겁니까? 그동안 무슨 일이 일어났습니까. 민트가 여러분을 배반했나요?"

차인선은 그가 다짜고짜 아파트를 찾아온 뒤 처음으로 웃었다. 이전처럼 사무적인 미소가 아니라 진짜로 재미있어서 웃는 웃음이었다.

"저희는 민트를 죽이지 않았어요."

"그럼 다른 누가 죽인 겁니까?"

"아무도 민트를 죽이지 않았어요. 민트의 유전자가 나온 그 시체요? 요새는 몸을 공장에서 찍어 내는 시대라는 걸 잊으셨나 봐요? 손가락에 지문을 인쇄하는 건 애들 장난이고. 물론 완벽하지는 않아서 진짜 시체처럼 보이기 위해 불을 질러야 했지만."

"LK의 추적을 피하려고 민트의 죽음을 위장했나요?"

차인선은 고개를 저었다.

"우리가 조작한 건 죽음이 아니었어요. 삶이었지요. 시체가 뭔가요. 삶의 마침표잖아요. LK 대전투 때 민트 갱은 위원회와 처음으로 대면을 했고, 그 뒤로 양쪽의 전쟁은 더 은밀하고 치밀해졌어요. 민트 갱의 멤버들은 보다 깊이 숨었고 더 깊이 접근했죠. LK 역시 그 사실을 알고 있었어요.

시체가 발견된 뒤로 무슨 일이 일어났나요? LK는 시체로 끝난 민트의 가짜 이야기를 역추적했어요. 그 이야기의 상당 부분은 LK만 읽었고 경찰에 넘기지 않았지요. 그쪽에선 시체도 넘기고 싶지 않았겠지만 제가 천진난만하게 개입했지요. 게다가 그 시체는 전날 견학 온 해인 고등학교 학생일 수도 있었으니 아무것도 모른 채 그렇게 성급하게 은폐할 수도 없었어요. 그리고……."

현관문이 열렸다. 맨 처음 들어온 건 개였다. 이민중이 끌고 다니던 보더 비글. 아직 문에 가려진 손이 개의 목줄을 풀었고 보더 비글은 콩콩거리며 거실로 들어왔다.

문이 조금 더 열리고 가려져 있던 사람이 들어왔다. 운동 선수처럼 단단한 체격에 키가 크고 유럽계 혼혈로 보이는 여자였다. 그녀는 쥐고 있던 목줄을 돌돌 말아 주머니에 넣으며 두 사람에게 가벼운 인사를 했다.

문이 닫히기 전에 두 명이 더 들어왔다. 한 명은 머리를 짧게 깎은 예쁘장한 아이로 모리스 센닥의 야수가 그려진 크림색 티셔츠를 입고 있었다. 아이는 아무 인사도 없이 한상우 옆에 앉아 소파 위로 올라온 개의 등을 쓰다듬었다.

그 뒤에 들어온 건 최유경이었다.

문을 닫고 들어온 최유경이 옆자리에 앉자 차인선은 조용히 말을 이었다.

"……그리고 그쪽은 당신에 대해선 신경 쓰지 않았어요. 나 회장의 봉급 리스트에 오른 사람들은 모두 LK의 리스트로 넘어갔어요. 다시 말해 당신은 저를 통해 지령을 받는 LK의 편이었던 거죠. 그쪽은 당연히 당신이 파트너 정도는 관리해 줄 것이라 믿었어요. 그랬던 거예요."

"맞아. 그랬던 거지."

최유경이 말했다.

한상우는 신음하며 양손으로 머리를 쥐어뜯었다. 그는 얼마나 장님이었던가. 그와 동료들이 그렇게 오싹하다고 생각했던 최유경의 사고방식은 생각만큼 이상했던 게 아니었다. 그것은 어른을 흉내 내는 똑똑하고 건방진 아이의 태도였다. 그는 지난 몇 개월 동안 30대 어른의 얼굴을 뒤집어쓴 10대 여자아이와 일해 온 것이다.

최유경은 민트였다.

반짝이는 하늘

잭 오도는 초능력자였다. 하늘을 날거나 사람 마음을 읽는 것이 더 이상 초능력 취급을 받지 못하는 시대였지만, 오도의 능력은 이 세계에서도 튀었다. 그의 복합능력은 몇몇 특수 합금을 만드는 데에 중요한 역할을 했다. 그와 같은 능력을 지닌 사람은 전 세계에 300여 명밖에 안 되었고 그중 200여 명이 서아프리카 출신이었다. 그의 능력은 톱 텐에 속했다.

그렇게까지 재미있는 일은 아니었다. 희귀한 능력과 특별한 금속 공학 지식을 모두 갖춘 고급 인력이었지만 오도를 주인공으로 한 만화책은 나오지 않을 것이다. 그도 자기 일을 좋아하지 않았다. 하지만 이 능력 때문에 LK가 그에게 지불하는 돈을 생각해 보면 싫어할 수도 없었다.

그는 이 년째 한국에 살고 있었다. 일 년 동안은 같은 능력을 지닌 동료 넷과 함께 일산 연구소에서 특수 합금을 개발했고 나머지 일 년 동안은 강원도 원주 근처에 있는 작은 공장에서 합금 생산에 참여했다. 일산에 있을 때는 그럭저럭 살 만했다. 하지만 최근 일 년은 그냥 어리둥절했다.

왜 공장이 산골에 있는지는 이해할 수 있었다. 합금 제조를 위해서는 엄청난 에너지를 발산하는 배터리가 필요했고 그 배터리를 숨기기 위해서는 외부인의 출입이 금지된 LK 소유 산골 마을을 택할 수밖에 없었다.

다들 그 배터리를 이반이라고 불렀다. 오도도 일주일에 한 번 정도는 그를 보았다. 발달 장애가 있는 작은 남자였다. 이반은 그를 위해 특별히 배정된 방에 얌전히 앉아 텔레비전으로 무성 영화를 보거나 게임을 했다. 가끔 산책하러 나갈 때는 다섯 명의 경호 요원이 따라붙었다.

이반은 일 년 전 정신 나간 불량 청소년 무리들이 LK 연구소를 습격했을 때 그들이 무기로 삼았던 배터리였다. 경찰과 보안 요원들에게 제압되기 직전에 그들 중 몇 명은 이반을 헬기로 빼돌리는 데에 성공했지만, 기계 이상이 있었는지 헬기는 수원 근방에 추락했고, 그들은 이반을 버리고 달아났다. 그때부터 이반은 LK의 소유였다.

원주에 온 뒤부터 이반의 능력은 점점 커져 갔다. 매일 일을 시작하기 전에, 공장에서는 이반의 성장에 맞추어 기계를 재설정해야 했다. 이반과 같은 능력의 배터리는 전 세계에 단 세 명이 보고되었다. 아마 더 있겠지만 LK가 그러는 것처럼 어딘가에 꽁꽁 숨겨 놓고 있을 것이다. 앞으로 계속 늘어 가겠지. 언젠가 저런 배터리들을 통해 전 세계가 무료 에너지를 얻는 날이 올 것이다. LK는 그 전에 잠시 존재하는 특권을 최대한 이용하는 중이었다.

오도와 동료들이 금속 가루를 뒤집어쓰며 조금씩 생산해 내는 합금들은 공장에서 200미터 정도 떨어진 곳에 있는 구조물의 제작에 쓰이고 있었다. 그건 육각형의 지지대 위에 올려져 있는 4층 건물 크기의 빨간 공이었다. 자기가 만들어 낸 재료의 부품이 쓰이고 있는데도 오도는 그 공의 정체에 대해선 아무것도 몰랐다. 건물은 아니었다. 얼핏 안을 볼 기회가 있었지만, 기계들이 모두 공의 안쪽에 붙어 있었다. 마치 중력이 중심의 반대쪽을 향하고 있는 것처럼.

그 구조물의 제작은 그가 '스텝포드 와이브스'라고 부르는 한 무리의 정신감응자 여자들이 지도하고 있었다. 그들은 스무 명 정도 되는 다국적 집단으로, 따로따로 만나면 모두 가슴이 쿵쿵 뛸 정도로 매력적이었지만 같이 모여 있으면 오싹했다. 말투나 행동이 합창단처럼 똑같았던 것이다. 그들이 구조물 주변에 모여 염동력자들과 로봇들을 조종하는 걸 보면 마치 러브 크래프트 소설 속 광신자들을 보는 것 같았다. 저 빨간 공은 고대 괴물을 품고 있는 알일지도 모르지. 오도는 갑자기 튀어나온 그 생각이 꽤 그럴싸하다고 생각했다.

가끔 차인선이라는 여자가 그들을 방문했다. LK 본사에서 보낸 메신저거나 감시자인 모양인데, 마음을 읽을 수 없는 금고였다. 가끔 그녀는 오도의 작업실을 찾아와 전문 분야에 대해 상당히 깊은 질문을 하기도 했다.

7월의 어느 금요일 저녁, 오도는 그녀에게 데이트 신청을 했고, 놀랍게도 차인선은 승낙했다. 그들은 원주에 있는 스페인 식당에서 저녁을 먹었고 금속 공학과 나이지리아 영화에 대해 이야기를 나누었다. 그게 다였다. 뭔가 대단한 걸 기대한 건 아니었다. 그냥 다른 사람과 일반적인 상호 작용을 하고 싶었다. 여기서 계속 이렇게 살다가는 미쳐 버릴지도 몰랐다. 이반처럼 D.W. 그리피스의 영화들만 노려보게 될지도 모르지. 그는 이반의 영화 취향을 이해할 수 없었다.

데이트 다음 날, 스텝포드 와이브스 중 두 명이 옛날엔 호텔이었고 한동안 학교였으며 지금은 일반 사원 기숙사로 쓰고 있는 건물에 들이닥쳤다. 그들의 이름은 마리코 앤 매크 레이와 기타가와 유미였다. 그들은 어제 그가 차인선과 무엇을 했는지 꼬치꼬치 캐묻고 그의 기억을 스캔한 뒤 그 일에 대해 어떤 말도 하지 못하도록 마음 자물쇠를 건 다음, 들어왔을 때와 마찬가지로 급작스럽게 퇴장했다.

다음 날, 오도는 링크 재조정을 위해 이반의 집을 방문했다. 이반은 언제나처럼 침대 위에 앉아 프랑스 혁명을 배경으로 하는 무성 영화를 보고 있었다. 그의 마음은 차인선과 마찬가지로 시꺼멨고 아무것도 읽을 수 없었다. 당연한 일이었지만 갑자기 오도는 오싹해졌다. 방을 나오면서 그는 영화 속 비련의 여자 주인공이 뒤에서 그를 째려보고 있다는 착각에 빠졌다.

10월 초가 되자 빨간 공은 완성되었다. 하지만 스텝포드 와이브스는 결과가 불만인 것 같았다. 결국 본사에서 사람이 왔다. 머리가 완전히 벗어지고 눈이 퀭한, 척 봐도 중독자처럼 보이는 남자였다. 얼굴을 검색하고 나서야 그가 LK 위원회 멤버 중 한 명이며 이름이 이지욱이라는 걸 알았다. 하지만 이름이나 얼굴이 뭐가 중요할까. 그의 정신은 정신감응을 통해 전체 위원회와 연결되어 있음이 분명했다. 그는 위원회 자체였으며 달리 보면 위원회가 보낸 일종의 드론이었다. 위험한 일을 관리하기 위해 가장 쓸모없는 몸을 보낸 것이다.

빨간 공의 완성 이후 일이 없어진 그는 공장 주변을 염탐하고 다녔다. 분명 스텝포드 와이브스도 눈치채고 있는 듯했지만 마음 자물쇠의 성능을 믿는지 그를 억지로 막지는 않았다.

마을을 돌아다닌다고 특별히 뭐가 보이지는 않았다. 하지만 오도가 관심을 갖고 있는 건 겉으로 드러나 있는 물건들이 아니라 마을 직원들의 마음속 정보였다. 어차피 스텝포드 와이브스 같은 고도로 훈련된 정신감응자들의 마음은 읽을 수 없었다. 하지만 다른 사람들이 생각 없이 흘리는 정보는 그의 변변찮은 정신감응력으로도 챙길 수 있었다. 이건 전에도 가능했던 일이었다. 합금 제조에 집중하느라 여력이 없었을 뿐이다. 그는 저녁마다 돌아와 그 자잘한 정보를 직소 조각처럼 마음속에 풀어 조립을 시도했다.

일주일이 지났을까. 잠자리에 들 준비를 하는 그의 마음속에 갑자기 하나의 이름이 떠올랐다.

유지니아 그린.

유지니아 그린은 일본 만화책에 나오는 우주선 이름이었다. 12부작 드라마로도 만들어졌다. 황금 공처럼 생긴 초광속 우주선. 만화책에 나올 법한 디자인은 아니다. 하지만 그 디자인을 택한 데엔 이유가 있었다. 몇 년 전에 오스트리아의 과학자가 제시한 초광속 비행의 이론에 바탕을 두고 있었던 것이다. 그 이론에 따르면 우주선은 공 모양이거나 원통형이어야 한다. 그 과학자 이름이 뭐였지? 맞아. 레나 슈트라우스. 나중에 그 이론에 약간의 결함이 있었다는 게 밝혀졌다. 우주선을 날릴 수 있는 염력만으로는 호킹 복사를 막을 수 없었다. 슈트라우스 드라이브는 인력으로만 가능했기 때문에 승무원이 살아남을 수 없다면 말짱…….

LK에서는 그 문제를 해결했던 것일까? 저 빨간 공이 유지니아 그린일까? 그가 만든 합금이 인류 최초의 초광속 우주선을 만드는 데에 쓰였던 것일까?

오도는 허겁지겁 기숙사를 뛰쳐나와 빨간 공을 향해 뛰었다. 달리면서 그가 알고 있는 빨간 공의 구조를 유지니아 그린에 끼워 맞추었다. 거대한 공 모양, 맞고. 중력이 공 표면을 향하는 구조, 맞고. 공 중심에 위치한 엔진…… 아, 맞을 거야. 저건 유지니아 그린이야!

그는 허겁지겁 걸음을 멈추었다. 길 앞에서 거대한 쥐 네 마리와 턱시도 고양이 한 마리가 둥그렇게 모여 그를 바라보고 있었다. 쥐들의 얼굴은 잘 보이지 않았지만 그를 노려

보고 있는 고양이의 표정은 너무나도 인간적이라 곧 두 발로 일어나 인간의 말을 하더라도 이상할 게 없어 보였다.

사이렌 소리가 들렸다. 빨간 공 주변에 스포드라이트가 켜지고 보안 요원들이 달려 나오는 소리가 들렸다.

그리고 하늘은 수백 개의 불빛으로 반짝였다.

마드무아젤 푸셰의
마지막 선택

잭 오도가 하늘을 채운 수백 개의 인공 별들을 가리키며 고함을 질러 대고 있을 때, 차인선은 기숙사 5층의 자기 방에서 아직 뜨거운 자스민 차가 든 알루미늄 머그잔을 들고 바깥을 바라보고 있었다. 오도와는 달리 그녀는 그 별빛의 존재가 궁금하지 않았다. 빛나는 녀석들은 빙산의 일각에 불과했다. 언제나와 마찬가지로 어둠 속엔 더 많은 것들이 숨겨져 있었다.

사이렌 소리가 들리자 그녀는 창문을 닫고 읽다 만 앤서니 트롤럽의 책으로 돌아갔다. 폭음, 비명, 충돌음. 창틈을 통해 들어오는 연기 냄새가 독서를 방해했지만, 그녀는 끈질기게 19세기 영국 바셋주 안에 머물며 버텼다.

한 시간 뒤, 노크 소리가 들리고 무개성적인 여자 목소리

가 그녀의 이름을 희미하게 불렀다. 그녀는 폰을 끄고 일어
나 문을 열었다.

인공 사원 한 명이 쌍둥이처럼 닮은 네 명의 남자 경호원
과 함께 문 앞에 서 있었다. 사원 공장에서 나온 지 사 개월
도 되지 않은 갓난아기로, 이름은 유예설이라고 했다. 회사
에서는 이제 더 이상 이들에게 외국인의 아이덴티티를 부여
하지 않았다. 그런 식으로 남의 눈치를 보던 시대는 지났다.

방 안을 들여다보는 유예설의 얼굴은 불안해 보였다. 기
숙사가 아직 LK 특수 학교 제4분교이던 시절, 서이나라는
학생이, 차인선이 머물고 있는 이 방에서 살다가 죽었다. 그
학생의 유령은 변형되고 개량되어 LK 인공 사원들이 갖고
있는 정신의 원형이 되었다. 서이나의 기억 대부분은 지워
졌지만, 그들은 여전히 이 방을 두려워했다.

"이사님께서 부르십니다."

유예설이 말했다.

코트를 걸친 차인선은 경호원들에게 포위된 채 유예설의
뒤를 따라나섰다. 기숙사 앞에는 그녀를 200미터 북쪽에 있
는 공장으로 데려다줄 방탄차가 세워져 있었다. 밤하늘은
폭발과 스포트라이트로 불안하게 깜빡이고 있었고 하얀 재
가 주변을 떠돌았다. 차 문을 닫는 순간 하늘에서 떨어진 전

투용 드론의 부서진 날개가 창문에 맞아 튕겨 나갔다.

차는 달린 지 일 분도 채 안 되어 공장 지하 주차장에 도착했다. 차에서 내린 그녀는 유예설의 뒤통수를 보면서 지하로 이어진 계단으로 내려갔다. 경호원들이 너무 가까이 붙어서 한번은 그들의 발을 밟고 넘어질 뻔했다. 경호원들 역시 인공 사원이었다. 단지 몸부터 만들어진 대신 기존 사원을 세뇌시켜 단일화된 것처럼 보였다.

불편해 보이는 나무 의자에 앉은 이지욱이 지하 2층의 지저분한 작은 창고 안에서 그녀를 기다리고 있었다. 그는 LK 실험 학교 마피아 중 한 명이었고 케페우스의 동창이었다. 하지만 이름이나 경력은 중요하지 않았다. 그의 정신은 지금 위원회와 연결되어 있었고 그의 육체는 그들 전체를 대표하는 아바타로만 존재했다.

경호원들은 문 뒤로 후퇴했고 방 안엔 차인선과 이지욱, 유예설만 남았다. 차인선은 이지욱 맞은편에 놓인 등 없는 의자에 앉았고 유예설은 벽 구석 그림자 속으로 사라졌다.

"우리가 차인선 씨, 당신을 얼마나 믿어야 하지요?"

이지욱의 입을 빌려 위원회가 말했다.

"믿을 수 없지요."

차인선이 대답했다.

"제가 믿을 수 없는 사람이란 건 지금까지 벌어진 게임의 규칙이 아니었나요? 전 나 회장, 위원회, 민트 갱, 기타 등등 모두와 함께 일했고 다들 제가 어디로든 갈 수 있는 사람이라는 걸 알았습니다. 그건 당연한 위험 부담이었어요."

"지금 차인선 씨가 민트 갱 쪽에 기울어져 있다는 말로 이해해도 되겠습니까? 이 난장판에 당신도 관련되어 있습니까?"

"왜 굳이 그런 질문을 하시죠? 몇 달 전부터 저에게 스파이를 붙이고 제가 숨을 몇 번 쉬는지도 세고 계셨잖아요. 위원회에서는 침공 계획을 알고 있었어요. 저도 알고 민트 갱도 알지요. 그럼에도 불구하고 이 소동이 터진 건 그쪽에서도 승산이 있다고 생각했기 때문이겠지요. 왜 그렇게 생각했는지는 저도 몰라요. 저에게 모든 정보를 줄 정도로 민트 갱이 순진하지는 않아요. 저에게서 새로운 정보를 얻으려고 부르신 거라면 허탕 치신 거예요."

이지욱이 비틀거리며 의자에서 일어났다.

"맞습니다. 그건 모두가 인정한 규칙이었지요."

위원회가 말했다.

"믿을 수 없는 스파이라도 있는 게 아예 없는 것보다 나았으니까요. 그리고 우리는 당신이 우리에게 기울 거라는 확신이 있었습니다. 하지만 우리가 잘못 알았더군요. 어떻게 우리를 버리고 길거리 불량 청소년들에게 붙을 수 있습니까?

 ……대답하지 않으셔도 됩니다. 아무리 논리적인 사람이라도 이상한 선택을 할 수 있다는 건 우리도 아니까요. 스파이질을 하다 보니 LK가 그냥 싫어졌을 수도 있지요. 아니, 지쳐서 모든 걸 끝내고 싶었을 수도 있어요. 어느 게 진짜인지 우린 영영 모르겠지요. 당신은 끝까지 우리에게 마음을 열지 않을 거고 우린 이제 당신의 말을 하나도 믿을 수 없으니까요.

 우리가 말하고 싶은 건 당신의 계산이 틀렸다는 것입니다. 공습의 스케일에 대해서는 조금 놀랐어요. 일단 아직도 이렇게 많은 방채운 광신자들이 남아 있었는지 몰랐으니까요. 민트 갱이 고상하기 짝이 없는 민지희 교수의 지원을 받고 있다는 것도 최근에야 알았습니다. 하지만 그렇다고 해서 우리가 이 정도 위기에 대한 대비가 없다고 생각했습니까? 우리가 민트 갱 정도의 적수를 만난 적이 없다고 생각합니까? 아무리 잘난 척을 해 봤자 민트 갱은 도둑 무리입니다. LK가 만든……."

"도둑은 LK지요. 여러분은 훔친 설계도와 훔친 배터리로 저 우주선을 만들었습니다. 레나 슈트라우스의 설계를 수정하고 초광속 비행의 가능성을 제시한 건 여러분이 아닙니다. 한 무리의 돼지 뇌세포들이죠."

"그 설계는 잘못되었습니다. 우주선은 날지 못해요."

"하지만 왜 날지 못하는지 모르시죠? 슈트라우스-한 드라이브는 이론상으로 아무 문제가 없고 여러분이 만든 우주선도 마찬가지입니다. 아직 용산역 이반의 힘이 초광속 비행을 하기엔 못 미치지만, 지금쯤은 화성이나 목성엔 가 있어야 해요. 왜 그럴까요?

여러분은 자신이 무적이라고, 민트 갱은 기껏해야 한 무리의 불량 청소년이라고 생각하지요. 하지만 상황은 일 년 전에 변했어요. LK는 기껏해야 비슷비슷한 인간들의 집합일 뿐입니다. 위원회가 하나의 정신으로 통합되고 여러분의 구미에 맞는 인공 사원들이 만들어지면서 회사는 더욱 편협하고 얄팍해졌지요. 여러분은 똑똑하지만, 여러분이 가둔 그 좁아터진 사고 장벽 안에서만 그렇습니다. 하지만 지금의 민트 갱은 오래전에 인간이라는 종을 초월했어요. 여러분은 그들의 가능성을 상상할 수 없습니다."

"말하는 돼지 몇 마리가 더 들어갔다고 우리가 두려워할 거라 생각합니까?"

"그 말하는 돼지들이 말하는 박쥐들의 갈망을 받아들여

저 우주선을 설계했습니다. 여러분은 하청업자에 불과해요. 정말 여러분은 민트 갱이 용산역 이반을 포기하고 갔다고 생각하시나요? 이 모든 게 여러분을 이용해 저 우주선을 만들려는 계획의 일부라는 생각은 안 해 보셨나요? 아, 물론 했겠죠. 여러분이 그렇게 멍청할 리는 없을 테니까. 단지 그렇게 쉽게 이용당할 리는 없다고 생각했을 거예요. 이용당하는 척 이용하는 이 기만의 사슬 속에서 가장 우위를 차지할 수 있다고 생각했겠지요. 하지만 정말 그럴까요?

이게 뭐죠? 지금 땅이 흔들리고 있는 게 느껴지시나요? 이반의 힘이 이상하게 흔들리고 있는 것 같지 않나요? 여러분이 이반을 독점하고 있는 게 맞나요? 여러분의 우주선이 정말 날지 못하는 게 맞나요? 저 우주선의 인공 지능이 여러분에게 지금까지 사실만을 말해 왔을까요?"

선 배 들

    지난 몇 개월 동안 최유경으로 고정되어 있던 민트의 얼굴은 믹서의 손을 거쳐 다시 변하고 있었다. 이번 얼굴은 더 창백하고 어리고 모질었다. 케페우스가 알고 있는 민트의 내면과 더 잘 어울리는 외모였지만 그 변화는 그냥 실용적인 이유 때문이었다. 최유경은 빨리 사라져야 했다.

    민트는 한상우가 삐딱하게 걸쳐 앉아 있는 휠체어를 밀고 있었다. 그의 외모 역시 분간하기 어려웠다. 민트 갱에게 넘어온 뒤로 그는 체중의 3분의 2를 잃었다. 지방과 근육 아래 숨겨져 있던 골격이 드러났다. 그는 뚱뚱하든 마르든 못생긴 남자였다.

    케페우스는 그 자신이 보지 못하는 저 못생긴 남자의 아름다움에 대해 생각했다. 민트나 지연과 같은 정신감응자들은 그 아름다움을 보았다. 고결한 정신의 아름다움이 아니라 옛날 맥주 광고에 나왔던 헐벗은 여자들의 사진과 같은 얄팍하고 감각적인 아름다움. 영혼을 만드는 존재들이 어떤 미적 기준을 공유하고 있는지 케페우스는 몰랐다. 굳이 알고 싶지도 않았다. 그는 정신감응자들이 그를 그런 기준으로 볼 수 없다는 사실에 안심했다.

그는 지난 일 년간을 돌이켜보았다. 바쁜 나날이었다. 벌컨이 버리고 떠난 방채운 광신자들을 규합하고, 옛 봉기의 동료들을 찾아 도움을 요청하고, 나인규 사후 사방팔방으로 흩어져 있던 인맥과 재산을 모으고, 차인선을 중간에 두고 LK와 첩보전을 벌이며 우주선의 개발에 관여하고.

그리고 살아남으려 애쓰고.

이제 그가 죽어 간다는 것은 누구도 부인할 수 없는 사실이 되었다. 믹서는 최선을 다했지만 지식과 능력에는 한계가 있었다. 그의 수명은 그의 능력과 연결되어 있었고 능력은 아직 과학 밖의 영역이었다.

별빛호를 보고 죽을 수 있어 그나마 다행이었다.

한수인이나 민트 갱의 논리에 따르면 별빛호는 수년 전부터 존재하고 있었다. 별빛호를 이루는 작은 부속품 하나하나까지 한수인의 머릿속에 들어 있었고 그 꿈속의 정보를 읽을 수 있는 이들에게 그것은 LK가 만든 저 빨간 공만큼이나 현실감이 있었다. 아니, 더 현실적이었다. 저 공은 아직 미완성이었으니까.

그는 병에서 노란 젤리를 하나 꺼내 입에 넣고 씹었다. 젤리가 터지고 들쩍지근한 시럽이 스며 나왔다. 기어 나오려고 했던 구역질이 다시 들어갔다. 앞으로 이삼십 분 정도는 괜찮을 것이다. 용산역 이반의 능력장 안에 들어온 뒤로 구역질은 점점 심해지고 있었다.

용산역 이반은 더 이상 이상 현상이 아니었다. 그와 같은 능력을 지닌 배터리들이 지난 일 년간 세계 여러 곳에서 우후죽순처럼 쏟아져 나왔다. 그의 옛 동료 자야는 아무리 낮게 잡아도 지금의 용산역 이반보다 다섯 배는 더 강력한 배터리를 어딘가에 숨겨 놓고 일을 꾸미고 있었다. 그리고 민지희 교수가 첫사랑이라도 되는 것처럼 늘 이야기하는 원조 배터리도 있었다. 그들도 언젠가 이반처럼 우주로 떠나겠지. 지구에 무슨 희망이 있겠는가.

폴로늄 샤크가 소용돌이를 멈추었다. 소용돌이와 함께 그들 주변을 맴돌고 있던 잡동사니들이 땅으로 떨어지거나 주변을 돌고 있는 더 큰 소용돌이 속으로 빨려 들어갔다. 이제 그는 무너진 울타리 너머에 서 있는 빨간 공을 선명하게 볼 수 있었다.

공 주변은 민트의 인간 군대가 포위하고 있었다. 그리고 그 주변을 수많은 쥐, 고양이, 두더쥐, 비둘기, 참새, 박쥐들이 에워싸고 있었다. 그 광경은 디즈니 만화 영화처럼 동화적이었다.

동물들 사이에 차인선과 이지욱이 보였다. 차인선은 동물들이 불편하고 당황스러운 모양이었다. 케페우스는 그녀가 이렇게 속이 드러나는 표정을 짓는 걸 처음 보았다.

"SBI 연구소 출신 동료들이야!"

민트가 외쳤다.

"이번 전투는 저 친구들 때문에 이긴 거야. 아무도 쥐나 비둘기에 대한 대비는 하지 못했으니까!"

"나에게 조금만 더 일찍 말해 주었으면 좋았지."

차인선이 투덜거렸다.

"내가 언니를 어떻게 믿고?"

수긍한 차인선은 조용히 빨간 공의 그림자 속으로 사라졌다. 동물들은 그녀가 백설공주라도 되는 것처럼 뒤를 따랐다. 민트는 한상우가 앉아 있는 휠체어를 케페우스 옆에 세우고 앞으로 나섰다. 이제 민트와 이지욱 사이엔 아무도 없었다.

"결국 이거였니?"

위원회가 이지욱의 입을 빌려 말했다.

"몇 년 동안 우리를 괴롭힌 이유가 이거였니? 돼지들에게 장난감을 만들어 주는 것?"

민트는 환하게 웃었다.

"그 몇 년 동안 다 알고 있었잖아, 선배. 왜 굳이 묻는 거야?"

위원회의 목소리가 높아졌다.

"넌 언제나 선택할 수 있었어. 우린 늘 너에게 문을 열어 두었으니까. LK는 앞으로 올 환란기를 통과할 수 있는 가장 순수한 인간 정신의 기반을 구축하는 데에 성공했어. 넌 언제나 이 과업을 이끌 수 있었고 그 결과물을 이용할 수 있었지. 그런데 지금 뭐 한 거야? 정신 나간 돼지들, 고장 난 기계들, 쥐, 두더지, 바퀴벌레들에게 우주로 가는 문을 열어 주었어! 넌 인류에 대한 책임감 같은 건 없냐?"

"그게 그렇게 나빠? 슈트라우스―한 드라이브는 엄청난 비밀 따위가 아니야. 우리가 데이터를 조작하고 날렸지만 LK도 기본 이론을 다 알고 있잖아. 핵심 기술 몇 개를 놓쳤을 뿐이지."

"그리고 우리가 허겁지겁 뒤를 따라잡는 동안 네 짐승들이 먼저 우주를 정복하겠지."

"그래서? 우주는 넓잖아. 그리고 왜 저들이 인간의 적이라고 생각해? 저들은 인간들과 너무나도 달라서 오히려 안전해. 겹치는 욕망도 별로 없는데, 무슨 싸움이 있을 거라 생각하는 거야?

중요한 건 인류의 생존이 아니야. 우주와 자신에 대해 깊이 사고할 수 있는 정신의 생존이지. 그 정신이 살아남을 수 있다면 굳이 인간이 아니라도 상관이 없어. 그리고 생존 가능성을 높이려면 그 정신은 최대한 다양할수록 좋아."

"그게 진심이냐? 인류 대신 저 돼지가 우주를 정복해도 좋다고?"

"내 친구 돼지들은 썩 괜찮아. 일단 저 멋진 우주선을 만들었잖아. 난 친구들과 길을 가겠어. 선배들이 인류의 순수성을 위해 싸우고 싶다면 말리지 않겠어. 가능성은 많을수록 좋으니까. 더 이상 할 이야기가 있을까?"

이지욱의 얼굴이 멍해졌다. 그러다 그는 갑자기 정신이 든 듯 휘청거리다 자세를 바로 잡았다. 지금의 그는 위원회의 목소리로 말하던 그와 전혀 다른 사람이었다. 대화를 마친 위원회가 그의 정신을 떠난 것이다. 그는 소모품이었다. 언제 불타 사라져도 아쉬울 것 없는 시시한 찌꺼기, 하찮은 잡념.

이지욱은 얼굴이 빨갛게 달아올랐고 분노와 수치로 일그러졌다. 양 주먹에 힘이 들어갔고 별 의미는 없지만 표정과 동작에 개성이란 게 들어갔다. 철창에 갇힌 짐승처럼 빙빙 돌던 그의 시선이 케페우스에게 떨어졌다. 그는 케페우스에게 다가가 손가락질을 했다.

"너! 이민중! 네가 이 모든 걸 꾸몄지! 우리가 널 위해 얼마나 많은 일을 해 주었는데!"

케페우스는 옛 동창의 질문에 대답하지 않았다. 그의 남은 수명은 더 나은 데에 쓰일 자격이 있었다.

반응이 없자, 이지욱은 다음 상대를 찾으러 나섰다. 그는 지연을 올려다보았다가 그녀의 텔레파시 고함에 질려 뒤로 물러났다. 한상우는 누군지도 알 수 없어 말을 걸 수 없었다. 결국 그는 다시 민트에게로 돌아갔다.

"너, 넌 지금 네가 엄청나게 잘났다고 생각하겠지."

그가 그르렁거리는 목소리로 말했다.

"하지만 넌 아무것도 아니야. 계획은 몽땅 이민중 것이지. 김지연이 없었다면 넌 팀을 꾸려가지도 못했겠지. 넌 네 생각 하나 없는, 힘만 쓸 줄 아는 텅 빈 껍데기야!"

민트는 고개를 끄덕였다.

"그렇긴 해. 하지만 모두가 그렇게 알맹이가 차 있을 필요가 있을까? 누군가는 텅 비어야 그 속에 남의 알맹이를 담지. 선배도 여기에 대해서는 자랑할 입장이 아니면서 왜 이런 걸 욕이라고 생각하는지 모르겠네?"

잠시 주춤한 이지욱이 다시 공격했다.

"도대체 누가 널 사랑해 줄까? 네 친구들은 다 너를 이용하고 있을 뿐이야. 그리고 너의 능력이 빛나는 건 한순간이다. 그때가 지나면 넌 버려지고 잊힐 거야!"

이지욱은 더 험한 말을 내뱉으려 했지만 그 이상 떠오르지 않는지 고함을 지르고 발을 굴렀다. 지겨워진 민트는 고개를 저으며 우주선 쪽으로 물러났다.

"맘대로 생각해."

민트는 그를 보지도 않고 말했다.

"선배가 땅바닥에 붙어 나에 대해 뭐라고 떠들어 대든 난 오늘 불꽃처럼 빛나며 날아오를 거야."

아직 우리는 신이 아니기에

우주선에 오른 민트를 맞아 준 건 릴리언과 도로시 기시 자매의 입체 영상이었다. 두 사람 모두 20세기 초 스타일의 운전복을 입고 있었고 고글이 붙은 모자를 쓰고 있었다. 해상도는 이전보다 훨씬 높아진 편이었지만 여전히 흑백이었다.

"환영합니다, 류수현 선장님."

자매가 입을 모아 말했다.

밑에 있는 구멍에서 승객들이 한 명씩 토끼굴의 벅스 버니처럼 튀어 올랐다. 민트 다음에 올라온 건 케페우스였고 차인선, 폴로늄 샤크, 지연, 한상우가 뒤를 이었다.

한상우가 휠체어를 탄 채로 구멍에서 올라오자, 기시 자매는 박수를 치며 그에게 다가왔다. 도로시는 눈물을 글썽

이며 한상우의 목을 끌어안고 볼에 키스를 했는데, 옷과 살이 눌리고 떨어진 눈물이 한상우의 셔츠에 번지는 모양이 너무나도 진짜 같았다.

"어서 와요, 자매. 그동안 얼마나 고생을 했을까."

사람들 뒤를 이은 건 쥐 스물세 마리, 햄스터 열네 마리, 두더지 두 마리, 박쥐 다섯 마리, 그리고 얼룩 고양이 한 마리였다. 이들은 모두 '작은 친구들의 나라'의 대표로 선정되었다. 그들이 팔 개월 넘는 시간 동안 강원도 땅속에서 LK를 상대로 벌인 대작전을 고려해 보면 그 자리는 당연한 일이었다. 이 모든 건 믹서의 공이었다.

우주선의 내부는 M.C. 에스허르의 그림과 같았다. 중력은 구의 표면을 향하고 있었고 그에 맞추어 정확한 비율로 계산해 만들어진 방과 계단, 난간의 모양은 모두 오목 렌즈를 통해 본 것처럼 뒤틀려 보였다.

기시 자매는 행복해 보였다. 그들은 사 개월 전부터 그렇게 간절하게 원했던 것처럼 별빛호의 일부가 되어 있었다. 우주선에 들어가는 모든 부품을 밀리그램 단위로 측정하는 이곳에서 외부의 인공 지능을 끌어들이는 건 거의 불가능한 일이었지만 민트 갱은 '작은 친구들'의 도움을 받아 이를 성공할 수 있었다. 분해와 재조립의 과정에서 릴리언 기시가 릴리언과 도로시 기시로 의식이 쪼개지긴 했지만, 자매는 특별히 나쁜 일이라고 생각하지 않는 것 같았다.

하지만 기시 자매는 별빛호의 일부일 뿐 전체는 아니었다. 별빛호가 완성되려면 기시 자매에게 별을 향한 열정을 감염시켰던 우주선의 영혼이 들어와야 했다. 영혼이라고 하니 신비스럽게 들리겠지만 그것은 슈트라우스-한 드라이브 시스템을 완성하는 마지막 퍼즐이었다.

케페우스와 지연을 제외한 승무원들은 한상우의 휠체어를 밀며 계단 옆 빗면을 타고 위로, 그러니까 우주선의 중심을 향해 올라갔다. 2층 높이에 붕 뜬 것처럼 놓여 있는 방이 그들의 목적지였다.

방 안은 일곱 개의 파이프로 연결되어 있고 안에 녹색 젤리가 들어 있는 욕조가 있었다. 그 옆에서는 믹서가 네 명의 스틱맨을 이용해 조종간을 수동 조작하고 있었다. 사람들은 한상우의 옷을 벗기고 그를 욕조 안에 밀어 넣었다. 젤리는 꿀렁거리면서 한상우를 조용히 집어삼켰다. 욕조 외벽 사방에서 산호 모양의 가지가 자라나 그의 몸을 뚫고 몸속으로 들어갔다. 그의 몸은 열흘 안에 젤리와 산호초의 일부가 되어 사라질 운명이었다.

몸은 중요하지 않았다. 중요한 건 그의 뇌 속에 있었다. 한수인이 기성품 영혼을 한상우의 뇌 속에 넣기 전에 밑에 깔아 감추었던 것. 그것은 별빛호의 영혼이었다. 얼마 전까지 자신을 한상우라고 생각했던 그 존재는 정체가 발각된 뒤 점점 소멸해 갔고, 이제는 별빛호 영혼의 낯설고 이상한 기운을 감추는 달짝지근한 감미료 역할만 간신히 하고 있었다.

지금까지 민트는 별빛호의 경호원이었다. 민트뿐만 아니라 갱 전체가 그랬다. 민트가 자리를 뜨면 다른 멤버들이 그를 지켰고 그가 위험에 빠질 것 같으면 무슨 수를 써서라도 이를 막았다. 박재현을 죽인 건 너무한 일이었을지도 모른다. 하지만 그때 폴로늄 샤크는 패닉에 빠져 있었고, 유리와 아진이 그 약물 살인 시도를 충분히 무력화시켰는지도 확신할 수 없었던 때였다.

노랫소리가 들렸다. SBI에서 끝도 없이 불러 댔던 옛날 히피 뮤지컬 수록곡이 아닌, 별빛호 자신의 노래. 가사는 없었고 더 이상 인간과 악기를 흉내 내고 있지도 않았다. 처음에는 서너 마디의 음절을 반복하는 수준이었지만 믹서와 스틱맨을 제외한 승무원들이 방을 떠났을 때에는 앞으로 끝없이 이어질 장중한 음악의 도입부로 발전해 있었다.

다른 사람들은 모두 아래로 내려갔지만 폴로늄 샤크는 위로 올라갔다. 그녀의 목적지는 우주선 중심에 있는 공 모양

방 주변에 꽃잎처럼 붙어 있는 세 개의 방 중 하나였다. 미리 와 있던 징크스와 쿨란이 나머지 두 방을 차지하고 있었다. 공 모양 방 안에 있는 건 물론 용산역 이반이었다.

"이륙합니다. 모두 착석해 주십시오!"

나머지 사람들이 밑으로 내려오자 기시 자매가 외쳤다. 승무원들은 여기저기에 놓인 안전 의자에 앉았다. 쥐와 햄스터, 박쥐들은 보이지 않는 힘에 끌리는 것처럼 차인선의 주위에 원을 그리며 모여 앉았고 겁에 질린 그녀는 스스로를 보호하려는 듯 근처에 앉은 고양이를 집어 들어 억지로 무릎에 앉혔다.

사방이 투명해졌다. 진짜로 투명해진 것이 아니라 별빛호가 보는 우주의 모습이 우주선 내부에 투영된 것이다. 별들은 인간의 눈으로 볼 수 있는 것보다 훨씬 많고 밝았다. 지상은 어두웠지만 그럼에도 불구하고 부서진 벽돌 조각, 그 밑을 기어 다니는 개미들 하나하나가 선명하게 보였다.

우주선은 날아올랐다.

승무원들은 구식 VR 게임을 할 때와 비슷한 현기증을 느꼈다. 어떤 진동도, 가속도 느껴지지 않았다. 오로지 바닥의 풍경만이 서서히 작아지며 옆으로 쏠려 가고 있었다.

바깥은 평화로워 보였다. 위원회는 이지욱과 접속을 끊

은 순간부터 적대적 행동을 중단했다. 여전히 만족하지 못한 방채운 복수자들은 으르렁거리며 주변 물건들을 부수고 다녔고 기숙사 근처에서 울분에 찬 자폭능력자 한 명이 폭발하는 게 보였지만 나머지 사람들은 조심스럽게 대화를 시도하고 있었다. 이제 새 리더가 된 유리가 막 의식을 되찾고 일어나려는 인공 사원들에게 손을 내미는 게 보였다. 여기서부터는 민지희 교수가 할 일이었다.

공장 지붕 위에 있던 가나인 야금술사들이 그들의 머리 위를 지나쳐 가는 우주선을 향해 손을 흔들었다. 그들의 얼굴은 행복해 보였다. 몇 년 동안 그들이 영문도 모른 채 매달렸던 프로젝트의 정체를 드디어 알게 된 것이다.

원주 쪽으로 10킬로미터 정도 날아가던 우주선은 작은 공터에 세워진 트럭을 발견하자 급하강했다. 세 명의 SBI 직원들이 한수인이 들어 있는 원통형 상자를 차 옆에 세워 놓고 그들을 기다리고 있었다. 민트 갱이 연구소를 습격한 뒤로, SBI는 인간의 지배를 받은 적이 없었다. 무책임하고 게으른 경영진은 릴리언 기시가 회사를 장악하는 것을 방치했다. 전혀 이해할 수 없는 일이 회사 내에서 일어나고 있었지만 SBI는 그들이 직접 키를 쥐고 있을 때보다 더 안정적으로 굴러갔다. 릴리언 기시와 접촉한 뒤 한수인이 이끄는 KSB

무리는 유령 인격체를 내세워 SBI의 경영권을 공식적으로 강탈했고 우주선 프로젝트에 이용했다. 새 경영진의 정체를 알아챈 직원들이 느낀 치욕은 곧 사라졌다. 돼지들은 그들을 아주 후하게 대했다.

한수인을 빨아올린 우주선은 이제 수직으로 상승하기 시작했다. 시야를 가득 채웠던 땅은 공 모양으로 줄어들었고 그 공도 작아져 갔다. 그와 함께 주변에 다섯 개의 별이 반짝였다. 지구 곳곳에서 비밀리에 만들어져 거의 동시에 이륙한 별빛호의 자매들이었다. 그중 하나는 자매들을 대표해서 UN 우주군이 텔레파시로 보내오는 메시지를 처리하고 있었다.

이제 반짝이는 푸른 점이 된 지구를 내려다보고 있던 민트에게 지연이 내용 없는 짧은 텔레파시 신호를 보냈다. 민트가 돌아보자 그녀는 말없이 눈으로 휠체어에 앉아 있는 케페우스를 가리켰다. 그는 죽어 있었다. 어느 정신감응자도 들어갈 수 없는 배터리만의 고독한 어둠 속에서 혼자 스러져 간 것이다.

민트는 우주선을 둘러보았다. 돼지 뇌세포로 만들어진 미치광이 과학자, 그녀가 감방 동료들의 갈망을 종합해 만들어 낸 우주선의 유령, 무성 영화 스타 자매의 모습으로 우주선 안을 분주하게 돌아다니고 있는 고장 난 인공 지능, 어쩌다 만들어진 말하는 개, 몇 개월 동안 같이 일해 왔지만, 아직 제대로 된 의사소통이 가능한지도 확신하기 어려운 작은 동물들. 케페우스는 그들을 위해 남은 인생을 바쳤다. 스스로의 가능성을 발견하고 발전시키면서 번성하게 돕는 것, 그를 통해 우주를 다양한 정신들로 채우는 것은 민트와 친구들의 의무였다. 그와 함께 팩을 만들 때만 해도 그녀는 자신이 이런 말도 안 되는 짐을 지게 될 거라고는 상상도 하지 못했다.

하지만 따로 할 일이 있는 것도 아니니까.

"한 시간 반 뒤에 별빛호는 화성 궤도를 통과합니다."

기시 자매가 말했다.

"이는 별빛호가 태양계의 어느 곳이건 하루 안에 도착할 수 있다는 것을 의미합니다. 다른 사람들이 슈트라우스-한 드라이브를 통제하는 방법을 알아낼 때까지 태양계는 우리 것입니다. 어디로 갈까요, 류수현 선장님. 화성에 착륙할까요? 아니면 마음에 둔 다른 곳이 있으신가요?"

자매는 삼차원 태양계 지도를 펼쳤다. 민트는 말없이 노란 점과 하얀색 타원들로 이루어진 지도를 응시했다. 그녀의 선택이 만들어 낼 수많은 가능성이 이 지도 위에 있었다.

한숨을 내쉬며 그녀는 지도의 한 점을, 2113년 지구 멸망 이후에도 살아남아 400년 넘게 태양계 문명의 중심이 될 작지만 위대한 우리의 고향을 가리켰다.

"타이탄."

민트가 말했다.

"타이탄으로 가요."

작가의 말

『피너츠』의 저자 찰스 M. 슐츠는 "하느님의 나라에 대한 독실한 믿음을 갖고 있지만 내세에 대해서는 전혀 모르겠다."라고 말한 적 있다. 독실한 기독교인이었지만 그만큼 상식적인 남자였던 그는 영원불변이라는 개념이 인간과 어울리지 않는다는 것을 알고 있었던 것 같다. 지금 보면 우리를 이루는 것들 중에서 어느 것이라도 영원과 연결될 수 있다는 믿음은 오만방자함을 넘어서 그냥 정신 나간 것처럼 보인다.

"이 또한 지나가리라."라는 말을 처음 한 사람을 찾기는 어렵다. 수많은 사람들이 이와 비슷한 말을 하고 망각 속으로 사라졌을 것이고 상당수는 굳이 할 필요 없는 말이라고 여겼을지도 모른다. 이는 현인의 말이 아니라, 문명이 주입한 영원불변의 망상에 사로잡히지 않은 사람들은 모두 알고 있었던 상식이었다.

자신의 사고방식을 따르지 않는 후손들에 대한 증오와 공포의 역사는 깊다. 존재가 죽은 뒤에도 문화적으로나마 삶이 지속된다는 환영을 깨뜨리기 때문이겠지. 그들이 두려워하건 말건 후손들은 배은망덕하기 마련이고 인류의 역사는 죽은 자들의 허망한 꿈이 학살당하는 과정의 기록이다. 나는 이런 두려움을 놀려 대는 버릇이 있다. 그래도 고백해 보자. 이런 비아냥에서 내가 언제까지 예외일까? 아니, 예외인 적이 있긴 했나?

하지만 그렇다고 해서 내가 나를 놀리지 말아야 할 이유도 없잖아?

2018.10.06.

민트의 세계

초판 1쇄 발행 • 2018년 10월 24일
초판 3쇄 발행 • 2019년 1월 30일

지은이 • 듀나
펴낸이 • 강일우
책임편집 • 정민교 정소영
조판 • 신혜원
펴낸곳 • (주)창비
등록 • 1986년 8월 5일 제85호
주소 • 10881 경기도 파주시 회동길 184
전화 • 031-955-3333
팩시밀리 • 영업 031-955-3399 편집 031-955-3400
홈페이지 • www.changbi.com
전자우편 • ya@changbi.com

ⓒ 듀나 2018
ISBN 978-89-364-3434-2 03810